EIN HERRENHAUS ZUM VERLIEBEN

WEIHNACHTSZAUBER IN CORNWALL

KARIN LINDBERG

Impressum
Covergestaltung: Casandra Krammer – www.casandrakrammer.de
Covermotiv: © dugdax, LilKar – shutterstock.com, kmiragaya – depositphotos.com, rozum, creativeartx – elements.envato.com

Copyright © 2023 by Karin Lindberg
Keine Neuigkeiten mehr verpassen? Zum Newsletter und weiteren Informationen geht es hier: www.karinlindberg.info
Lektorat: Dorothea Kenneweg
Korrektorat Ruth Pöß - www.das-kleine-korrektorat.de
K. Baldvinsson
Am Petersberg 6a
21407 Deutsch Evern

Herstellung und Druck über tolino media GmbH & Co. KG, Albrechtstr. 14, 80636 München. Printed in Germany.
Fragen zu Produktsicherheit an: gpsr@tolino.media.

PROLOG

*E*nde November, New York

Tara schob sich ein paar ihrer roten Haarsträhnen unter die Wollmütze und schlug den Kragen ihres dunklen Wintermantels, der schon bessere Tage gesehen hatte, nach oben. Sie straffte sich, dann verließ sie die Lobby des Luxushotels durch die schimmernde Messing-Drehtür. Einen Augenblick blieb Tara unter dem Vordach des Waldorf Astoria stehen und zögerte. Regen prasselte vom Himmel, es war nasskalt und ungemütlich. Auf den Straßen befand sich eine schmierige Mischung aus getautem Schnee und tiefen Pfützen.

Nicht einmal die aufdringliche Beleuchtung und die mit roten Kugeln und funkelnden Lichtern geschmückte hohe Tanne konnten die Illusion einer Weihnachtsstimmung in Tara hervorrufen. Es war ein beschissener Tag. Und das lag nicht nur am Wetter.

Tara schluckte und dachte kurz über das eben geführte Vorstellungsgespräch nach. Weil die eigenen hippen Büros sich gerade im Umbau befanden, hatte man sie kurzerhand ins erste

Hotel am Platz bestellt, weil die Agentur dort zurzeit ein Event abhielt. Die beiden Inhaberinnen, mit denen Tara eben geredet hatte, wollten sie einstellen, daran gab es keinen Zweifel – dass Tara sich nicht darüber freute, stand auf einem anderen Blatt. In der Diskussion hatte Tara mal wieder ihre Superkraft bewiesen, die darin bestand, mit komplizierten Menschen umgehen und zwischen ihnen vermitteln zu können.

Sie hatte die zwischenmenschlichen Klippen gekonnt umschifft, als sie die Rivalität der Geschäftspartnerinnen gespürt hatte. Tara war es daraufhin gelungen, die beiden gleichermaßen in ihrer Präsentation anzusprechen, sodass sich die gereizte Stimmung innerhalb des Frauenteams gelöst hatte.

Tara wusste, dass ihre Kompetenz und Fähigkeiten gefragt waren. Sie hatte sich aber nur aus ihrer finanziellen Not heraus beworben und wollte diesen Job im Grunde überhaupt nicht. Tara kämpfte vielmehr darum, ihrer eigenen kleinen Geschäftsidee nicht aus Geld- und Auftragsmangel den Todesstoß verpassen zu müssen. Für den Fall, dass ihr das nicht gelang, benötigte sie einen Plan B. Sie war vielleicht eine Träumerin, aber sie war nicht komplett naiv.

Bitte, flehte sie stumm und schloss für eine Sekunde die Augen, schick mir irgendein Weihnachtswunder, damit ich meine Agentur retten kann. Sie wollte endlich ihre eigene Vision von gelungenen Feiern und Veranstaltungen umsetzen und ihre Kreativität nicht für eine fremde Firma verschwenden. Ob sie nun vom Universum, Gott oder wem auch immer Beistand bekam, war ihr dabei völlig egal.

Tara seufzte leise, dann machte sie sich für den nächsten Kampf bereit: Bei diesem Wetter ein Taxi an der Park Avenue zu ergattern, war geradezu unmöglich. Sie war zweifellos nicht die Einzige, die eines brauchte. Natürlich hätte Tara den Concierge fragen können, eines für sie heranzuwinken, aber da sie kein Hotelgast war, traute sie sich nicht.

Eine Frau in einem schicken cremefarbenen Mohair-Mantel vor ihr hatte mehr Glück. Ein gelbes Fahrzeug hielt gerade am Straßenrand, ein Hotelmitarbeiter öffnete der Dame die Hintertür des Wagens. Tara beobachtete, wie sie auf ihren dünnen Absätzen wegrutschte. Oh, oh, das könnte böse ausgehen. Die Frau mittleren Alters begann, mit den Armen zu rudern und Tara rannte sofort los, um ihr zu helfen. Die Umstehenden waren in eine Art Starre verfallen, aber Tara erwischte die Stürzende. Das Ganze endete damit, dass sie zusammen mit ihr in einer tiefen Schneematschpfütze aufschlug. Das hieß, Tara platschte ins eiskalte Nass, und die Fremde landete auf ihr. Autsch.

Alle Luft wurde aus Taras Lungen gepresst, während ein scharfer Schmerz durch ihr Steißbein die Wirbelsäule hinaufschoss.

Auf einmal wimmelte es nur so von livrierten Hotelangestellten. Ein bisschen spät, wollte Tara schimpfen, aber sie hatte ihre Sprache noch nicht wiedergefunden. Tara wurde auf die Beine gezogen. Als sie wieder stand, war ihre Kehrseite platschnass.

»Du meine Güte, Sie haben mich vor einem schlimmen Unfall bewahrt«, stieß die Gerettete hervor. Ihr kastanienbrauner Pagenkopf saß noch immer perfekt, der cremefarbene Mantel hatte allerdings ein wenig gelitten.

»Nicht der Rede wert«, behauptete Tara. Blöderweise fingen ihre Zähne an zu klappern. Ihr war schrecklich kalt, sodass sie überall zitterte. Oder war das Adrenalin dafür verantwortlich? Vermutlich eine Kombination aus beidem. Schon vor dieser Rettungsaktion hatte Tara in der dünnen Seidenbluse gefroren. Aber das hippe Teil mit dem Flamingoprint war eben ein Statement, auf das die beiden Agenturdamen auch sofort angesprungen waren. Ihr Mantel hatte schon bessere Tage gesehen – er wärmte nicht mehr wirklich, und jetzt nass und schwer trug er gar nicht mehr dazu bei, dass sie weniger schlotterte. Im Gegenteil.

Auf einmal stand Tara im Rampenlicht, es kam ihr so vor, als ob alle sie anstarrten. Wie unangenehm. Leute fingen an, über sie zu tuscheln, sie konnte jedoch nicht verstehen, was sie sagten.

»Kommen Sie bitte mit mir«, schlug die Frau mit einem offenen Lächeln vor. »Sie sind ja völlig durchnässt.«

Tara wusste nicht, was sie darauf erwidern sollte, deshalb ging sie einfach mit.

Die Dame führte sie zurück in die Hotellobby.

»D-as i-st n-nicht n-nötig«, brachte Tara vor Kälte schlotternd hervor, Sie bemerkte, dass sich auch hier viele Köpfe in ihre Richtung drehten.

»O doch, meine Liebe, tut mir leid. Ich bestehe darauf. Nun kommen Sie schon, wir müssen Sie trockenlegen, ehe Sie sich hier draußen den Tod holen!«

Tara protestierte nicht, auch, weil ihr die Blicke der Hotelgäste immer peinlicher wurden. Es kam ihr sogar so vor, als ob die Gespräche für einen Moment verstummt wären.

Na super! Diese Art von Rampenlicht konnte sie überhaupt nicht leiden, daher folgte sie der Dame ohne weiteren Widerstand nach oben.

Wenig später betrat Tara das Hotelzimmer der Unbekannten – das hieß, ihre Suite. Luxus war gar kein Ausdruck dafür.

Wie krass.

Tara fürchtete, dass sie den hellen Teppich ruinieren würde. Die Vorstellung, den Schaden zahlen zu müssen, ließ sie zögern. Das konnte sie sich nicht leisten, sie war so gut wie pleite.

»Nun kommen Sie näher, Sie müssen raus aus den Sachen. Bitte, hier ist das Badezimmer. Nehmen Sie eine Dusche oder genehmigen Sie sich ein schönes Vollbad – die Wanne ist einfach fantastisch und äußerst komfortabel. Ich bestelle Ihnen derweil eine heiße Schokolade, oder möchten Sie etwas anderes?« Die

Frau nahm ihr die Handtasche ab und stellte sie auf ein Sideboard.

Tara war überfordert. »Äh«, war alles, was sie zunächst hervorbrachte.

»Und werfen Sie mir Ihre Sachen vor die Badezimmertür, ich lasse sie in die Express-Reinigung bringen. Meine Güte, ich fühle mich so schrecklich, dass Sie das alles meinetwegen erleiden mussten, ich weiß gar nicht, wo mir der Kopf steht!«

Die Frau lächelte schuldbewusst. Ein paar feine Linien hatten sich um ihre Augen gebildet, die Stirn war glatt. Tara schätzte sie auf Anfang Sechzig, sie hatte sicherlich regelmäßig Termine bei ihrer Kosmetikerin, bei der die Fältchen unterspritzt oder mit Botox behandelt wurden. Ihr Lippenstift saß nach wie vor bombenfest, die Frau war ein Muster an Perfektion – im positiven Sinne. Nichts an ihr wirkte zu viel oder extrem. Sie trug keine dieser maskenhaften Fratzen zur Schau, die man leider häufig bei reichen Menschen sah, die von den falschen Leuten in der Schönheitsindustrie beraten wurden. »Oje, ich bin selbst durch den Wind«, meinte sie kopfschüttelnd. »Ich habe mich gar nicht vorgestellt. Wie unhöflich von mir, bitte entschuldigen Sie. Mein Name ist Bedelia Swan, und es freut mich sehr, Sie kennenzulernen. So, und ab mit Ihnen ins Bad. Sie haben blaue Lippen, meine Liebe, wärmen Sie sich auf, ehe Sie sich erkälten.«

»O-kay«, brachte Tara dann schließlich hervor. »Ich bin Tara. Tara O'Leary.«

»Ahhh, irisches Blut, nicht wahr? Dachte ich es mir doch, bei Ihren hübschen roten Haaren. Nun aber husch.« Bedelia Swan schob Tara ins Badezimmer und zog die Tür hinter sich zu, damit diese alleine sein konnte.

Hier drin war es kuschelig warm, ein Glück. Glänzender, heller Marmor, die angenehm temperierte Fußbodenheizung und die indirekte Beleuchtung zauberten ein Ambiente von Behaglichkeit und Exklusivität. Es duftete zart nach Rosenblüten. Obwohl Tara Hemmungen hatte, sich wirklich wie zuhause zu fühlen, so hatte sie noch mehr Bammel davor, Bedelias Anweisungen zu widersprechen. Obwohl die Frau supernett war, machte sie einem doch unmissverständlich klar, was sie erwartete. Vermutlich gab es nicht viele Menschen, die Bedelia Swan einen Wunsch abschlugen. Und um ehrlich zu sein, hatte Tara auch nichts dagegen, dass ihre Klamotten getrocknet wurden, während sie sich aufwärmen konnte. Wenn sie in ihrer Misere eines nicht gebrauchen konnte, dann war das eine fette Erkältung.

Tara stopfte die nassen Sachen in eine Wäschetüte, die sie unter dem Spiegel gefunden hatte, und stellte sie vor die Tür. Dann ging sie in die Dusche und – heiliges Kanonenrohr, war diese Regenwaldberieselung nicht fantastisch? – taute allmählich wieder auf. Die teuren Kosmetikfläschchen, die in einem eingelassenen Fach standen, taten ihr Übriges, dass Tara sich königlich fühlte. Sie ließ sich jedoch nicht allzu viel Zeit, weil sie Bedelias Gutmütigkeit nicht ausnutzen wollte. Der Luxus in diesem Badezimmer erinnerte sie außerdem auf unangenehme Weise an ihre eigene WG-Bude, in der der Wasserhahn tropfte, der Duschvorhang an manchen Stellen Löcher hatte und es durch die Fensterrahmen hereinzog.

Angesichts der niederschmetternden Bilanz nach dem ersten Geschäftsjahr ihres eigenen kleinen Unternehmens lief Tara sogar Gefahr, ihr Zimmer nicht mehr finanzieren zu können. Nein, sie wollte jetzt nicht daran denken, sonst würde sie gleich in Tränen ausbrechen.

Tara trocknete sich ab, wickelte ein Handtuch um ihre Haare und hüllte sich in einen der flauschigen Bademäntel, die gefaltet unter dem Spiegel lagen. Es war der weichste Stoff, den sie je unter ihren Fingerspitzen gefühlt hatte. Sie schlüpfte hinein und nahm sich vor, diese Annehmlichkeiten, so gut es eben ging, zu genießen – und ein schlechtes Gewissen ließ sie gar nicht erst aufkommen.

Barfuß trat Tara schließlich aus dem Badezimmer. Sie fühlte sich nicht direkt unwohl, aber ein wenig unsicher. Die Suite war riesengroß, und es duftete auf dem Flur dezent nach Orangenblüten. Dieser überbordende Luxus war absolut nicht ihre Welt.

»Hallo?«, rief Tara in die Stille, weil sie Bedelia nicht erschrecken wollte, indem sie sich an sie heranschlich.

»Hier bin ich, kommen Sie ruhig, kommen Sie!«

Tara ging geradeaus und erreichte schließlich das Wohnzimmer, das ungefähr viermal so groß war wie ihr WG-Schlafzimmer in Brooklyn.

»Und, geht es Ihnen besser?«, erkundigte sich Bedelia Swan mit einem mitfühlenden Lächeln und wies Tara einen Platz auf dem cremefarbenen Sofa gegenüber zu. Auf dem Glastisch vor ihr stand ein Tablett mit verschiedenen Köstlichkeiten wie Gebäck, frischen Früchten, Kakao, Tee und Kaffee.

»Ich wusste nicht, was Sie mögen, deshalb habe ich Verschiedenes bestellt«, erklärte sie mit einem sympathischen Achselzucken. »Darf ich Tara sagen? Und nennen Sie mich bitte Bedelia, sonst fühle ich mich so alt.«

Britischer Akzent, schoss es Tara durch den Kopf, und sie erwiderte das Lächeln. Ihr gefiel Bedelias etwas steife Höflichkeit und vor allem ihre unaufgeregte Art. Sie war anders als die schroffen New Yorker, mit denen Tara es sonst zu tun hatte.

»Gern, vielen Dank, Bedelia.« Taras Nervosität legte sich allmählich ein wenig. »Suchen Sie sich aus, was Sie mögen. Das ist das Mindeste, was ich nach Ihrer selbstlosen Rettungsaktion für Sie tun kann. Die Reinigung hat mir zugesagt, dass Sie Ihre Sachen in einer Stunde wiederbekommen. Ist das in Ordnung für Sie? Ansonsten lasse ich eine Auswahl aus der Hotelboutique kommen, ich ersetze Ihnen den entstandenen Schaden. Es ist mir unfassbar peinlich, was da draußen passiert ist, und gleichzeitig bin ich Ihnen unendlich dankbar, dass Sie Schlimmeres verhindert haben.«

Tara wurde beinahe schwindelig von so viel Zuwendung. »Ich bitte Sie, das hätte wirklich jedem passieren können, und die Wartezeit ist völlig in Ordnung, bitte machen Sie sich meinetwegen keine weiteren Umstände.« Von so viel Engagement und Dankbarkeit wurde Tara flau im Magen. Sie hatte ihr ja nicht das Leben gerettet.

»Unsinn! Sie haben mich vor einer heftigen Verletzung bewahrt. Ich weiß gar nicht, wie ich auf die dumme Idee gekommen bin, bei diesem Wetter derart hohe Absätze zu tragen.«

»Ihren Termin haben Sie jetzt leider verpasst. Tut mir leid«, entgegnete Tara, weil sie nicht wusste, was sie sonst sagen sollte.

Bedelia winkte ab. »Das ist überhaupt kein Problem! Wenn ich ehrlich bin, wollte ich da sowieso nicht hin.« Sie lächelte verschmitzt und wirkte dadurch ein wenig jünger. »Ich bin Ihnen also gleich mehrfach zu Dank verpflichtet, Tara.«

Tara knetete verlegen ihre Hände im Schoß. »Es ist wirklich keine große Sache«, versuchte sie ihre Tat herunterzuspielen, weil sie es nicht gewohnt war, so viel Anerkennung zu bekommen.

»Nun, nicht jeder hat so schnell reagiert wie Sie.« Damit spielte sie vermutlich auf die livrierten Hotelmitarbeiter an. »Was darf es denn nun sein? Kakao?«, wollte Bedelia von ihr wissen und erklärte das Thema Dank damit glücklicherweise für beendet. Tara war froh über die geschickte Wendung der Unterhaltung.

»Ja, gern. Eine heiße Schokolade ist jetzt genau das Richtige. Vielen Dank.«

Bedelia goss aus einer silbernen Kanne für Tara ein und setzte die Tasse anschließend samt Unterteller vor ihr auf dem

Glastisch ab. »Hier haben Sie auch geschlagene Sahne«, erklärte Bedelia anschließend und zeigte auf ein silbernes Schälchen.

»Oh, das sollte ich lieber lassen. Meine Hüften ...«, wandte Tara ein. Sie hatte gerade erst mit einer mühsamen kohlenhydratarmen Diät zwei Kilo verloren, die wollte sie nicht gleich an einem Tag wieder draufhaben – die ganzen Weihnachtsverlockungen standen ja noch bevor. Leider war Tara keine von den Menschen, die essen konnten, was sie wollten. Und mit Sport hielt sie es wie seinerzeit Churchill.

Weil Tara Bedelia nicht mit den kleinen Unzulänglichkeiten ihres Lebens langweilen wollte, sprach sie nicht weiter davon.

Bedelia winkte jedoch nur gutmütig ab. »Ach, nach so einer großartigen Aktion dürfen Sie sich nun aber wirklich etwas gönnen, liebe Tara.« Selbst schenkte sie sich Tee mit einem Schuss Milch ein. »Erzählen Sie, was machen Sie beruflich?«

Tara spürte, dass sie sich ein wenig versteifte. Hoffentlich bemerkte Bedelia das nicht. Das war ein Thema, das sie nicht gern vertiefte. Momentan zumindest war ihr Selbstbewusstsein angeknackst. Auch wenn sie das Vorstellungsgespräch vorhin mit Bravour gemeistert hatte, wie sie sich ins Gedächtnis rief. »Ich, ähm, führe eine kleine Eventagentur«, antwortete Tara daher nur ausweichend.

»Ach, wirklich? Das klingt fantastisch. Wie aufregend. Haben Sie eine Visitenkarte?«

Tara wusste, dass Bedelia das nur aus Höflichkeit fragte. Eine Frau von Welt wie sie würde Taras Dienste niemals buchen. Tara wollte sich nicht kleinreden, aber im Vergleich zu Bedelias beinahe aristokratischem Auftreten kam Tara sich kleinbürgerlich vor. »Natürlich, Moment, ich hole eine«, erwiderte sie dennoch, weil sie nicht unhöflich sein wollte. Sie stand auf und tapste in den Flur, wo sich ihre Handtasche befand. Dort zog sie eine Visitenkarte aus dem Seitenfach. Zum Glück war sie weder nass noch lädiert. Mit einem Kloß im Hals kehrte Tara zurück und legte das Kärtchen vor Bedelia auf den Tisch. »Bitte schön.«

Bedelia strahlte und nahm sie in die Hände. »Shamrock Leprechaun«, las sie und schaute Tara mit einem leichten Stirnrunzeln an, das sofort wieder verschwand und durch ein höfliches Lächeln ersetzt wurde.

Tara wurde heiß. Als sie die Agentur vor zwei Jahren gegründet hatte, war ihr der Kleeblatt-Kobold perfekt vorgekommen. Leider begriffen die meisten Leute nicht, was er bedeuten sollte. »Ich stamme aus Irland, deshalb habe ich die irischen Glückssymbole gewählt, also den Kobold und das Kleeblatt. Ich dachte, es wäre eine coole Kombination.«

Bedelia hob eine Braue und schmunzelte. »Sehr originell, wirklich«, sagte sie schließlich. Ihr Tonfall verriet nicht, was sie dachte.

Tara hatte jedoch längst begriffen, dass ein Name, den man erst einmal erläutern musste, aus Marketingsicht eine Katastrophe war. »Damals hatte noch *Glücksdusche* und *Green Joy* zur Auswahl gestanden«, brabbelte Tara drauflos, weil sie das Gefühl hatte, sie müsste sich erklären. »Aber bei der *Grünen Freude* hatten meine Mitbewohnerinnen die Assoziationen zum horizontalen Gewerbe hergestellt und bei der *Glücksdusche* kam ihnen auch nichts Gutes in den Sinn. Tja, und dann dachte ich eben, dass die Verbindung zu Irland mit dem Kobold und dem Kleeblatt super wäre.« Hitze flammte erneut in ihren Wangen auf.

Bedelia hörte aufmerksam zu, ihr Gesicht gab keinen Hinweis auf Hochnäsigkeit oder Verurteilung. Tara entspannte sich ein wenig. Trotzdem wunderte sie sich, warum ihr die Meinung dieser fremden Frau so wichtig war. Tara nippte vorsichtig an der heißen Schokolade.

»Was gehört zu Ihrem Leistungsangebot?«, wollte Bedelia wissen und rührte mit dem Löffelchen in ihrem Tee. Sie hielt dabei die Tasse samt Untertasse auf ihrem Schoß und erinnerte Tara damit beinahe an die verstorbene Queen – auch wenn Frisur und Haarfarbe nicht wirklich passten. Bedelias Pepita-Kostüm mutete jedoch äußerst britisch an.

»Alles im Eventbereich, allerdings habe ich mich auf private Feiern spezialisiert«, antwortete Tara, wobei sie nicht erwähnte, was das genau bedeutete. Die Wahrheit war zu deprimierend: Taras einzige Kunden waren Eltern, die mit der Veranstaltung von Kindergeburtstagen überfordert waren oder einfach keine Lust darauf hatten, die Partys für die Kids selbst zu schmeißen. Dass dabei nicht viel herumkam, stand außer Frage. Und jetzt, in der Weihnachtszeit sowieso nicht, da hatten die Familien anderes vor.

Tara hatte in diesem Jahr nicht genug beiseitelegen können, um bis zum Frühling über die Runden zu kommen. Sie stand vor dem Ruin. Aber das würde sie Bedelia nicht erzählen. Tara wollte weder Almosen noch Mitleid.

»Mit einem Job wie diesem leiden Sie sicher niemals unter Langeweile«, erwiderte Bedelia beschwingt.

Leider viel zu viel, dachte Tara, aber sie ließ sich nichts anmerken. »Ich liebe meine Arbeit.«

Das stimmte, auch wenn sie sich wünschte, dass sie in Zukunft auch mit anderen Events betraut werden würde als mit der Ausrichtung von Kinderpartys.

»Hervorragend, wirklich! Wenn ich einmal in die Verlegenheit komme, etwas planen zu müssen, weiß ich ja, an wen ich mich wenden kann.« Bedelias offenes Lächeln wirkte ehrlich, aber vielleicht war sie einfach eine gute Schauspielerin.

Sie wird mich niemals anrufen, schoss es Tara durch den Kopf. Aber sie nickte und lächelte mechanisch. »Sehr gern, ich würde mich freuen.«

Glücklicherweise wechselte Bedelia kurz darauf das Thema. Sie plauderten eine Weile über ihren New-York-Aufenthalt und

Belangloses, bis Taras Kleidung sauber und trocken von einem Hotelangestellten geliefert wurde.

Nachdem Tara wieder vollständig angezogen war – die Flecken waren tatsächlich nicht mehr zu sehen –, verabschiedete sie sich von Bedelia. »Vielen Dank, dass Sie sich die Zeit genommen haben, mit mir zu warten. Und die heiße Schokolade war köstlich.«

»Nicht doch. Ich habe zu danken, Tara. Es hat mich wirklich sehr gefreut, Ihre Bekanntschaft zu machen. Ich hoffe, wir sehen uns wieder.« Aus Bedelias Augen strahlte ihr eine so herzliche Wärme entgegen, dass Tara beinahe glauben wollte, dass die Engländerin ihre Worte ernst meinte. Es war eine angenehme Begegnung gewesen, die sie in der oberflächlichen Großstadt-Glamour-Welt nicht oft erlebte. »Es geht mir genauso. Dann haben Sie noch eine gute Zeit in New York, Bedelia. Auf Wiedersehen.«

Sie tauschen einen kurzen Händedruck, dann machte sich Tara auf den Nachhauseweg.

Weit kam sie nicht.

Bevor sie den Taxistand vor dem Hotel erreicht hatte, wurde sie von einem Mann angerempelt. Er trug einen offenen dunklen Mantel zum dreiteiligen Anzug. Trotz des Outfits hatte er keine Bankiers- oder Anwaltsausstrahlung. Der Mann war im Stechschritt unterwegs und schaute weder nach rechts noch nach links. Kein Wunder, dass er sie schlichtweg übersah.

»Haben Sie keine Augen im Kopf?«, knurrte er statt einer Entschuldigung.

Dass dieser Mensch sie beschimpfte, überraschte Tara. Er sah sie nicht an, während er in die Hocke ging, um die Blätter zusammenzuklauben, die aus seiner Mappe gesegelt waren. Viel war da nicht mehr zu retten, die Papiere waren bereits durchnässt und damit vermutlich unbrauchbar.

Der Mann brummte Worte vor sich hin, die stark nach einer Beleidigung klangen.

Tara schnappte nach Luft. Solche Typen hatte sie gern! »Entschuldigen Sie mal! Sie haben mich über den Haufen gerannt, nicht umgekehrt«, verteidigte sie sich.

Der Mann richtete sich – mit seinen nassen Unterlagen in der Hand – wieder auf und starrte Tara finster an.

Heiliges Kanonenrohr! Was für eine Erscheinung.

Er war nicht einfach schön im Sinne von hübsch, obwohl er natürlich auf eine klassische Weise attraktiv war, er hatte darüber hinaus eine besondere Ausstrahlung. Eines war er gewiss: atemberaubend. Buchstäblich.

Er hatte unfassbar breite Schultern und war mindestens einen Kopf größer als Tara, was bei ihren einsfünfundsechzig keine Wunderleistung war. Seine Gegenwart löste etwas in ihr aus, das sie nicht in Worte fassen konnte.

Und diese Augen!

Nie hatte sie ein so strahlendes Blau gesehen.

In seinen dunklen Haaren hatten sich ein paar Regentropfen gesammelt, die im Licht der Weihnachtsdeko golden funkelten. Sein Gesicht war kantig, aber nicht grob. Er war glattrasiert, was nicht der derzeit gängigen Mode von Voll- oder Dreitagebärten entsprach. Überhaupt war der Kerl alles andere als Mainstream. Mit seiner aristokratisch anmutenden Aura und seiner unerschütterlichen Selbstsicherheit war seine Erscheinung beinahe mehr, als sie für den Moment ertragen konnte.

Er wirkte wie ein Mensch, der gern und viel grübelte – und meckerte, natürlich.

Wie konnte sie das auch nur für eine Sekunde vergessen haben?

Weil du ihn heiß findest, stichelte das Stimmchen im Kopf, das Tara sofort zum Schweigen brachte. Als ob sie nicht schon oft genug bewiesen hätte, dass sie einen lausigen Männergeschmack hatte! Zu ihrer eigenen Verteidigung konnte sie im Geiste vorbringen, dass es nicht leicht gewesen war, ohne Vater und damit ohne männliches Vorbild aufzuwachsen. Nur so konnte sie sich ihr mangelndes Urteilsvermögen und die vielen damit verbundenen Enttäuschungen im Laufe ihres bisherigen Lebens erklären.

Dieses Mal nicht, nahm sie sich vor. Egal, welche Pheromone der attraktive Miesepeter versprühte.

Tara wollte ihn nicht weiter fasziniert anstarren, als wäre er ein Halbgott. Sie wollte wütend sein, weil er sie zu Unrecht angeschnauzt hatte. Aber es fiel ihr schwer, jemandem länger als fünf Sekunden böse zu sein. Ihr Ärger war bereits verpufft. Tara war keine Frau, die sich gerne stritt, im Gegenteil. Ihr lag viel an Harmonie und einem angenehmen Miteinander.

Dem Kerl offenbar nicht. Auf seiner Miene zog ein Gewitter auf. Warum ging er nicht einfach weiter? Taras Herz raste. Warum schaute er sie so merkwürdig an? War es möglich, dass er sie auch anziehend fand? Hässlich war sie nicht, das wusste Tara, aber nicht jeder stand auf rotes Haar und üppige Kurven.

Schon im nächsten Moment erhielt sie ihre Antwort. »Nun stehen Sie mir nicht länger im Weg herum, ich muss von meinem Vortrag retten, was zu retten ist!«

So viel dazu. Nein, er hatte sie nicht aus Faszination angestarrt, sondern weil er von ihr erwartete, dass sie den Weg freimachte.

Taras Mund klappte auf. Was für ein Ekel. Weil sie wusste, dass ein ungehobelter Klotz wie er es nicht wert war, sich über ihn aufzuregen, trat sie mit einem Achselzucken zur Seite. »Bitte. Haben Sie noch einen schönen Tag.«

Tara setzte sich in Bewegung, ohne sich erneut umzublicken. In Nullkommanichts würde sie diesen Idioten aus ihren Erinnerungen streichen.

Aber so einfach war es nicht. Die Begegnung ließ sich leider nicht ausradieren wie ein falscher Eintrag im Kalender. Immer wieder, auch lange, nachdem sie in ihr tristes WG-Zimmer zurückgekehrt war und nach möglichen Einkommensquellen im Netz gesucht hatte, für die sie nicht ihre Seele oder ihren Körper verkaufen musste, sah sie das ungewöhnliche Blau seiner Augen vor sich.

Was für ein Jammer, dass die charismatischen Männer zu häufig arrogante, selbstherrliche Idioten waren.

1

Cornwall, einige Wochen später.

Emery Swan trat neben den Kamin und stützte sich am Sims ab, während er düster in die Flammen starrte. Der Duft von brennenden Kiefernhölzern hatte sich im Wohnzimmer ausgebreitet und eine behagliche Wärme gleich mit dazu. Böiger Wind rüttelte an den Wänden des alten Herrenhauses, das weit oben auf den Klippen stand und den Witterungsbedingungen damit stärker ausgesetzt war als die Häuser drüben im Dorf.

Mit dem Alleinsein hatte er keine Probleme. Er hatte sich daran gewöhnt.

Menschliche Gesellschaft war nicht das, was er in Cornwall vermisste. Im Gegenteil. Trotzdem kam er nicht so zur Ruhe, wie er vor Reiseantritt gehofft hatte. Auch die ersehnte Inspiration ließ auf sich warten.

Emery ging einen Schritt zurück und rieb sich mit der Hand über die Stirn. Zum tausendsten Mal überlegte er, was er tun könnte, um nicht vielleicht doch noch den zündenden Funken für sein nächstes Buch zu empfangen. Das Vorgängerbuch, einer seiner Ratgeber für glückliche Scheidungen, war sehr erfolgreich gewesen. Die Vortragsreihe dazu hatte er gerade hinter sich gebracht. Aber dieses Thema kam ihm allmählich ausgelutscht vor – er hatte die Fragen aus dem New Yorker Publikum zum Schluss nur mehr knapp beantwortet, weil es ihn mittlerweile langweilte, über die Trennungen anderer Leute zu sprechen.

Nein, Emery wollte frischen Wind in seine Arbeit bringen. Nur fiel ihm ironischerweise selbst unter dem Heulen des Sturms nichts Neues ein.

Gar nichts.

Mit einem Fluch auf den Lippen goss er sich eine Handbreit Whisky ein und ließ sich anschließend in einen der beiden Sessel fallen, die vor dem Kamin standen.

Natürlich wusste er, warum er so schlecht gelaunt war. Dafür gab es eine ganze Reihe an Gründen. Einer davon war das Gespräch, das er kürzlich auf dem Rückflug von New York nach London mit seiner Mutter geführt hatte. Seufzend erinnerte er sich daran zurück.

Sie saßen wie üblich in der First Class und er wollte nach den anstrengenden Tagen im Big Apple ein wenig schlafen. Dort hatte er nicht nur einige Vorträge gehalten, sondern auch ein Gespräch mit dem Verlagslektor geführt, der ihn gedrängt hatte, bald ein neues Buch nachzulegen, ehe der Hype um seine Ratgeber nachließ.

Das war jedoch leichter gesagt als getan, denn ohne die passende Idee würde es kein neues Werk von ihm geben. Und einfach nur einen weiteren Abklatsch des alten Themas aufzuwärmen, wie man es ihm im Verlag nahegelegt hatte, kam auf keinen Fall infrage. Eines war sicher: Das Thema Scheidung ödete Emery inzwischen derart an, dass er unweigerlich seinen Ruf ruinieren würde, sollte er erneut gezwungen sein, damit an ein Rednerpult zu treten. Jeder Küchenpsychologe würde vermuten, dass diese vehemente Abwehrhaltung nur bedeuten könnte, dass er selbst noch eine Rechnung zu dem Thema offen hatte.

Nicht nur einmal war er in den Diskussionsrunden nach seinen Vorträgen mit dieser These konfrontiert worden. Und dass es womöglich stimmte, brachte ihn zusätzlich auf die Palme.

Erschöpft ließ Emery sich in den Sitz der First Class fallen, in der Hoffnung, sich nach den anstrengenden Terminen ein wenig ausruhen zu können.

»Emery«, sprach ihn seine Mutter an und verwehrte ihm die ersehnte Ruhe.

»Was ist denn?« Höflich wandte er sich ihr zu. Er wollte nicht schroff sein, denn seine Mutter konnte nichts dafür, dass er unter einer Art Blockade litt.

»Stimmt es wirklich, dass du den kompletten Dezember in Cornwall verbringen willst?«, fragte sie und schnitt damit das einzige andere Thema an, das er absolut und überhaupt nicht besprechen wollte. Seine Gründe, Weihnachten zu hassen, würde er mit niemandem diskutieren, schon gar nicht mit seiner Mutter. Sie kannte die Ursache, aber war anscheinend der Meinung, dass es an der Zeit sei, mit dem Leben weiterzumachen und die Vergangenheit abzuhaken. Vielleicht glaubte sie ja wirklich, dass er endlich über die größte Enttäuschung seines Lebens hinweg war: Virginia.

Emery verdrehte innerlich die Augen, denn dass seine Ex der Hauptgrund für die Entscheidung war, die Feiertage nicht in London mit der Familie zu verbringen, wollte er nicht offenlegen. Das käme einer Niederlage gleich, die er nur vor sich selbst eingestehen konnte.

»Ja, Mama. Habe ich dir doch gesagt.« Ihm war klar, dass er ein wenig genervt klang, obwohl er sich bemühte, sich zusammenzureißen. Seine Mutter sollte nicht den Eindruck bekommen, dass ihm ihre Begleitung lästig war, denn das stimmte nicht.

Während sie in den letzten Tagen zum Weihnachtsshopping in den größten Kaufhäusern der Welt unterwegs gewesen war und ihre Schwester, Emerys Tante Marge, besucht hatte, war er seinen beruflichen Verpflichtungen nachgekommen. Normalerweise war er allein unterwegs, daher war es eine willkommene Abwechslung gewesen, einmal mit seiner Mutter zu verreisen. Sie hatten ein gutes Verhältnis, auch wenn sie manchmal nervte. Aber das gehörte wohl dazu ...

»An den Feiertagen kommst du aber doch zu uns, nicht?«, bohrte sie weiter.

Emery stöhnte leise. Er war hundemüde und wollte schlafen – und nicht über das bevorstehende Weihnachtsfest reden. Seine Mutter wollte ihn überzeugen, nach London zu kommen. Darauf lief das Gespräch ohne Zweifel hinaus, und er verspürte nicht das geringste Interesse daran, das Fest der Liebe für andere zu verderben, nur weil er mies drauf war und sein Stimmungstief nicht in den Griff bekam.

»Tut mir leid, aber ich habe in Cornwall Verpflichtungen. Ich habe die Zusage gegeben, einen Monat lang Charity-Therapiestunden zu übernehmen. Die Sorgen der Leute machen auch an den Feiertagen nicht Pause.«

Ihm wurde unter seinen Lügen heiß, aber er wusste nicht, wie er sich sonst aus der Affäre ziehen konnte. Wenn er in diesem Jahr auf eines keine Lust hatte, dann war es die Erwartung seiner Familie, an Weihnachten einen auf heile Welt zu machen. Das würde ihm nicht gelingen, nicht nach den Neuigkeiten, die er zu verkraften hatte. Kürzlich hatte Emery von Virginia eine Nachricht erhalten, in der seine Ex ihm verkündete, wieder heiraten zu wollen – und schwanger war sie auch. Mit ihm hatte sie keine Kinder haben wollen, sie hatte ihm stets erklärt, dass sie sich nicht die Taille ruinieren wollte. Dass Emery schlicht der falsche Mann gewesen war, hatte sie nicht ausgesprochen, aber jetzt musste er sich eingestehen, dass es an ihm lag und an dem, was er ihr nicht hatte geben können. Es tat weh. Immer noch. Sein verletzter Stolz machte Emery dermaßen zu schaffen, dass er überhaupt nicht wusste, wohin mit sich und seinem Frust. Da war ihm Cornwall als Fluchtort einleuchtend erschienen.

»Weißt du«, fing seine Mutter an. »Ich habe mir etwas überlegt.«

Emery richtete sich kerzengerade in seinem Flugzeugsessel auf. Wenn sie einen Satz wie diesen aussprach, bedeutete es selten etwas Gutes. Die Stewardess kam gerade mit einem Tablett vorbei, auf dem sie Champagner und Orangensaft anbot. Emery schnappte sich ein Glas Saft. »Ach ja?«, erwiderte er in Richtung seiner Mutter und nickte der Stewardess dankend zu.

»Wie wäre es, wenn wir alle an Weihnachten zu dir nach Cornwall kämen? Das wäre doch mal was anderes. Dein Haus ist so riesig, wir müssten nicht einmal ein Hotel buchen. Und wir wären trotz deiner Wohltätigkeitsarbeit an Weihnachten alle zusammen! Papa, Jill, die Kinder ... Na, wie klingt das?«

Emery stürzte das Getränk in einem Zug herunter. Dann krächzte er: »Das klingt ... fantastisch.«

Verdammt. Er saß so was von in der Falle.

DAMIT WAR sein Schicksal auf dem Rückflug aus den Staaten besiegelt gewesen. Was seine Mum daraufhin alles an Zugeständnissen von ihm gefordert hatte, wusste er nicht mehr, er hatte zu allem nur noch Ja und Amen gesagt, um endlich seine Ruhe zu haben. Das Desaster würde so oder so seinen Lauf nehmen.

Seit dem Gespräch mit seiner Mutter waren ein paar Tage vergangen, und Emery hatte nach wie vor keinen Weg gefunden, wie er seine Familie wieder ausladen konnte. Er drehte den Tumbler zwischen seinen Fingern. Ein Holzscheit fiel knackend und knisternd in sich zusammen, während ein paar Funken gegen die Kaminscheibe flogen.

Er wollte seine Familie nicht hier haben.

Aus bekannten Gründen: Er war schlecht gelaunt und fühlte sich mies.

Das sollten seine Lieben nicht ausbaden müssen. Er war gerade nicht sozial kompatibel, daher wollte er allein sein und seine Wunden lecken.

»Verdammt«, brummte er und ließ sich mit geschlossenen Augen in den Sessel zurücksinken, lehnte den Kopf gegen das Polster und hoffte, dass er erst zum Neujahrstag wieder aufwachen würde. Leider geschahen in seinem Leben keine Wunder, schon gar nicht zur zermürbendsten Zeit des Jahres.

TARA WAR von stockfinsterer Nacht umgeben, es war kurz nach neunzehn Uhr. Laternen gab es auf den schmalen Wegen nur wenige bis gar keine. Stattdessen bildeten die überstehenden Äste der Bäume ein Dach über dem Asphalt. Zu den Regentropfen mischten sich, je weiter sie in Richtung Cornwall fuhr, immer mehr Schneeflocken. Tara war nach der langen Reise müde und gleichzeitig aufgedreht, sie musste sich stark konzentrieren. Ein paar Mal waren ihr beinahe schon die Augen zugefallen. Vielleicht hätte sie Bedelias Angebot, eine Nacht in London zu bleiben, doch annehmen sollen.

Dafür war es natürlich zu spät, aber die restlichen Meilen würde sie auch noch durchhalten. Der Gedanke, dass sie es fast geschafft hatte, verlieh ihr neue Kraft.

Tara konnte ihr Glück nicht fassen. Als ihr Telefon zwei Tage nach der ersten Begegnung mit der Engländerin geklingelt hatte, hatte sie gestottert und gar nicht gewusst, was sie sagen sollte. Nachdem Bedelia ihr Anliegen erklärt hatte, war Tara aus allen Wolken gefallen. Im positiven Sinne. Was für ein Wahnsinnsauftrag!

Davon hatte sie immer geträumt. Und hier ging es nicht nur

um das Finanzielle. Geld benötigte Tara natürlich nach wie vor dringend, aber die Tatsache, dass sie nun mit dem Auftrag nach Cornwall unterwegs war, ein altes Herrenhaus weihnachtlich zu gestalten und alles für die Feiertage herzurichten und zu organisieren, war ein Glücksfall. Und zwar nicht nur, weil dieser Job es ihr ersparte, Weihnachten alleine in New York zu verbringen, nachdem ihre Mutter ihr eröffnet hatte, dass sie über die Feiertage mit ihrem neuen Freund in die Sonne fliegen würde. Nein, dieses Engagement ließ einen Herzenswunsch für sie wahr werden.

In ihrem Portemonnaie hatte Tara nach dem Treffen mit Bedelia in London so viele Scheine, dass ihr allein beim Gedanken daran schwindelig wurde. Ihre Auftraggeberin hatte darauf bestanden, ihr ausreichend Bargeld und den großen SUV mitzugeben, damit Tara alles besorgen konnte, was für die Organisation des Familien-Weihnachtsfestes nötig war. Tara hatte freie Hand. Einhundert Prozent. Und offenbar genoss sie außerdem Bedelias volles Vertrauen. Tara könnte sich auch mit der Kohle aus dem Staub machen, damit würde sie locker ein halbes Jahr oder länger klarkommen. Das kam für sie natürlich nicht infrage, trotzdem war Tara von Bedelias Glauben in sie gerührt. Das machte die Sache jedoch nicht einfacher. Tara wollte Bedelia und ihre Familie nicht enttäuschen. Sie wollte ihnen das schönste Weihnachtsfest aller Zeiten bescheren. Es durfte nicht zu schlicht werden, aber auch nicht zu kitschig. Dabei gingen die Geschmäcker bekanntlich weit auseinander.

Aber eines war klar: Einen blinkenden Santa Claus wollten die Swans garantiert nicht auf ihrem Dach vorfinden. Das würde auch nicht nach Cornwall passen. Tara musste sich als Erstes von dem verabschieden, was in New York völlig normal war. In England lief das mit der Deko anders. Briten waren höflich, ein bisschen steif, es durfte keinesfalls grell und laut werden. Die Swans mochten es bestimmt gediegen. Tara plante deshalb, die

Deko stilvoll zu halten – wie das genau aussehen würde, wusste sie noch nicht.

Zunächst würde sie sich von dem alten Gemäuer inspirieren lassen, dann würde ihr schon etwas einfallen. Angeblich stammte das Haus aus dem siebzehnten Jahrhundert. Genau hatte es Bedelia nicht zu benennen gewusst, die akkurate Zahl spielte auch keine Rolle. Klar war jedenfalls, dass es sich um ein altehrwürdiges Anwesen handelte, das Tara nicht mit zu vielen Lichterketten verunstalten durfte. Sie würde die weihnachtlichen Akzente also gewählt setzen müssen. Weniger war in dem Falle mehr.

»Mann, ich bin so aufgeregt«, sprach sie mit sich selbst, während sie nach rechts abbog, weil das Navi sie mit dieser freundlich ruhigen Frauenstimme dazu aufgefordert hatte. Die Straßen wurden immer schmaler, es ging hinauf und wieder hinunter. Die alten Häuschen und Cottages waren niedlich, aus den meisten Kaminen rauchte es. Hinter vielen Fenstern brannten Lichter. Die Straßen waren jedoch wie leer gefegt.

Viel los ist hier am Abend ja nicht, überlegte Tara. Aber das war unwichtig, sie war nicht hergekommen, weil sie die Gesellschaft anderer suchte, sondern um zu arbeiten.

Fünfhundert Meter lagen laut Navi-Anzeige bis zum Zielpunkt noch vor ihr. Allmählich lichteten sich die Häuser, sie hatte das Dorf fast hinter sich gelassen. Es ging eine Anhöhe hinauf, die Straße war nicht beleuchtet. Dicke Schneeflocken tanzten im Scheinwerferlicht und erschwerten ihr zunehmend die Sicht. Als sie eine Einfahrt mit hohen Säulen und einem imposanten, aber zum Glück offenen, schmiedeeisernen Tor erreichte, hielt sie an. *Trewane Manor* konnte Tara mit zusammengekniffenen Augen lesen, das Schild an der einen Säule war in der Dunkelheit nur schwer zu erkennen. Erleichtert atmete sie aus. Hier war sie richtig. Zum Glück.

Zufrieden in sich hineinlächelnd steuerte sie das Auto durch die Einfahrt. Hier war der Weg gekiest, aber vernachlässigt, was sie sogar bei diesen Lichtverhältnissen erkannte. Ein paar Fackeln wären großartig, aber vermutlich schwer für mehr als einen Abend umzusetzen, denn die müssten dann täglich neu entzündet werden. Vielleicht fiel ihr ja noch etwas anderes ein.

Nur hinter einem Fenster brannte Licht, ansonsten lag das imposante Gebäude im Dunkeln. Es war zweistöckig und musste von sehr wohlhabenden Leuten erbaut worden sein. Sie schätzte, dass es mindestens fünf Schlafzimmer hatte – und ebenso viele Bäder. Natürlich war es modernisiert worden und nicht mehr auf dem Stand des Erbauungsjahres, das hatte Bedelia ihr erklärt.

»Gott, wie aufregend«, murmelte Tara und grinste dabei wie ein Honigkuchenpferd. Sie wusste, dass der Sohn bereits vor Ort war, weil er in Cornwall beruflich zu tun hatte. Einen Schlüssel hatte sie daher nicht bekommen, sie sollte klingeln. Bedelia hatte ihr versichert, dass ihr Sohn Bescheid wisse. Tara hatte vergessen, nach seiner Nummer zu fragen, sie hätte ihre Ankunft gerne telefonisch angekündigt. Nun musste es so gehen.

Mit einem Seufzer der Erleichterung, dass die Reise so gut verlaufen war, parkte Tara den Wagen in der Auffahrt. Sie zog sich ihre Jacke etwas umständlich im Auto über und stieg aus.

Draußen nahm sie einen tiefen Atemzug und roch das Meersalz, die Brandung hörte sie sogar bis hierher. Tara hatte gar nicht gewusst, dass das Anwesen direkt am Meer lag. Wie schön! Die Aussicht musste bei Tageslicht fantastisch sein. Ob es auch einen großen Garten gab? Das wäre wundervoll, denn dann könnte sie dort einige Lichtakzente setzen.

Leider konnte sie in der Dunkelheit nicht viel erkennen, aber das würde sie morgen nachholen. Zudem war es bitterkalt, nass und spät. Wenn man bedachte, dass ihr ein Transatlantikflug in den Knochen steckte, war es überhaupt ein Wunder, dass sie noch auf zwei Beinen stand. Alles, wonach sich Tara jetzt sehnte, war ein weiches, warmes Bett. Um alles andere würde sie sich heute nicht mehr kümmern.

Sie holte Rucksack, Handtasche und Koffer aus dem Auto und schleppte alles unter lautem Ächzen zur Haustür, da sich das Ding auf dem Kies leider nicht rollen ließ. Mit der Handytaschenlampe suchte Tara nach der Klingel, fand aber nur einen Türklopfer.

Das war ja geradezu romantisch, dachte sie mit einem Kribbeln im Bauch und schlug den Metallring ein paar Mal gegen das dunkle Holz.

Erst einmal geschah gar nichts, bis Tara die Prozedur erneut – dieses Mal energischer – wiederholte.

Nach einer gefühlten Ewigkeit wurde die Tür aufgerissen. Tara starrte in ein finsteres Gesicht, das nicht so wirkte, als hätte der Hausherr zu dieser Stunde noch mit Besuch gerechnet. Tara erschrak dermaßen, dass sie einen Schritt zurücktaumelte. Zum Glück war die Stufe breit, und sie fiel nicht hin.

»Was wollen Sie hier?«, schnarrte der Mann. Etwas an ihm kam Tara bekannt vor.

Diese Augen!

Ach du liebes Lieschen!

Wie kam *er* denn hierher?

Es war nicht so, als hätte Tara ständig an die Begegnung vor dem Waldorf Astoria gedacht, aber auch nicht gerade selten. Und nun stand das Ekelpaket ausgerechnet hier in Cornwall vor ihr? Unglaublich. Niemals wäre sie darauf gekommen, dass er Bedelias Sohn sein könnte. Sie war so nett, und er war ... gemein.

»Und, was machen *Sie* hier?«, erwiderte sie mit ähnlichen Worten, weil sie zu geschockt war, um sich etwas Schlagfertiges einfallen zu lassen.

Sie waren offensichtlich beide verblüfft, einander hier wiederzusehen. Oder war er zu allen Menschen so unhöflich?

»Das hier ist kein Hotel«, brummte der Mann und wollte ihr gerade die Tür wieder vor der Nase zuschlagen.

Das war ja wohl die Höhe!

Tara reagierte blitzschnell. Sie stemmte sich mit ihrem Gewicht dagegen und hielt ihn auf. »Moment mal! Ich bin Tara O'Leary. Ich suche kein Hotel, sondern Trewane Manor. Da bin ich doch richtig, oder etwa nicht?«

»Der Name ist korrekt, aber Sie können unmöglich *dieses* Trewane Manor meinen. Sicher gibt es mehrere davon in England. Und jetzt verschwinden Sie und lassen mich in Ruhe.«

Das war nicht zu fassen! An Widerwärtigkeit hatte der Kerl in den letzten Tagen jedenfalls nichts eingebüßt. An Attraktivität leider auch nicht.

»Nein«, brummte Tara und ließ sich nicht beirren. »Bedelia Swan hat mich gebucht, und ich werde erst wieder gehen, wenn mein Auftrag erfüllt ist.« Sie verschränkte zwar nicht die Arme vor der Brust, aber es kostete Tara größte Mühe, es nicht zu tun. Doch im Gegensatz zu diesem Kotzbrocken wollte sie keinen abweisenden Eindruck machen, sondern höflich und professionell bleiben.

Bedelias Sohn – Tara fiel gerade auf, dass sie gar nicht wusste, wie er mit Vornamen hieß – presste seine Lippen zu einer schmalen Linie zusammen und musterte sie von oben bis unten. Unverschämt, war alles, was ihr dazu einfiel. Langsam wanderte eine seiner ansehnlichen dunklen Augenbrauen in die Höhe. »Wer sind Sie? Eine Hostess, die mir die Nächte hier versüßen soll? So durchtrieben hätte ich meine Mutter gar nicht eingeschätzt.«

Tara war nicht dafür bekannt, dass die Wut in ihr schnell überschäumte, aber seine Unterstellung schlug dem Fass den Boden aus. Sie war zu viele Stunden unterwegs gewesen und schlicht zu müde, als dass sie bei seinen dreisten Beschimpfungen Ruhe bewahren konnte. Unfassbar, wie dieser Mann mit ihr redete. Er musste in seiner Familie völlig aus der Art geschlagen sein, oder die liebenswürdige Bedelia hatte bei der Erziehung ihres Sprösslings schlichtweg versagt.

»Das verbitte ich mir!«

Er zweifelte und Tara nutzte ihre Chance. »Wollen Sie etwa, dass ich Ihre Mutter anrufe und mir bestätigen lasse, dass ich hier richtig bin? Sie sind doch Mr. Swan? Und Ihre Mutter ist Bedelia Swan?«

»Das stimmt. Bedelia ist meine Mutter.«

»Und Sie sind?«

»Emery Swan.« Er sagte seinen Namen, als müsste sie ihn kennen.

Weil Tara keinen Ärger wollte, machte sie eine beschwichtigende Geste und rang sich ein Lächeln ab. Es fühlte sich mechanisch an, aber besser bekam sie es gerade einfach nicht hin. »Na sehen Sie. Wenn Sie mich jetzt reinlassen würden? Es ist kalt und spät, und ich würde gern ins Bett gehen und eine Mütze voll Schlaf abbekommen, ehe ich morgen richtig loslege.«

Emery – ein besonderer Name, der irgendwie zu ihm passte – guckte Tara an, als hätte er ein Gespenst gesehen. Sogar bei diesen Lichtverhältnissen konnte sie erkennen, dass er kreidebleich geworden war. Ihre Schadenfreude hielt sich in Grenzen, sie wollte nicht, dass Menschen sich in ihrer Gegenwart schlecht fühlten. Es war offensichtlich, dass er nicht mit Gästen gerechnet hatte. Warum hatte Bedelia ihm nichts erzählt? Hoffentlich war das wirklich kein Kuppelversuch von ihr, wie Emery es eben vermutet hatte. Aber nein, den Gedanken verwarf Tara sofort, Bedelia hatte ihren Sohn nur am Rande erwähnt, es ging ihr um das familiäre Weihnachtsfest und sonst nichts. Und genau so würde Tara es halten: Sie würde hier ihren Job erledigen und sich aus allem anderen raushalten. Mit diesem griesgrämigen Typen wollte sie sowieso nichts zu tun haben. Zum Glück war das Haus groß, und man würde sich aus dem Weg gehen können.

Er räusperte sich. »Loslegen? Womit?«

Allmählich verlor Tara die Geduld. »Bitte, Mr. Swan ...«

»Emery«, unterbrach er sie.

Na also, ging doch! »Emery, sehr schön. Ich bin Tara.«

»Ja, das sagten Sie bereits. Und jetzt verraten Sie mir vielleicht einmal, was Sie wirklich hier wollen?«

Tara holte Luft. »Ihre Mutter ...«

»Ja, das habe ich verstanden, aber weshalb hat sie Sie engagiert?«

»Dazu wollte ich doch gerade kommen. Aber müssen wir das hier in der Kälte besprechen? Ich war lange unterwegs, und allmählich wird es doch sehr frostig hier draußen.«

Emery seufzte tief, als ob er die Last der Welt auf seinen Schultern trüge.

Was für ein komischer Kauz. Dabei sah er gar nicht aus wie ein Einsiedler, jedenfalls nicht so, wie Tara sich einen vorstellte. Emery trug einen groben Wollpullover zu einer dunklen Jeans, er war rasiert und ordentlich frisiert, wobei seine Haare einen Tick zu lang waren. Eine Strähne fiel ihm immer wieder in die Stirn.

»Na schön, dann kommen Sie rein. Nach London kann ich Sie ja wohl nicht zurückschicken, oder wo kommen Sie her?« Wenn das seine Art war, höfliche Konversation zu betreiben, dann gute Nacht.

»New York, um genau zu sein«, erklärte Tara.

In seinen Augen blitzte etwas auf. »Ach, nein, wirklich? Sie sind das. Ich wusste gleich, dass ich Sie schon mal irgendwo gesehen habe.«

Was sollte das denn nun wieder bedeuten? *Sie sind das.* Tara verzog ihre Lippen. »Ich kann leider keine Gedanken lesen. Sofern Sie möchten, dass ich zu diesem Gespräch etwas beitrage, müssten Sie schon ein wenig genauer werden.«

Er nahm ihren Koffer – wenigstens Manieren hatte er – und

schob ihn in den Flur. »Sie haben mir in New York meinen Vortrag versaut, ich musste ihn ohne meine Aufzeichnungen aus dem Kopf halten.«

Kurz überlegte sie, ob sie ihm erklären sollte, dass er selbst schuld gewesen war, ließ es aber sein. Sie wollte keinen Krieg mit dem Sohn ihrer Auftraggeberin. Unfassbar, wie klein die Welt war – oder auch wieder nicht. Tara glaubte nicht an Zufälle. »Und? Hat er geklappt?«

»Was?«

»Na, Ihr Vortrag!«

»Ach so.« Gedankenverloren schob er sich wieder diese eine Strähne aus der Stirn. »Ich denke schon.«

»Na sehen Sie, es gibt keinen Grund, warum Sie mir das immer noch vorwerfen müssen.«

Emery schaute sie mit diesem Ausdruck an, der auch ohne Worte klarmachte, was er von ihr hielt. »Sie sind eine dieser Optimistinnen«, stellte er resigniert fest, als wäre es eine schlechte Eigenschaft, und schloss die Tür hinter ihnen.

»Ich wüsste nicht, was daran falsch sein sollte.« Tara knöpfte ihre Jacke auf, die sie sich vor der Abreise im *Sale* gegönnt hatte, weil der alte Wintermantel einfach zu schäbig gewesen war, und fröstelte sofort. Im Haus war es kaum wärmer als draußen, die Beleuchtung war spärlich. Die Wandlampen flackerten immer wieder, der Kronleuchter an der Decke funktionierte anscheinend gar nicht. Der Boden im Schachbrettmuster wirkte stumpf, aber das konnte täuschen. Links ging es zu einer Art Garderobe, doch sie behielt ihre Jacke lieber an. »Wo kann ich schlafen?«, fragte sie.

»Entschuldigung, Tara, aber verraten Sie mir bitte erst, warum Sie hier sind. Wenn meine Mutter einen Kuppelversuch starten will, rufen Sie sie an und sagen ihr, dass ich kein Interesse habe.«

Nun fing er schon wieder damit an. Taras Mund klappte auf. »Na, hören Sie mal. Wofür halten Sie mich?«

Tara war davon überzeugt, dass es hier nur um eine Sache ging: das Weihnachtsfest der Familie. Nervig fand sie Emerys Getue trotzdem. »Ich bin hier, um das Anwesen festlich zu gestalten und alles für die Weihnachtsfeiertage vorzubereiten. Und nur fürs Protokoll: Ich bin Eventmanagerin von Beruf und keine Escort-Dame! Es ist mir schleierhaft, warum Sie nichts von meinem Auftrag wissen. Ihre Mutter muss Sie doch von meiner Ankunft unterrichtet haben! Mir sagte sie jedenfalls, dass sie alles mit Ihnen abgesprochen hätte. Wollen Sie mir jetzt weismachen, dass Ihre Mutter mich angelogen hat? Oder was soll ich denken? Ich bin wirklich zu müde für diese Art von Humor.«

Emery schwieg. Ein schuldbewusster Ausdruck legte sich über seine Züge. »Vielleicht habe ich etwas missverstanden, und Witze mache ich garantiert nicht über dieses Thema.«

»Vielleicht haben Sie etwas missverstanden?«, wiederholte Tara und presste dann die Lippen zusammen. Sie würde jetzt nicht damit anfangen, ihm ständig alles nachzuplappern, nur weil sie nicht begreifen konnte, was hier los war.

Nun war es Emery, der abwinkte. »Es spielt wohl keine Rolle mehr, denn jetzt sind Sie nun einmal da, und ich werde es anscheinend nicht verhindern können, dass Sie eine Weihnachtshölle auf Trewane Manor herrichten.«

»Höhle«, korrigierte Tara ihn.

»Nein!«, widersprach er und wirkte dabei mehr als gefrustet. »Hölle ist richtig. Ich hasse Weihnachten.«

Tara blieb regungslos stehen und verarbeitete seine Worte, das hieß, sie versuchte es zumindest. »Das ist nicht Ihr Ernst?«, entgegnete sie entsetzt. »*Jeder* liebt doch diese wunderbare Zeit, die festliche Atmosphäre, den winterlichen Zauber... Wie kann man Weihnachten hassen? Sie wollen mich veräppeln.«

»Keineswegs. Ich scherze nicht. Und nur, dass Sie es wissen:

Ich will Sie nicht hierhaben. Ich dulde Ihre Anwesenheit nur, weil meine Mutter mich anscheinend überredet hat, als ich einen Moment lang nicht zurechnungsfähig war. Aber das ist auch schon alles. Ich will keine Weihnachtsmusik. Ich will keinen Lamettaglitzer, und noch weniger will ich blinkende Lichterketten überall im Haus. Haben wir uns verstanden?«

Tara war wie vor den Kopf gestoßen. Mehr als das. »Was für ein Mensch sind Sie nur?«, stieß sie tonlos hervor.

Normalerweise war Tara nicht so nah am Wasser gebaut, aber der Jetlag und die Strapazen ließen die Tränen in ihr aufsteigen. Im Vergleich zu Emery Swan war der Weihnachtsgrinch ein liebevolles Lämmchen.

»Darüber möchte ich jetzt nicht mit Ihnen diskutieren. Suchen Sie sich ein Bett aus – außer meinem«, erklärte er kalt und ging davon. Nach zwei Schritten blieb er stehen und drehte sich erneut zu ihr um. »Oder nein. Nehmen Sie ein Zimmer im zweiten Stock, dort befinden sich die Räume fürs Personal. Und das sind Sie doch, oder etwa nicht?«

Tara schluckte trocken, dann nickte sie stumm. Ihre Zuversicht und Euphorie für das Projekt hatten einen massiven Dämpfer bekommen, und Tara ahnte, dass auch eine Mütze voll Schlaf daran wenig ändern würde.

2

Bitterkalt, das war alles, was Tara zur letzten Nacht einfiel. Die Kammer, in der sie übernachtet hatte, konnte man nicht als Zimmer bezeichnen. Von Zentralheizung hielt man hier wohl nicht viel, überlegte sie und fasste den zwar vorhandenen, aber kalten Heizkörper vom Bett aus an. Den hatte sie auf fünf gedreht, aber das Thermostat schien nicht zu funktionieren. Mist. An den Fenstern hatten sich Eisblumen gebildet, und ihr Atem hinterließ kleine weiße Wölkchen in der Luft.

Zum Glück hatte sie gestern in den umliegenden Zimmern weitere Bettdecken gefunden, die sie über sich gestapelt hatte, sonst wäre sie garantiert erfroren. Die Tapete mit Rosenmuster war ein wenig vergilbt und hatte, genau wie der grüne Teppich, schon bessere Tage gesehen. Zimmer fürs Personal, so hatte Emery – oder der Grinch, wie sie ihn insgeheim bezeichnete – es genannt.

Tara schloss die Augen und atmete tief durch. Sie würde sich diesen Auftrag nicht von ihm vermiesen lassen.

Auf keinen Fall.

Tara musste nur überlegen, wie sie sich gegen seine Widerwärtigkeiten wappnen konnte. Denn dass er heute nicht auf wundersame Weise plötzlich nett sein würde, war so sicher wie das Amen in der Kirche. Dabei war sie nicht einmal gläubig.

Die erste Aufgabe des Tages bestand darin, aus dem Bett hervorzukrabbeln. Unter den dicken Daunenbetten war es tatsächlich kuschelig warm und gemütlich, obwohl sie, neben einem zarten Lavendelhauch, ein wenig muffig rochen. Garantiert hatte hier seit Ewigkeiten niemand mehr übernachtet. Vermutlich konnte Tara froh sein, dass sie in der Dunkelheit überhaupt Decken gefunden hatte. Ohne ihr Handy wäre sie in der letzten Nacht aufgeschmissen gewesen. Das war etwas, was sie heute als Erstes klären musste: Inwiefern funktionierten Elektrik und Heizung in dem alten Schuppen überhaupt?

Wusste Bedelia davon?

Und was war dieser Emery nur für ein schrecklicher Mensch?

Tara fischte ihr Handy vom wackeligen Nachttisch. Der Akku würde nicht mehr lange durchhalten, aber für eine schnelle Google-Suche dürfte es reichen. Sie tippte »Emery Swan« ein und war überrascht, als – heiliges Kanonenrohr! – über zwanzigtausend Ergebnisse in Null Komma Siebenunddreißig Sekunden aufpoppten. Tara furchte die Stirn und klickte erst einmal auf die Bilder. Neben Fotos von ihm wurden auch Sachbuch-Cover angezeigt. Er war es also tatsächlich, und verdammt fotogen war er obendrein.

Ach herrje. Ein Scheidungsexperte. Na super. Kein Wunder, dass er immer so schlecht drauf war.

Wie viele Bücher hatte der Mann bereits geschrieben?

Tara zählte gar nicht erst, sondern klickte über einen weiterführenden Link auf die Beschreibung des Autors.

Emery Swan ist Bestsellerautor und Beziehungspsychologe mit eigener Praxis in London. Er begleitet Paare dabei, erfüllende Trennungen zu realisieren. In seinen Büchern geht es vorrangig um das sanfte Beenden von Beziehungen und um Trennungsmethoden und friedvolle Kommunikation im Trennungsjahr. Seine Bestseller Ratgeber ("Wie gehe ich friedlich" und "Scheidung leicht gemacht") oder der Bestseller "Glücklich getrennt". Seine neue Buchserie "99 Fragen zur harmonischen Trennung", unterstützt Paare, die keine mehr sein wollen, auf ihrem Weg.

Emery Swan hat Psychologie und Betriebswirtschaftslehre studiert und verschiedene psychotherapeutische Ausbildungen abgeschlossen. Weitere Informationen über ihn und seine Tätigkeit finden Sie auf seiner Website.

Erfüllende Trennungen? Tara stieß einen Laut aus, der entfernt an ein Lachen erinnerte. Wirklich, diese Informationen erklärten einiges. Emery Swan verdiente sein Geld damit, Ehen kaputtzumachen, anstatt sie zu retten. Großartig.

Tara verdrehte die Augen und wollte weiterlesen, aber der Bildschirm wurde schwarz. »Toll!«, meckerte sie und legte das Telefon weg.

Ein weiterer Grund, endlich aufzustehen. Tara wappnete sich gegen die Kälte und kletterte aus dem Bett. Gut, dass hier oben wenigstens Teppich lag. Der war zwar auch nicht warm, aber grobe Dielen wären noch ungemütlicher gewesen. Auf ihren Wollsocken tapste sie zum Fenster, wischte ein paar Eisblumen mit der rechten Hand weg und schaute hinaus.

»Wahnsinn«, entfuhr es ihr, während sie über das weite Meer blickte. Der Himmel war von einem zarten Hellblau, die aufgehende Sonne färbte die Schleierwolken golden. Diese Farbkombination war so typisch für den Winter, so besonders und pastellig schön, dass Taras Kehle eng wurde und sie für ein paar Sekunden vergaß, wie kalt ihr war. Der Ausblick war atemberaubend.

Im Garten des Anwesens lag ein wenig Schnee. Das Grundstück war zwar nicht riesengroß, aber weitläufig genug, um geniale Partys veranstalten zu können. Ein niedriger Zaun umgab das Grundstück, behinderte aber nicht die Sicht. Aus ihrem

Fenster konnte sie sogar die Klippen und die schäumende Brandung erkennen. »Also, wenn ich mich mal in den Tod stürzen möchte, weiß ich, wo ich das machen kann«, brabbelte sie albern vor sich hin.

Heute würde sie sich von nichts und niemandem die Stimmung verderben lassen. Selbst wenn sie eiskalt duschen musste – und das hasste Tara noch mehr als schlecht gelaunte Typen.

~

Emery saß in der Küche und trank seinen vierten Kaffee, aber der machte auch nicht wirklich warm, nur zittrig. Allmählich musste er sich darum kümmern, einen Klempner zu finden. Im Haus lag einiges im Argen. Bisher hatte er gedacht, dass es auch so gehen könnte, aber da er nun einen Gast im Haus hatte, kam er nicht darum herum, mit anderen Menschen in Kontakt zu treten.

Gast, haha. Beinahe hätte er gelacht. Diese Frau bedeutete nichts als Ärger, so viel war klar. Sie musste den Mund nur aufmachen, und schon fühlte er sich von ihrer lebensfrohen Art genervt. Dabei hatten sie sich gerade mal fünf Minuten unterhalten. Das Weihnachtsdesaster würde seinen Lauf nehmen, es sei denn, er konnte sie wegekeln, was so viel bedeutete wie: keine Deko, keine Familie, die hier feiern würde.

Hm. Vielleicht war das gar keine so schlechte Idee!

Dass er nicht gleich darauf gekommen war.

Na ja, selbst ohne die feste Absicht gehabt zu haben, sie zu verscheuchen, hatte er sie nicht gerade mit offenen Armen empfangen. Aber der Schock, dass plötzlich jemand vor seiner Tür gestanden hatte, war einfach zu groß gewesen. Ein wenig schämte Emery sich, dass er von der Unterhaltung mit seiner Mutter eine Menge verpasst hatte oder einfach nicht hatte hören wollen. Sonst hätte er mit dem Eintreffen einer Dekorateurin rechnen können.

Egal, das war Schnee von gestern.

Schritte auf der knarzenden Treppe kündigten an, dass die rothaarige Prinzessin erwacht war. Sie hatte ganz schön lange geschlafen, dafür, dass sie hier einen Job zu erledigen hatte. Emery guckte auf seine Armbanduhr, es war schon nach elf. Gut, ihm sollte es recht sein – je weniger er von ihr sehen musste, desto besser.

»Guten Morgen«, trällerte Tara, als sie die Küche betrat. An den Füßen trug sie plüschige Hausschuhe in Form von Einhörnern. Die Mähne schillerte in Regenbogenfarben.

Wer verreiste denn mit so etwas? Schlimm genug, solche Schuhe zu besitzen, aber nur eine Verrückte würde sie in die Reisegarderobe packen.

»Mittag würde wohl eher passen«, brummte er und kam sich selbst dämlich dabei vor. Beinahe hätte er gefragt, ob sie gut geschlafen hatte.

Emery hatte kein Problem damit, die Rolle des Arschlochs weiterzuspielen, er durfte es nur nicht vergessen und in einem schwachen Moment nett zu ihr sein. Je eher sie wieder verschwunden war, desto besser. Vielleicht kam seine Mum dann zur Vernunft und würde an Weihnachten mit der Sippe in London bleiben, wo sie alle hingehörten.

»Da Sie nun endlich wach sind, frage ich mich, wo das Frühstück bleibt. Ich dachte, meine Mutter hätte Sie eingestellt, um es mir schön zu machen.«

Beinahe hätte er sich zu seiner Widerwärtigkeit selbst beglückwünscht. Gleichzeitig war es ihm fast unangenehm. Aber eben nur fast. In diesem Falle heiligte der Zweck die Mittel.

Taras Gesichtsfarbe wechselte von Weiß zu Rot. Sie blinzelte hektisch, dann trat sie langsam an den Tisch heran und klammerte sich an der Stuhllehne fest, als müsse sie sich davon abhalten, ihm die Augen auszukratzen.

Emery bemühte sich, nicht zu lachen. Ihre Mimik war einfach köstlich. Seine Schuldgefühle hielt er im Zaum. Er hatte seine Gründe, und die waren wichtig.

»Ich glaube, da liegt ein Missverständnis vor. Ich bin ganz sicher nicht hier, um Sie zu bedienen.«

Er stutzte. Mit Gegenwehr hatte er nicht gerechnet. Taras grüne Augen funkelten angriffslustig.

»Nun, da habe ich wohl tatsächlich etwas missverstanden«, erwiderte er ruhig und betrachtete sie ausgiebig.

»Wo wir gerade dabei sind, Emery«, lächelte sie, und ihm wurde ein wenig mulmig zumute. »Wo sind eigentlich Ihre Patienten? In welchem Raum behandeln Sie sie? Ich möchte nicht, dass ich Ihnen in die Quere komme, deshalb frage ich. Funktioniert die Heizung nur im Personaltrakt nicht, oder ist sie im ganzen Haus kaputt? Ich bin mir sicher, dass Ihre Besucher nicht gern im Kalten sitzen und Sie doch sicher auch nicht?«

Scheiße. Auf einmal war ihm alles andere als frostig zumute.

Hatte diese rothaarige Person ihn so schnell durchschaut?

Nein.

Sie konnte nicht wissen, dass er überhaupt nicht vorhatte, kostenlose Therapiestunden anzubieten, wie er es seiner Mutter gegenüber vorgegeben hatte. Er war nicht nur hergekommen, um an seinem neuen Ratgeber zu arbeiten, sondern auch, um sich von seiner Tätigkeit in der Praxis zu erholen. Da würde er sich doch keine Gratis-Fälle ins Haus holen. Er hatte seiner Mutter diese Lüge nur erzählt, weil er gedacht hatte, sich die Familie vom Leib halten zu können.

Es war ungemein anstrengend, immer wieder ähnliche Szenarien mit zerstrittenen Paaren durchzuackern, er brauchte eine Pause, Urlaub sozusagen. Jetzt, zum Ende des Jahres hin, war er schlicht erschöpft. Virginias Neuigkeiten hatten natürlich auch eine Rolle bei seiner Entscheidung gespielt, aber das ging Tara nichts an. Deshalb schwieg er und stand auf.

»Wollen Sie mir nicht antworten?«, hakte Tara nach, und er sah, dass sich hektische Flecken auf ihren zarten Wangen bildeten. Gut, so abgebrüht war sie also doch nicht. Das hätte ihn auch überrascht.

Emery blieb stehen und betrachtete sie für einige Sekunden. Tara war hübsch, sehr hübsch sogar. Ihre Haut war weiß wie Alabaster, bis auf ein paar Sommersprossen – und die Stressflecken. Sie hatte hohe Wangenknochen und hübsch geschwungene Augenbrauen. Ihre Lippen waren zugegeben göttlich. Aber ihr Aussehen war es nicht, das ihn auf eine seltsame Weise faszinierte. Obwohl er sich nicht wie ein Gentleman benommen hatte, bot sie ihm Paroli. Trotzdem blieb sie höflich, während er an ihrer Stelle schon lange explodiert wäre. Das musste man ihr lassen. Die Frau hatte Schneid und Größe. Das imponierte ihm.

Leider würden ihn ihre Charaktereigenschaften bedeutend mehr Nerven kosten als ihre Anwesenheit allein. Emery seufzte leise. »Hören Sie, Tara, was ich hier tue oder nicht, geht sie nichts an. Das sollten Sie sich lieber früher als später merken.«

»Also haben Sie gar keine Patienten? Sollten Sie gar nicht vorhaben, Leute zu behandeln ...« Sie ließ nicht locker, aber beendete den Satz auch nicht. Das brauchte sie auch gar nicht, er kapierte trotzdem, dass sie ihm quasi drohte, seine Mutter zu informieren, wenn er nicht mitspielte. Oder war er einfach nur paranoid? Was hatte Mum ihr überhaupt erzählt? Vielleicht bildete er sich auch nur etwas ein.

»Wollen Sie jetzt eine Hausführung, oder wie darf ich Ihre nervtötende Fragerei verstehen?«, konterte er missmutig.

»O nein, ich komme zurecht, keine Sorge.«

»Schön. Dann tun Sie, was Sie nicht lassen können. Nur bleiben Sie unbedingt meinem Arbeitszimmer und mir fern. Klar?« Damit müsste ihre Frage beantwortet sein.

»Glasklar!«, erwiderte sie und lieferte sich mit ihm einen stummen Schlagabtausch.

Keiner von ihnen schien dem anderen zuerst ausweichen zu wollen.

Tara hielt sich kerzengerade. Emery sah, wie sich ihre Nasenflügel leicht aufblähten.

Aha, sie regte sich über ihn auf. Sehr gut. Es dürfte also nur eine Frage der Zeit sein, bis sie die Kontrolle über ihre aufgesetzte Zurückhaltung verlor und Fehler machte. Er konnte sie vielleicht nicht direkt feuern, aber er konnte dafür sorgen, dass sich ihr Aufenthalt hier alles andere als angenehm für sie gestaltete. Das hieß, dass er wohl oder übel doch noch ein paar Tage frieren musste. In seinem Büro gab es einen elektrischen Heizlüfter und – wie im Wohnzimmer – einen Kámin, in den beiden Räumen war es also auszuhalten. Das Holz könnte allerdings knapp werden, überlegte er, während er weiter in ihre grünen Augen starrte.

Himmel, wenn er nicht aufpasste, könnte er sich darin verlieren. Er verschwand besser, ehe ihm das passierte.

Emery wollte gerade an Tara vorbeigehen, als sie die Hand hob und ihm damit Einhalt gebot.

»Eine Sache noch.« Ihre angespannte Mimik strafte den federleichten Tonfall Lügen.

»Was denn?«, brummte er wenig enthusiastisch.

»Wenn Sie glauben, dass ich Ihre Putzfrau oder Köchin spielen werde, haben Sie sich geschnitten. Das wollte ich nur noch einmal betonen. Und nun lasse ich Sie an Ihre wichtige Arbeit gehen und werde Sie nicht weiter stören.«

Emery war für eine Sekunde sprachlos. Er schaute Tara stumm an und beobachtete, wie sie die Küche verließ. Stolzieren würde es eher treffen, obwohl die Einhorn-Hausschuhe dazu nicht ganz passen wollten.

Tara O'Leary war eine härtere Nuss, als er gedacht hatte. Aber er würde sie knacken.

Warum kam es ihm dann nur so vor, als hätte sie ihn längst im Griff und nicht umgekehrt?

Nein, sagte er sich. Tara konnte nicht wissen, dass er sich unter einem Vorwand hierher zurückgezogen hatte, einfach um seine Ruhe zu haben und nicht, um Klienten zu empfangen. Er war natürlich auch hier, um seine Wunden zu lecken, die er aus seiner gescheiterten Ehe mit Virginia davongetragen hatte. Aber wie Tara »wichtige Arbeit« betont hatte, kam ihm merkwürdig vor, und er fürchtete, sie wusste, dass seine kostenlosen Therapiestunden nie wirklich geplant waren. Dass ihr klar war, womit er seine Brötchen verdiente, stand außer Frage. Emery juckte es in den Fingern, seine Mutter anzurufen, um von ihr zu erfahren, was genau sie mit Tara besprochen und vereinbart hatte.

In einem Telefonat mit Mum würde er sich aber andere lästige Fragen stellen lassen müssen, auf die er keine Lust hatte.

So oder so, er musste sich mit der neuen Situation arrangieren. Was für ein Mist.

3

Tara kochte vor Wut. Es hatte nicht einmal vierundzwanzig Stunden in der Nähe dieses selbsterklärten Trennungsgurus bedurft, und schon fühlte sie sich zu einem Mord imstande. Wenn das hier so weiterging, musste sie sich Blutdrucksenker verschreiben lassen. Also wirklich!

Was für ein ...

»Arrgghhh!«, stieß sie hervor, während sie die Mütze tiefer ins Gesicht zog und aus dem Herrenhaus trat. Die eiskalte Luft hinterließ ein Prickeln auf ihren Wangen – oder war es die Wut auf diesen Grinch?

Ihr fiel nicht einmal ein passendes Schimpfwort für Emery Swan ein.

Sie würde eines kreieren müssen.

Aber nicht jetzt. Jetzt wollte sie ins Dorf fahren, sich ein wenig umsehen und von der Umgebung weihnachtlich inspirieren lassen. Dazu trug sie feste Wanderstiefel für den Fall, dass sie auf unwegsames Terrain stieß. Wie gut, dass schon ein bisschen Schnee lag, der die perfekte Winteratmosphäre schuf, auch wenn der raue Wind Tara frösteln ließ.

Das Anwesen war nicht von vielen Bäumen gesäumt, aber ein paar knorrige Eichen standen an der Mauer, die das Grundstück in Richtung Straße begrenzte. Die nackten Äste reckten sich wie dünne Arme in den Himmel. Das gefallene Laub war mit einer pudrigen Schneeschicht bedeckt, aber selbst die konnte nicht verbergen, dass hier dringend ein Gärtner beauftragt werden musste, um alles in Ordnung zu bringen. Für die Weihnachtsfeier würde das wahrscheinlich keine Rolle spielen, aber Tara dachte an den Frühling und den Sommer. Es wäre schade um das herrliche Anwesen, wenn man es noch weiter verkommen ließ. Gut, das sollte ihr eigentlich egal sein – war es komischerweise aber nicht.

Die Sonne hatte sich hinter eine dunkle Wolke verzogen. Trotzdem ließ Tara es sich nicht nehmen, um das Haus herumzuspazieren. Auf den Außenbereich wollte sie auch einen Blick werfen, ehe sie die Gegend mit dem Auto erkundete. Falls sie im Garten eine Stelle entdeckte, wo eine Dekoration gut hinpassen würde, könnte sie womöglich gleich etwas Passendes besorgen. Was sie hatte, hatte sie, oder so ähnlich.

Taras Stiefel hinterließen Fußabdrücke im Schnee, er knarzte unter ihren Sohlen. Es roch herrlich frisch, so klar und doch voller verschiedener Aromen. Am Meer lag immer dieser spezielle Duft von Salz und Weite in der Luft. Sie konnte sich nicht erinnern, wann sie zuletzt eine so reine Luft eingeatmet hatte.

Auf dem Weg in den Garten schaute sie durch die Sprossenfenster von Trewane Manor. Das Haus hatte sie nach diesem verkorksten Start in den Morgen nicht weiter erkundet, was sie gerade ein wenig bedauerte. Aber es war besser so gewesen, denn Emery Swan wäre sonst in Lebensgefahr geraten. Und das wollte sie Bedelia – und sich selbst – nicht antun. Tara wollte ihr Dasein nicht hinter Gittern fristen und ihr Gewissen nicht mit einer Bluttat belasten. Weil sie nicht zur Verbrecherin werden wollte, musste sie sich wohl oder übel mit den Frechheiten dieses

Idioten arrangieren. Etwas Genugtuung hatte es ihr dennoch gegeben, ihn für einen Moment sprachlos zu sehen, als sie ihn provoziert hatte. Aber Tara wusste, dass so ein Hochgefühl nur von kurzer Dauer war. Immerhin würden sie für die drei Wochen bis Weihnachten miteinander auskommen müssen. Wie das ohne Mord und Totschlag funktionieren sollte, stand für sie noch in den Sternen.

Es würde vermutlich nur auszuhalten sein, wenn sie den Mann so wenig wie möglich sah oder hörte. Jedes seiner Worte war schärfer als eine Rasierklinge. Es sollte etwas heißen, dass es ihr schwerfiel, damit klarzukommen. Tara war nicht in Wattebäusche gebettet aufgewachsen, im Gegenteil. Das Leben in New York hatte sie schnell lernen lassen, dass man einen groben Schutzpanzer brauchte, um nicht verletzt zu werden. Aber Emery Swan? Der war eine Spezies für sich und nur schwer zu ertragen – milde ausgedrückt.

Sie wollte jetzt nicht an ihn denken. Irgendwie würde es ihr schon gelingen, ihn und seine schlechte Laune auszuhalten. Groß genug war das Haus glücklicherweise ja.

Um endlich mehr davon zu sehen, spitzte sie durch eines der Fenster. Die Rahmen müssten einmal gestrichen werden, bemerkte sie dabei. Dann konzentrierte sie sich auf das Innere des Hauses. Es sah nach einem Büro aus, ein breiter Schreibtisch stand etwas vom Fenster entfernt. Dunkles Holz, Mahagoni vielleicht. Von Ordnung hielt der Typ anscheinend nicht viel. Unzählige Papiere stapelten sich auf der Tischplatte. Das Bücherregal sah auch nicht besser aus. Trotzdem schien alles verstaubt zu sein. Nicht so, als würde sich Emery viel oder häufig darin aufhalten. Es wirkte jedoch nicht so extrem verlassen wie die Räumlichkeiten in der obersten Etage, wo sie heute Morgen auf dem Flur ihre Fußabdrücke im Staub entdeckt hatte. Es war fast gruselig gewesen – zum Glück waren es wirklich nur ihre eigenen gewesen und nicht die einer verlassenen Seele. Das hoffte Tara zumindest. Ihr Körper reagierte mit einer Gänsehaut auf ihre ausufernde Fantasie.

»Hör auf«, ermahnte sie sich streng. Sie würde jetzt nicht damit anfangen, diesem Herrenhaus Gespenster anzudichten, die es nicht gab.

Gerade als sie weitergehen wollte, öffnete sich die Tür zum Arbeitszimmer, und Emery trat ein. Als er sie entdeckte, erstarrte er. Sein Blick wurde noch grimmiger als sonst.

Tara schnappte nach Luft. Auf frischer Tat ertappt, so fühlte sie sich zumindest. Verdammt.

Weil sie nicht für eine Verbrecherin – oder schlimmer, für eine Spannerin – gehalten werden wollte, lächelte sie und winkte ihm fröhlich zu. *Fake it until you make it*, hatte mal jemand zu ihr gesagt. Täusche es vor, bis du es wirklich schaffst. In ihrem Fall hieß das, sich vor ihm freundlich und heiter zu geben, bis es ihr gelang, sich nicht mehr von seiner arroganten Ausstrahlung aus dem Konzept bringen zu lassen.

Emery hatte augenscheinlich nicht damit gerechnet, dass Tara ihm zuwinken würde. Er hatte vermutlich geglaubt, dass sie den Kopf einziehen und vor ihm fliehen würde.

Ja, die Versuchung war groß gewesen. Dieser Mann hatte diesen gemeinen Blick drauf, der ihre Knie weich werden ließ, und eine enorm einschüchternde Wirkung, vermutlich nicht nur auf sie. Aber es hatte noch nie geholfen, wenn man zugab, dass man sich fürchtete, deshalb ließ sie dieses Gefühl erst gar nicht zu.

Nein. Tara hatte keine Angst vor ihm. Der Mann war vielleicht ein extremer Miesepeter, aber damit würde sie umzugehen lernen. So oder so hatte sie keine Wahl, denn das hier war der Auftrag ihres Lebens. Wenn sie diese Feuerprobe bestand, zog das hoffentlich andere Jobs nach sich, und dann konnte sie ihr Unternehmen retten.

Weil Tara diese peinliche Situation mit Emery nicht unnötig

in die Länge ziehen wollte, tat sie weiter so, als könnte sie kein Wässerchen trüben und setzte ihren Weg fort.

Glücklicherweise war sein Büro nicht groß, so dass sie bald die bodentiefen Fenster des Wohnzimmers erreichte, das an sein Arbeitszimmer grenzte und somit aus seinem Blickfeld verschwand. Ein Glück. Sie war froh, diesem durchdringenden Blick entkommen zu sein. Als sie die Einrichtung im nächsten Raum entdeckte, klappte ihr Mund auf.

»Krass«, entfuhr es Tara.

Hier war, im Gegensatz zum oberen Stockwerk, definitiv renoviert worden. Das Ambiente, das sich hier bot, war kein Vergleich zu der kargen Ausstattung ihrer Kammer unter dem Dach. Im Wohnzimmer lag heller Dielenboden. In der Mitte des Raumes befand sich ein frei stehender Kamin, der von beiden Seiten zugänglich war. Vermutlich hatte es hier früher eine Wand gegeben, die man im Zuge der Modernisierung niedergerissen hatte. Mit Stahlträgern konnte man die Decke sicher problemlos stabilisieren – das Ergebnis war extraordinär. Einfach fantastisch. Der großzügige Raum war hell und freundlich, er wirkte zwar ein bisschen unpersönlich, aber das könnte man sehr schnell mit ein paar Details verändern. Deshalb war sie ja hier.

In der Hälfte, die ihr näher war, standen zwei Sofas im Landhausstil mit Rosenmuster und ein Glastisch auf einem Flokati. Einen Fernseher konnte Tara nicht entdecken, das wäre bei der Aussicht auch ein Frevel gewesen, er musste an der anderen Wand hängen, die sie von hier aus nicht gut erkennen konnte. Hinter dem Kamin befanden sich zwei mit grünem Samt bezogene Ohrensessel. Weil Tara befürchtete, gleich wieder in Emerys wütende Augen starren zu müssen, wandte sie sich vom Haus ab. Einen Überblick hatte sie sich schon mal verschafft. Fürs Wohnzimmer würden eine Tanne und ein bisschen Deko hier und da schon ausreichen. Weniger war in diesem Fall mehr.

Sie sah es schon vor sich. Herrlich. Das stilvollste Weihnachtsfest aller Zeiten!

Vor dem Wohnzimmer befand sich eine kleine Terrasse. Von dort aus ging es über sieben Stufen hinunter in den Garten. Der wirkte auch hier vernachlässigt, das konnte sie jetzt noch deutlicher erkennen. Die dünne Schneedecke vermochte nicht zu verbergen, dass hier schon seit einiger Zeit alles wucherte, was wuchern wollte. Weil Tara keinen verstauchten Knöchel riskieren wollte, indem sie in ein Loch trat oder an einem Ast hängen blieb, ging sie nicht bis zum Zaun – ein Jammer, die Aussicht musste vorn an der Klippe fantastisch sein. Aber das Meer konnte sie auch von hier aus sehen. Dunkelblau und unergründlich erstreckte es sich unter dem blassblauen Winterhimmel. Tara merkte, wie ihre Schultern ein wenig herabsanken, als etwas von der inneren Anspannung von ihr abfiel. Diese Weite, diese Ruhe und Kraft am Meer hatten schon immer eine außerordentliche Wirkung auf sie gehabt. Sie liebte es jetzt schon, hier zu sein.

Emery konnte sie kreuzweise. Tara würde die Zeit hier genießen, ob es ihm nun passte oder nicht. Sie nahm sich fest vor, von nun an wie ein Fels in der Brandung auf seine Gemeinheiten zu reagieren – nämlich gar nicht. Ein Lächeln breitete sich wie von selbst auf ihrem Gesicht aus. In diesem Moment gab die Wolke die Sonne wieder frei, und goldenes Licht fiel wie ein Vorhang über die See und erreichte nach wenigen Sekunden auch das Land.

Wie wundervoll, schoss es ihr durch den Kopf, während ein warmes Glücksgefühl durch ihre Brust rieselte, das sie sogar die Winterkälte für einen Moment vergessen ließ.

Das Knurren ihres Magens erinnerte sie jedoch daran, dass sie seit Ewigkeiten nichts mehr gegessen hatte. Deshalb atmete Tara erneut tief durch und beschloss, diese positive Energie heute voll und ganz auf ihr Projekt zu lenken. Es gab viel zu tun, aber zuerst brauchte sie Kaffee und ein Frühstück. Auf der Fahrt von London hierher hatte sie an der Tankstelle nur zwei Müsliriegel gekauft und gegessen, seitdem waren zu viele Stunden vergangen. Mit etwas im Magen ließ es sich ohnehin viel besser denken.

Tara ging leise vor sich hin pfeifend zu Bedelias Geländewagen, fegte den Schnee von den Scheiben und fuhr dann mithilfe des Navis ins Dorf – obwohl das Quatsch war, es gab nur eine Straße, wie sie hinterher feststellte. Es war nicht einmal eine Meile bis zu einem öffentlichen Parkplatz, der im Sommer Geld kostete, im Winter aber frei zugänglich war. Sie stellte das Auto ab und stieg aus. Bei Tageslicht wirkte alles genauso urig und ursprünglich wie gestern bei ihrer Ankunft. Nicht verwahrlost, aber doch herrlich authentisch.

Bis zum kleinen Strand in der Bucht ging es recht steil bergab. Zum Glück waren die Straßen und Wege vom Schnee befreit worden, so dass Tara keine Angst hatte, sich den Hals zu brechen. Von ihrer aktuellen Position aus sah sie eine Frau mit einem Hund am Strand spielen. Die Frau warf ein Stöckchen, und das weiße, puschelige Tierchen rannte kläffend hinterher. Tara drehte sich noch einmal um. Etwas weiter oben am Hang befand sich die Kirche, sie wirkte sehr alt, vielleicht stammte sie aus der gleichen Zeit wie das Herrenhaus. Sie würde in den kommenden Tagen hineingehen und möglicherweise eine Kerze anzünden, aber nicht jetzt. Sie wandte sich wieder dem Meer zu und marschierte los in Richtung Strand, wo sie einige Geschäfte vermutete. Sie hätte auch Google Maps zurate ziehen können, aber erstens war der Empfang hier unterirdisch, und zweitens war das Dorf nicht so groß, als dass man sich verirren könnte. Hoffentlich hatte überhaupt ein Laden geöffnet, überlegte Tara, als sie einen geschlossenen Souvenirshop neben einem Wohnhaus entdeckte. Ein paar Möwen saßen gelangweilt auf dem Dachfirst.

Zum Glück waren ihre Befürchtungen unbegründet, denn nur ein paar Meter weiter auf der linken Straßenseite gab es ein kleines Café, in dem Licht brannte. Auf den Schaufenstern stand *Barb's Cornish Pasties & Scones*. Die Fensterrahmen waren in einem einladenden, hellen Rosa gestrichen, das fast ein bisschen kitschig wirkte. Rundherum blinkte eine Lichterkette, die Scheiben waren ein wenig beschlagen. An der Tür hing eine Tafel mit handgeschriebenen Öffnungszeiten. Täglich von zehn bis vier, an Sonntagen von elf bis zwei, las Tara, dann drückte sie die Klinke nach unten und trat ein. Ein Glöckchen bimmelte und verkündete ihre Ankunft. Es roch köstlich nach frischem Gebäck.

Im Raum befanden sich drei kleine Tische, auf denen Teelichter in Glaszylindern brannten, mit jeweils zwei Stühlen.

»Guten Morgen«, wurde Tara begrüßt, woraufhin sie sich umdrehte.

»Oh, guten Morgen«, erwiderte sie höflich und lächelte. Die Frau hinter dem Tresen trug eine weiße Schürze, ihre runden Wangen waren gerötet. Das blonde Haar trug sie zu einem unordentlichen Dutt gebunden, aus dem sich einige Strähnen gelöst hatten. Ganz offensichtlich war sie gerade aus der Backstube gekommen. Tara fand es großartig, dass hier anscheinend alles selbst hergestellt wurde.

»Was darf es denn sein?«, fragte die Frau, die nur ein paar Jahre älter als sie sein konnte.

Erst jetzt entdeckte Tara eine kleine Tafel, die über der Siebträgermaschine hing. Darauf stand – ebenfalls in hübscher Handschrift – das Angebot.

»Ich hätte gern einen Kaffee und ein Frühstück.« Genau das konnte sie nicht darauf entdecken, aber Tara war von der Auswahl in der Vitrine überfordert. Es gab viele verschiedene Pastys und natürlich Scones in einem Körbchen. Alles sah verführerisch aus und roch köstlich.

Die Frau lächelte. »Kaffee, klar, kommt sofort. Zum Mitnehmen?«

»Wenn es okay ist, dann würde ich ihn gern hier trinken.«

»Natürlich, sehr gerne. Und was das Frühstück betrifft: Ich könnte dir Scones mit Clotted Cream und zwei verschiedenen hausgemachten Marmeladen bringen. Und wenn du magst, sogar noch Rührei. Das steht zwar nicht auf der Karte, aber wie du siehst, ist hier nicht viel los, und ich habe Zeit für ein kleines Extra.«

»Das klingt fantastisch.«

»Sehr schön. Dann such dir gern einen Platz, du hast die freie Auswahl.« Die Frau lächelte herzlich.

»Danke.« Tara fühlte sich gut aufgehoben, die Wirtin war sehr sympathisch. Nach der Begegnung mit Emery heute Morgen war diese Konversation – und sei sie noch so belanglos – wie Balsam für ihre Seele.

Es dauerte nicht lange, da wurde ihr alles zusammen serviert. Sogar ein Glas Orangensaft war dabei. »Bitte schön, lass es dir schmecken.«

»O mein Gott, das sieht großartig aus«, erwiderte Tara und schon lief ihr das Wasser im Mund zusammen.

»Bist du auf der Durchreise?«

»Oh, nein. So kann man das nicht sagen, wobei mein, äh, Mitbewohner es gern sehen würde, dass ich lieber heute als morgen wieder abreise.«

Die Frau hob eine Braue, es war klar, dass sie nicht verstand, worauf Tara hinauswollte.

»Ich bin Tara, Tara O'Leary. Für die nächsten Wochen bin ich im Herrenhaus beschäftigt, um alles für das Weihnachtsfest herzurichten.« Tara merkte selbst, wie dekadent das klang. Sie wollte nicht, dass die Leute aus dem Dorf die Familie Swan als Snobs wahrnahmen, die mit Geld nur so um sich schmissen, deswegen ergänzte sie eilig: »Es würde sicher auch schneller gehen, aber ich hatte gerade so etwas wie eine Auftragsflaute, und na ja, wer würde nicht gern seine Zeit in Cornwall verbringen? Ich liebe das Meer.«

»Tara, was für ein schöner Name. Ich bin Barbara, aber alle nennen mich Barb.« Sie lächelte. »Dann bist du so etwas wie eine Eventmanagerin?«

»Ja, genau.« Tara strahlte.

»Cool. Ich hab zwar schon gehört, dass Mr. Swan hier ist, aber ich hatte keine Ahnung, dass ein Fest ansteht.«

Tara ging davon aus, dass es in einem so kleinen Dorf nicht viele Geheimnisse gab. Sie wollte gerade etwas sagen, als die Tür aufging und das Glöckchen bimmelte.

»Morgähn«, trällerte eine grauhaarige Frau. Sie trug die kurzen Haare ordentlich frisiert. Wenn Tara schätzen müsste, würde sie darauf wetten, dass ihre zarten Wellen nicht natürlich, sondern durch eine Dauerwelle entstanden waren. Mit ihr wehte ein Hauch von Tosca durch den kleinen Laden. Dieses Parfum war anscheinend bei älteren Damen noch immer in Mode. Tara unterdrückte ein Schmunzeln und schüttete etwas Zucker und Milch in ihren Kaffee.

»Guten Morgen, Moira«, grüßte Barb.

»Oh, du hast Kundschaft«, erwiderte Moira und scannte Tara mit einem interessierten Blick. Sie trug den Kragen ihres Wollmantels hochgeschlagen. Obwohl sie kaum mehr als einen Meter sechzig groß sein dürfte, strahlte Moira eine selbstbewusste Autorität aus, was Tara darauf schließen ließ, dass sie hier im Ort beliebt und angesehen sein musste. »Ich wollte nur schnell ein paar Pastys mitnehmen, wir haben doch heute Gemeinderatssitzung. Und die Teilnehmer sind alle besser gelaunt, wenn sie was zu beißen haben.«

»Tara, das ist Moira Mitchell, sie ist als unsere Bürgermeisterin für alles, was unser schönes Örtchen betrifft, verantwortlich. Moira, darf ich dir Tara O'Leary vorstellen? Sie arbeitet bis Weihnachten auf Trewane Manor.«

Moiras Augen weiteten sich ein wenig, dann trat sie mit einem strahlenden Lächeln näher. »Ach, tatsächlich? Wie interessant.«

»Freut mich, Sie kennenzulernen, Mrs Mitchell.«

»Ach, nicht so förmlich. Ich bin Moira.« Sie schüttelten kurz die Hände.

Tara wurde heiß. Es war nicht so, dass ihre Anwesenheit ein Geheimnis sein sollte – falls doch, dann hatte sie das in den Gesprächen mit Bedelia überhört – aber sie wollte Trewane Manor auch nicht zum Dorftratschthema Nummer eins werden lassen.

Moment mal.

Wieso eigentlich nicht?

Hatte Emery Swan ihr nicht auf ihre skeptische Nachfrage hin weiter den Eindruck vermitteln wollen, dass er hierhergekommen war, um seine Hilfe zu verschenken? Das Teufelchen auf ihrer Schulter klatschte Beifall, während Tara sich die Worte zurechtlegte, die sogleich aus ihr hervorsprudelten. »Sie haben bestimmt schon gehört, dass Mr Swan für die kommenden Wochen hier ist, um kostenlose Therapiestunden für Menschen anzubieten, die seinen fachmännischen Rat benötigen. Bevorzugt wird er natürlich Leute aus dem Dorf therapieren und beraten.«

Ob das stimmte, wusste sie nicht, aber so viel dichtete sie einfach dazu. Denn je mehr Tara darüber nachdachte, wie seltsam Emery auf ihre Nachfrage reagiert hatte, desto sicherer war sie, dass er überhaupt nicht vorhatte, jemandem zu helfen.

Sogleich tauchte die Frage in ihrem Kopf auf, ob es vertretbar war, Patienten zu ihm zu schicken. Bisher hatte er nicht den Eindruck erweckt, dass er in der Lage wäre, Positives zu bewirken. Aber möglicherweise war er professionell gesehen ja ein anderer Mensch – so was sollte es ja geben. Wie bei Jekyll und Hyde zum Beispiel.

Moira holte Luft, ihre Entzückung stand ihr deutlich ins Gesicht geschrieben. »Was sind das denn für wundervolle Nachrichten!«, trällerte sie und schaute erst Barb und dann wieder Tara an. »Das hatte ich tatsächlich noch nicht gehört. Und du bist sicher, dass Mr Swan wirklich vorhat, seine Arbeit gratis anzubieten?«

Tara hielt ihr Lächeln aufrecht, aber es fühlte sich mechanisch an. Ein wenig unbehaglich rutschte sie auf ihrem Stuhl hin und her. Emery Swan würde sie dafür hassen.

Aber das tat er sowieso schon. Und vielleicht konnte er ja wirklich jemandem helfen. Also nickte Tara. »So ist es, ich habe erst kürzlich mit ihm darüber geredet, wie sehr er sich darauf freut, den Menschen etwas zurückzugeben, etwas Wohltätiges zu tun. Aber dabei gibt es auch ein Problem.«

»Ach ja, welches denn?«, wollte Moira wissen.

Tara kam sich schäbig vor, aber es musste sein. »Es gibt Schwierigkeiten mit der Heizung. Könnt ihr mir vielleicht einen Klempner empfehlen? Mr Swan will natürlich nicht, dass die Klienten frieren müssen. Bei diesen Temperaturen ...«

Dass sie selbst auch nicht frieren wollte, behielt sie für sich. Gerade war ihr aber sehr, sehr heiß unter ihrem dicken Wollpullover – vielleicht ein Vorgeschmack auf die Hölle, in der sie einmal landen würde, weil sie sich so hinterhältig benahm. Aber nun war es zu spät, zurückrudern kam nicht infrage.

Und vielleicht wollte ja auch gar niemand zu Emery auf die Couch. Bei dem Gedanken fiel ihr auf, dass sie im Arbeitszimmer gar keine entdeckt hatte, sondern nur zwei Stühle ...

»Wir könnten einen kleinen Aushang anfertigen«, schlug Barb vor und zeigte zu einer Korktafel im Verkaufsraum. Es hingen bereits ein paar Zettel daran. Von der Entfernung aus konnte Tara etwas von einem Weihnachtsbaumverkauf erkennen, die anderen waren zu klein beschriftet.

»Gute Idee«, erwiderte Tara, es klang nicht so begeistert, wie sie es sich wünschte.

»Wie bekommt man denn einen Termin bei Mr Swan?«, erkundigte Moira sich. »Wobei ich ja nicht hoffen will, dass sich unser ganzes Dorf scheiden lassen möchte ...«

»Was den Termin betrifft, äh, da bin ich mir nicht sicher – ich denke aber, dass man einfach vorbeikommen kann. Ja, genau, so eine Art offene Sprechstunde, schätze ich. Und er ist ... er freut sich, und es muss nicht unbedingt um Trennungen gehen.«

O je, sie redete sich womöglich gerade um Kopf und Kragen. Aber es war zu spät, die Informationen würden von diesem süßen, kleinen Café hinaus in die Welt getragen werden. Was das betraf, war Tara sich jedenfalls gewiss: Moira würde dafür sorgen, dass ihre Lämmchen – die Dorfbewohner – davon erfuhren.

»Klempner«, murmelte Moira. »Ich rede mit June White, ich sehe sie nachher sowieso bei der Gemeinderatssitzung. Ihr Mann dürfte die Person sein, die ihr sucht. Er hat einen kleinen Betrieb und kennt die Antworten auf alle Sanitärfragen.«

Tara überlegte, ob sie auch gleich noch erwähnen sollte, dass sie weitaus mehr Hilfe benötigte, um die Weihnachtsvorbereitungen sicher in die Tat umsetzen zu können. »Wo wir beim Thema Handwerker sind: Einen Elektriker bräuchte Mr Swan auch. Ich will nicht unverschämt sein, aber ...«

Moira winkte großmütig ab und unterbrach sie. »Natürlich, Liebes, ich kümmere mich darum. Wir freuen uns doch, wenn das Herrenhaus nach so langer Zeit quasi wiederbelebt wird! Vor einigen Jahren gab es den großen Umbau, aber dann...« Sie hielt inne und schwieg kurz, ehe sie weitersprach. »Wie dem auch sei, wir freuen uns, dass Mr Swan wieder hier ist. Ich muss leider los, ansonsten würde ich gern noch Ewigkeiten mit Ihnen plaudern,

Tara. Aber wir sehen uns bestimmt bald wieder.« Sie war schon halb aus der Tür, als sie wieder umkehrte. »Jetzt hätte ich beinahe meine Pastys vergessen. Barb, sei doch so gut und packe mir von jeder Sorte zwei ein.«

Barb hob eine Braue, anscheinend überstieg diese Bestellung die übliche um ein Vielfaches. Wortlos ging die Bäckerin um den Tresen herum und packte alles in zwei hübsche Kartons. Nachdem Moira mit der Kreditkarte bezahlt hatte, schwebte sie – anders konnte Tara ihren Abgang nicht bezeichnen – aus dem Laden.

Tara rührte mit dem Löffelchen in ihrem Kaffee und fragte sich, ob sie hier gerade einen fundamentalen Fehler begangen oder etwas Großartiges angestoßen hatte. So oder so, sie musste mit Bedelia sprechen – und ihr ein wenig auf den Zahn fühlen, was Emery betraf. Bedelia musste doch wissen, was für ein Griesgram ihr Sohn war. Oder verhielt er sich bei seiner Familie wie ein anderer Mensch?

Bestimmt konnte Bedelia ihr ein paar Tipps für den Umgang mit ihrem Sohn geben. Wie sie diese Fragen formulieren sollte, wusste sie jedoch nicht. Kommt Zeit, kommt Rat, sagte sie sich und hoffte, das Gefühl der Beklemmung würde vergehen. Tara trank von ihrem Kaffee und machte sich an ihr Frühstück. Obwohl es lecker schmeckte, bekam sie kaum einen Bissen herunter.

»Ist etwas nicht in Ordnung?«, fragte Barb, als Tara kurz darauf aufstand, um zu bezahlen.

»Doch, es ist lecker, ich bin einfach nur so gestresst«, gab Tara ehrlich zu. »Könntest du mir den Rest vielleicht einpacken?«

Barb schenkte ihr einen mitfühlenden Blick. »Natürlich, das mache ich. Es ist bestimmt nicht leicht, in einer fremden Gegend zurechtzukommen. Wenn du Hilfe brauchst, sag gern Bescheid. Du weißt ja jetzt, wo du mich findest.«

Von so viel Freundlichkeit war Tara überwältigt. Sie

schluckte, um den Kloß der Rührung aus ihrem Hals zu vertreiben. »Danke, das ist sehr lieb von dir, darauf komme ich gern zurück.«

»Du kannst auch hier am schwarzen Brett einen Aushang machen, wenn du etwas benötigst. Ich denke lieber nicht daran, dass ich all die Lichterketten anbringen muss, das kann man allein ja fast gar nicht schaffen.«

Tara würde ihren linken Daumen darauf verwetten, dass Emery niemanden im Haus haben wollte – schon gar nicht, um ihr zu helfen. »Stimmt, da hast du recht. Das ist eine super Idee«, gab sie dennoch zurück, denn auf Emerys Befinden würde sie nur begrenzt Rücksicht nehmen. Immerhin war Bedelia ihre Auftraggeberin und nicht er.

»Etwas weiter oben, die Straße hinauf und dann links, gibt es ein Geschäft. *Hardware Store*, heißt es. Der gehört Declan Shilton, er kann eigentlich alles besorgen, was du brauchst. Du musst für das meiste nicht bis nach Truro fahren.«

Truro war so was wie der Nabel von Cornwall und nur eine halbe Autostunde entfernt. Aus Barbs Mund klang es wie eine Weltreise, doch Tara wollte sich nicht darüber lustig machen. Hier herrschten eben andere Verhältnisse als in New York, wo zwei Stunden Fahrt völlig normal waren. »Vielen lieben Dank, Barb«, sagte Tara und meinte es genauso. »Ich weiß gar nicht, womit ich so viel Hilfsbereitschaft verdient habe.«

Barb wirkte für einen Moment überrascht, dann zuckte sie lächelnd die Schultern. »In so einem kleinen Ort muss man sich gegenseitig unterstützen. Wir versuchen es zumindest, und ich für meinen Teil freue mich, dass Trewane Manor nicht mehr leer steht. Wenn ich spazieren gehe, komme ich oft dort vorbei. Ich fand es immer sehr schade, dass es so verlassen auf der Klippe thronte. Das ändert sich ja jetzt hoffentlich wieder.«

Verlassen auf der Klippe? Das deckte sich mit Taras Beobachtungen, aber sie traute sich nicht zu fragen, wieso die Familie so selten hier war. Von Google hatte sie natürlich längst erfahren, dass Emery seit vier Jahren geschieden war. Vermutlich war er sich bei seiner Scheidung selbst der beste Ratgeber gewesen. Tara schob die Gedanken an ihren grummeligen Mitbewohner – es fühlte sich besser an, ihn so zu bezeichnen – beiseite. In seiner Gegenwart war sie ohnehin schon unsicher genug, wenn sie ihn auch noch als »Hausherren« titulierte, würde sie womöglich vor Ehrfurcht erstarren. Und das hatte er mit seinem Benehmen wirklich nicht verdient. Tara musste, um die nächsten drei Wochen zu überstehen, auf Augenhöhe mit Emery bleiben. Sie würde sich nicht kleinmachen, sondern kontra geben. Höflich zwar, aber bestimmt. Denn so viel war sicher, er würde ihr so viele Steine wie möglich in den Weg legen, während sie das Haus weihnachtlich herrichtete.

Tara zog mit ihrer Papiertüte von dannen und entschied sich dafür, den Weg zum *Hardware Store* zu Fuß zurückzulegen. Die Häuser im Ort waren alle ähnlich, aus Stein gebaut, mit Schindel- und Schieferdächern und vielen Schornsteinen. Aus den meisten rauchte es. Viele Cottages hatten Blumenkästen vor den Fenstern, die in der kalten Jahreszeit aber nicht bestückt waren. In einigen konnte sie jedoch Tannengrün und Weihnachtskugeln entdecken. Niedlich irgendwie. Aber nichts für Trewane Manor. Nicht glamourös genug.

Google und Pinterest wollte sie für ihre Inspiration zunächst nicht zurate ziehen. Tara wünschte sich, dass die Ideen wirklich von ihr kamen und nicht aus einer anderen Quelle. Es fühlte sich nach gedanklichem Diebstahl an, und das kam für sie nicht infrage. Sie hoffte darauf, dass ihr die Einfälle beim Spazierengehen kamen.

»Scheiße«, murmelte sie, als die Angst, der Aufgabe doch nicht gewachsen zu sein, immer größer wurde. »Was mache ich eigentlich, wenn mir nichts einfällt?«

Beinahe fühlte sie sich wie eine Hochstaplerin, dabei hatte sie Bedelia nichts vorgegaukelt. Im Gegenteil.

Beruhige dich, sprach Tara sich innerlich Mut zu, während sie ihren Weg fortsetzte. Dabei zückte sie ihr Telefon und rief Bedelia an, weil sie ohnehin noch etwas mit ihr zu klären hatte. Sie ging nach dem zweiten Klingeln ran. »Hallo, Tara, bist du gut angekommen?«,

»Guten Tag, Bedelia, ja, bin ich.«

»Wie schön, dann bin ich beruhigt! Wie gefällt dir Cornwall?«

»Ich liebe es«, rief sie aus, und das stimmte, Tara merkte, wie sich ihr Brustkorb ein wenig weitete. »Das Haus ist fantastisch, und die Aussicht erst!«

»Sehr schön, das freut mich. Dann hast du schon viele Ideen?«

Tara atmete ein, ehe sie antwortete. »Ich bin gerade dabei, mir ein Bild zu machen, aber ich werde alles geben, damit euer Weihnachtsfest das schönste aller Zeiten wird.«

»Das klingt wundervoll, Tara. Ich freue mich sehr. Ich hoffe, du und Emery kommt gut miteinander aus?«

Tara verzog kurz ihre Lippen. Wie konnte sie es diplomatisch formulieren, dass ihr Sohn ein Idiot war? »Äh, ja, ich denke schon.«

»Oje, Tara. Was ist los?«

Mist. So viel dazu. Pokern sollte Tara vermutlich gar nicht erst versuchen. »Es ist alles okay«, log sie.

»Tara, ich kenne meinen Sohn. Er kann manchmal – auf den ersten Blick – ein wenig zerstreut wirken. Falls er etwas gesagt hat, was dich irritiert hat: Es war ganz sicher nicht persönlich gemeint. Er hat viel um die Ohren.«

Beinahe hätte Tara gelacht. Zerstreut war jetzt nicht das Wort, das sie benutzt hätte. Arschnasig vielleicht. Oder arrogant. Aber das behielt sie für sich. »Nein nein«, beeilte sie sich zu sagen und hoffte, dass Bedelia ihr diese Lüge abnahm. »Es ist alles in bester Ordnung.«

»Gut, dann bin ich ja beruhigt. Wie läuft es mit seiner Charity-Aktion?«, hakte Bedelia nach.

Auch kein gutes Thema. Tara entschloss sich, dieses Mal bei der Wahrheit zu bleiben. »So wie ich es sehe, läuft sie schleppend an. Aber hier im Dorf bin ich gerade zufällig mit der Bürgermeisterin ins Gespräch gekommen, Moira Mitchell. Sie ist sehr nett und engagiert, und sie wird die Werbetrommel rühren, wenn ich das mal so salopp formulieren darf.«

»Ach wie wunderbar! Na, in einem so kleinen Ort funktioniert das auf diese Weise wohl am besten. Sehr schön, es freut mich, dass Emery bald ordentlich zu tun haben wird.«

Tara horchte auf. Das klang ein wenig so, als ob sie auch nicht davon überzeugt wäre, dass Emery wirklich kostenlose Therapiestunden abhielt. Das würde aber bedeuten, dass er in Cornwall war, um was zu tun? Sich vor der Welt zu verstecken?

Das ergab überhaupt keinen Sinn. Bestimmt ging Taras Fantasie mit ihr durch. Wie so oft.

»Eine Sache noch«, fing Tara an und merkte, wie sich alles in ihr zusammenzog.

»Ja?«

»Ich hatte gestern Abend das Gefühl, dass Emery nicht auf meine Ankunft vorbereitet war. Er wirkte überrascht, und ...«

»Und was?«

Tara rang mit sich, aber sie sprach es schließlich doch aus. »Ich habe den Eindruck, er möchte nicht, dass ich hier bin. Weihnachtsdekoration will er auch keine im Haus.«

Petze, hallte es in ihrem Kopf. Tara fühlte sich schlecht, weil sie sich bei Emerys Mutter über ihn beschwerte, andererseits fand sie, dass Bedelia wissen sollte, warum Tara womöglich in mancherlei Hinsicht die Hände gebunden waren. Wenn Emery sie davon abhielt, am Kamin Tannengrün und rote Schleifen anzubringen, konnte man ihr kaum mangelnden Einsatz vorwerfen, oder? Nein, sie musste kein schlechtes Gewissen haben, wenn sie versuchte, ihr Projekt zu retten.

Bedelia lachte und wirkte nicht überrascht. Anscheinend hatte sie überhaupt keine Bedenken, dass Tara sich durchsetzen konnte. »Harte Schale, weicher Kern. Dieses Sprichwort ist für meinen Sohn wie gemacht. Wirklich, Tara, am Ende wird es ihm sehr gefallen. Lass dir von ihm nicht reinreden, ich hatte das alles mit ihm geklärt und kann auch gerne noch einmal mit ihm reden …«

»Nein, auf keinen Fall!«, kam es wie aus der Pistole geschossen.

»Nein?«, wiederholte Bedelia und Tara konnte ihre gerunzelte Stirn förmlich vor sich sehen.

»Ich meine, das ist nicht nötig. Ich komme hier schon zurecht und wollte mich nur vergewissern. Soll ich dich mit Bildern über den Fortschritt auf dem Laufenden halten?«

»Iwo, meine Liebe, ich vertraue dir voll und ganz.«

Taras Magen entspannte sich augenblicklich, und zumindest ein paar der vielen Knoten lösten sich auf. Bedelia würde sie nicht um einen Kopf kürzer machen, sie ließ ihr freie Hand, weil sie an sie glaubte. Ein unfassbar schönes Gefühl, Tara wusste gar nicht, womit sie diese Vorschusslorbeeren verdient hatte.

»Danke, ich gebe mein Bestes. Darf ich denn auch ein paar Fotos für mich machen, um sie zukünftig für meine Referenzen zu nutzen?«

»Das wäre ein Thema, das du mit Emery besprechen solltest. Es ist ja sein Haus, und ich weiß nicht, ob er es in Hochglanzmagazinen wiedersehen möchte.«

Als ob er Einrichtungszeitungen lesen würde! Ha! Tara wollte lachen, ließ es aber sein, weil sie verstand, worauf Bedelia hinauswollte. »Okay, in Ordnung. Mache ich, vielen Dank, Bedelia.«

»Nein, ich danke dir. Und wenn du etwas benötigst, lasse es mich bitte wissen.«

»Ach, eine Frage hätte ich tatsächlich noch.«

»Ja?«

»Es kann sein, dass einige Reparaturen nötig sind, wir müssten Klempner und Elektriker kommen lassen, zum Beispiel.« Tara zögerte. Es war Emerys Haus, aber ... »Sollte die Rechnung dann an deinen Sohn gehen, oder ...«

Gott, das war unangenehm. Tara mochte es nicht, über Geld zu reden, in dem Falle musste es aber sein.

»Schon in Ordnung, Tara. Du kannst das gern mit mir besprechen, und wir regeln das gemeinsam. Emery hat bestimmt alle Hände voll zu tun, und wir müssen ihn gar nicht erst behelligen.«

»Wunderbar.« Tara atmete erleichtert aus. Je weniger sie mit diesem, zugegeben gut aussehenden, Scheusal zu tun haben musste, desto besser. Es kam Tara so vor, als wäre Emery Swan das Umkehrmodell vom Biest aus dem berühmten Märchen. Er war äußerlich unfassbar attraktiv, aber innerlich böse. Okay, vielleicht war es an der Zeit, ihr Disney-Abo etwas weniger zu nutzen. Tara kehrte gedanklich wieder zurück zum Gespräch mit Bedelia. Sie wechselte noch ein paar Worte mit ihrer Auftraggeberin, dann verabschiedeten sie sich. Tara setzte ihren Weg zu Declan Shilton fort und hoffte, dass es in seinem Laden wirklich so gut wie alles zu kaufen gab – oder er es zumindest besorgen konnte.

4

Der Heizlüfter in Emerys Arbeitszimmer brummte und knatterte. Richtig warm wurde es damit aber auch nicht in dem Raum mit den hohen Decken. Warum musste es ausgerechnet in diesem Winter schon so früh dermaßen kalt werden? Emery stöhnte und warf seinen Stift auf den Schreibtisch. »Mit Eiszapfen an den Füßen kann ich nicht denken.«

Seit geschlagenen drei Stunden saß er nun schon hier und hatte noch kein Wort zu Papier gebracht. Kein einziges. Und das lag nicht an den Temperaturen.

Er ließ den Kopf gegen die Rückenlehne sinken und schloss die Augen mit einem tiefen Stöhnen. Der Heizlüfter gab ein Röcheln von sich, dann zischte und donnerte es, und ein Geruch von verbranntem Gummi verbreitete sich in der Luft.

Emery sprang auf und sah, dass auch das Licht ausgegangen war. Er stieß einen nicht jugendfreien Fluch aus und raufte sich die Haare. »Was mache ich hier eigentlich?«, murmelte er genervt, während er in die Hocke ging, um das elektrische Gerät in Augenschein zu nehmen. Ja, das Ding war nicht mehr das Jüngste, aber er hatte gedacht, dass es die paar Wochen durchhalten würde. Tja, da hatte er sich wohl getäuscht. Verdammter Mist! Irgendetwas war verschmort – entweder ein Kabel der Hauselektrik oder »nur« eins im betagten Lüfter. Bei seinem Glück gab es womöglich gar keinen Strom mehr, weil die Hauptleitung einen Schlag abbekommen hatte. Seine Pechsträhne schien kein Ende zu nehmen. Er sparte sich den Anlauf, selbst nachzusehen. Er war kein Fachmann, und er hing trotz allem an seinem Leben. Mit maroder Elektrik wollte er nichts zu tun haben.

So ein Mist.

Dass in seinem Leben aber auch einfach alles schiefgehen musste!

Warum gerade jetzt das Gesicht der rothaarigen Eventmanagerin vor seinem geistigen Auge auftauchte, konnte er nicht sagen. Vermutlich, weil er daran dachte, wie sehr er sie loswerden wollte, um endlich seine Ruhe zu haben. Dafür würde er auch frieren, das hatte er sich vorgenommen. Aber egal, wie sehr ihm der Gedanke auch gefallen mochte, dass er Tara O'Leary durch diese Unbequemlichkeiten womöglich vertreiben könnte, so wenig war es realisierbar. Das sagten ihm seine gefrorenen Fußzehen und die Kälte im Haus. Er gab sich geschlagen – vorerst.

Emery zückte sein Handy und fing an, »Klempner« und »Elektriker« in die Suchmaschine einzugeben. Weit kam er nicht, weil das Telefon klingelte. Es war seine Mutter. Na toll.

Mit ihr mochte er gerade nicht sprechen, denn er konnte sich denken, warum sie anrief. Sie wollte wissen, wie es lief. »Hallo?«, antwortete er dennoch, weil er wusste, dass sie nicht lockerlassen würde, bis sie ihn an der Strippe hatte.

»Hallo mein Schatz. Na, wie ist die Lage bei dir?« Sie klang fröhlich, aber nicht übermäßig gut gelaunt.

»Sehr gut, danke. Und bei euch?«, erwiderte er in möglichst

neutralem Tonfall. Seine Mum musste nicht wissen, wie angespannt er wirklich war.

Sie ging gar nicht erst auf seine Gegenfrage ein. »Und, wie findest du Tara?«

Emery verdrehte die Augen. Dieser direkte Vorstoß sah seiner Mutter sehr ähnlich. Er wusste, dass er mit der Wahrheit hinter dem Berg halten musste, denn das, was er wirklich dachte, würde seine Mutter schockieren: Tara O'Leary war mit ihrem fröhlichen und heiteren Wesen nicht zu ertragen. Diese Frau mit ihrem unerschütterlichen Optimismus und den funkelnden grünen Augen verkörperte alles, was Emery in dieser Zeit des Jahres nicht um sich haben wollte. Tara würde seinen Plan, von allem Abstand zu gewinnen – beruflich ebenso wie privat – und gleichzeitig in Ruhe an seinem Buch zu arbeiten, um ein Vielfaches erschweren oder gleich ganz ruinieren.

Das konnte er seiner Mutter natürlich nicht verraten, denn es würde neue Fragen aufwerfen, die er noch weniger beantworten wollte. Es war eine verfahrene Situation.

»Sie ist großartig«, log er deshalb und merkte selbst, wie falsch es in seinen Ohren klang. Mum würde ihm das Süßholzgeraspel nie und nimmer abnehmen, er hätte es anders formulieren müssen.

»Ach ja?«, entgegnete Bedelia bereits. Super. Gut, dass er es nicht mit einer Karriere in Hollywood versucht hatte. Daran wäre er mit Pauken und Trompeten gescheitert.

Emery stöhnte. »Was willst du von mir hören, Mum? Natürlich wäre es mir lieber, wenn ich in Ruhe arbeiten könnte – aber ich verstehe auch, warum du sie engagiert hast.«

Das war das höchste Maß an Wahrheit, das seine Mutter vertragen konnte.

»Na, da kommen wir dem Kern doch näher, mein Schatz. Ich wollte nur sichergehen, dass alles gut läuft.«

Gut. Sehr gut. Sie schien den Köder geschluckt zu haben.

Aber Moment mal. Etwas an ihrer Antwort gefiel ihm nicht. *Ich wollte nur sichergehen, dass alles gut läuft*, wiederholte er in seinem Kopf. Natürlich meinte seine Mutter damit: Ich wollte nur sichergehen, dass du dich Tara gegenüber gut benimmst. Sein Gewissen regte sich, er kam sich selbst blöd dabei vor, wie ungehobelt er sich Tara gegenüber verhalten hatte.

Emery merkte, dass eine unangenehme Hitze in seine Wangen aufstieg. Objektiv betrachtet konnte er – zumindest vor sich selbst – zugeben, dass er Tara nicht gerade mit offenen Armen empfangen hatte. Aber wenn seine Mutter davon erfuhr, dass er sie im alten Dienstbotentrakt einquartiert hatte, würde sie die Hände über dem Kopf zusammenschlagen. Da oben war seit Jahren niemand mehr gewesen.

Im Moment fand er seine Aktion selbst ein wenig überzogen. Wenn es hier schon kalt war, wie musste es dann erst oben sein? Die Kammern lagen direkt unter dem Dach, das mehr schlecht als recht isoliert war. Dort musste es frostig sein. Zu seiner Verteidigung könnte er vorbringen, dass er nicht damit gerechnet hätte, dass Tara die Nacht wirklich dort verbringen würde. Insgeheim war sein Plan gewesen, sie mit seiner unfreundlichen Art direkt zu verscheuchen. Tara war anscheinend härter im Nehmen, als sie auf den ersten Blick aussah. Deshalb war er heute Morgen auch so genervt gewesen, als sie gut gelaunt in der Küche aufgetaucht war.

Sein Verhalten war kindisch. Er musste dafür nicht einmal den Therapeuten heraushängen lassen, um das zu begreifen. Ändern oder näher analysieren wollte er es trotzdem nicht. Emery war noch immer der Meinung, dass Tara verschwinden sollte. Je früher, desto besser.

Wie lange konnte es dauern, ein verdammtes Herrenhaus zu dekorieren? In seinem Kopf höchstens zwei Stunden. Laut seiner Mutter, die Tara engagiert hatte, mussten es drei Wochen sein. Absurd war das.

»Es läuft alles bestens«, erklärte er schließlich erneut, als er bemerkte, dass die Pause seit ihrer letzten Äußerung zu lang wurde.

Wo steckte Tara überhaupt? Nachdem er sie heute Morgen mit der platt gedrückten Nase an seinem Bürofenster erwischt hatte, war sie nicht wiedergekommen.

O. Mein. Gott.

War sie vielleicht abgereist?

Rief seine Mutter deshalb an?

Das wäre ja zu schön.

Ihr nächster Satz nahm ihm diesen Funken Hoffnung. »Das freut mich. Tara war auch guter Dinge, als ich eben mit ihr gesprochen habe. Dann mach dir keine Sorgen, Emery, sie wird dir so viel Arbeit abnehmen, dass du dich voll und ganz auf deine Charity-Stunden konzentrieren kannst. Ich finde, es ist wirklich eine großartige Sache, dass du der Gesellschaft so selbstlos etwas zurückgibst. Es zeigt, dass du ein goldenes Herz hast, mein Schatz.«

Emery verzog das Gesicht. Seine Lügen schmeckten jetzt wie bittere Drops. Er hatte vieles, aber ganz sicher kein goldenes Herz. »M-mh«, machte er nur und hielt sich die Hand an die Stirn. Hinter seinen Schläfen begann es zu pochen.

Der Plan, in Cornwall zur Ruhe und damit wieder zu sich selbst zu finden, ging alles andere als auf. Zu seinen üblichen Problemen kamen jetzt auch noch nagende Schuldgefühle. Ätzend war das. Und so was von überflüssig.

»Dann will ich dich nicht länger aufhalten, du hast doch bestimmt bald wieder einen Patienten, oder?«

»Äh, ja«, log er weiter, was es nicht besser machte.

Aber der Zug, seiner Mum den Sachverhalt zu erklären, war längst abgefahren. Jetzt konnte er nicht mehr damit anfangen, ohne eine ganze Reihe von weiteren sehr unangenehmen Wahrheiten aussprechen zu müssen, für die er selbst nicht einmal ansatzweise bereit war. Seine Mutter brauchte auch nicht zu wissen, dass er seine fehlgeschlagene Ehe nach wie vor nicht vollständig verdaut hatte.

Es war eine beschissene Situation, aus der er nicht mehr herauskam, also musste er mitspielen – ob er nun wollte oder nicht.

Gerade setzte er an, um sich von seiner Mutter zu verabschieden, als es klopfte. Das war bestimmt Tara, denn einen Schlüssel hatte er ihr heute Morgen nicht gegeben, ehe sie weggefahren war. »Es ist jemand an der Tür«, erklärte er nüchtern. »Ich muss auflegen, Mum. Bis bald, Tschüss.«

»Mach's gut, Emery. Ich bin stolz auf dich.« Dann legte sie auf und ließ ihn mit einem noch schaleren Gefühl in der Magengrube zurück, für das er ganz allein verantwortlich war. Predigte er seinen Klienten nicht immer wieder, dass Lügen kurze Beine hatten, weil alles irgendwann herauskam? Nun verstrickte er sich selbst in einem von ihm gespannten Netz, weil er ein verdammter Idiot war.

Emery ging mit langen Schritten über den Flur und riss die Haustür auf. Er wollte Tara gerade etwas Unfreundliches entgegenschleudern, als er begriff, dass es gar nicht die rothaarige Nervensäge war, die auf der Schwelle stand.

Stattdessen starrte ihn ein älteres Pärchen blass und mit weit aufgerissenen Augen an, als hätten sie den Leibhaftigen vor sich stehen. Übelnehmen konnte er ihnen die Reaktion nicht, er konnte sich in etwa vorstellen, wie furchteinflößend er mit seiner schlechten Laune auf Fremde wirken musste.

»Sie wünschen?«, brachte er gerade so hervor und versuchte dabei, seine Gesichtszüge wieder unter Kontrolle zu bringen.

»Guten Tag, wir sind, äh, June und Phil White«, erklärte die Frau, die einen grünen Lodenmantel mit passendem Hut trug. Der Mann war in eine blaue Latzhose und Fleecejacke gekleidet. Emery schätzte beide auf Ende fünfzig, Anfang sechzig vielleicht.

»Und weiter?«, blaffte Emery. Na großartig, das mit der Freundlichkeit klappte noch immer nicht so richtig. Er gab sich einen Ruck und rang sich ein unverbindliches Lächeln ab.

Die Frau, June White, wie er sich erinnerte, zog ein Stück Papier aus der Manteltasche und reichte es ihm. »Wir sind deswegen hier.«

Emerys Geduld hing nach den kürzlichen Ereignissen am buchstäblichen seidenen Faden. Es kostete ihn große Mühe, nicht unhöflicher zu werden als ohnehin schon. Deshalb presste er die Lippen zusammen, um nichts Falsches zu sagen, und nahm ihr den Zettel aus der Hand. Stumm überflog er den Inhalt.

Heilige Mutter Gottes!

War seine Kinnlade gerade auf dem Boden aufgeschlagen, oder was war das für ein Geräusch, das in seinen Ohren bimmelte? Fassungslos las Emery erneut, was auf dem Zettel stand, um sicherzugehen, dass er nicht fantasierte. Vielleicht war ihm der Stress aufs Hirn geschlagen.

Kostenlose Therapiestunden beim Experten Dr. Emery Swan, stand dort fett gedruckt als Überschrift.

Wir freuen uns, dass der weltbekannte Experte seine Zeit für unsere lieben Dorfbewohner zur Verfügung stellt. Bei Interesse an Einzelsitzungen wenden Sie sich direkt an Dr. Emery Swan, Trewane Manor. Obwohl er Trennungsexperte ist, können Sie für jedes Thema bei ihm Unterstützung suchen. Der promovierte Psychotherapeut weiß Rat in allen Lebenslagen.

In großer Freude und Dankbarkeit,
Moira Mitchell
Bürgermeisterin

Das war doch nicht möglich! Wie, zur Hölle, konnte diese Frau, deren Namen er noch nie zuvor gehört hatte, davon wissen?

Emery musste kein Genie sein, um eins und eins zusammenzuzählen. Für diesen Aushang kamen nur zwei Personen infrage: Tara oder seine Mutter.

Weil nur Tara vor Ort war, konnte er seine Mum von der Liste der Verdächtigen streichen.

Emerys Magen zog sich zusammen, während ein eiskaltes Kribbeln seine Wirbelsäule entlanglief. Diese rothaarige Schlange!

So viel dazu, dass sie sich so unschuldig und heiter gab. Alles nur Fassade.

Die Frau hatte es faustdick hinter den Ohren.

Sollte er bis eben noch die Hoffnung gehabt haben, mit Tara bis Weihnachten irgendwie auskommen zu können, so hatte sie sich schlagartig aufgelöst.

Sollte sie doch unter dem Dach zu Eis gefrieren! Er würde den Teufel tun, ihr ein Bett im Gästetrakt anzubieten, wie er es eigentlich vorgehabt hatte. Was nahm sich diese Person heraus? Und er konnte nicht einmal etwas dagegen tun, weil er sonst seine Mutter am Hals hatte, die ihn mit ihrer Enttäuschung über seine Lügen umbringen würde.

Emery merkte, dass die Leute ihn immer noch anstarrten und auf eine Antwort warteten. Es war offensichtlich, dass sie hergekommen waren, weil sie sich von ihm Hilfe erwarteten.

»Wollen Sie sich scheiden lassen?«, erkundigte er sich und betrachtete erst die Frau, dann den Mann, um in ihren Gesichtern zu lesen.

Beide schauten gleichermaßen erschrocken, als hätten sie mit so einer Frage nicht gerechnet. Demnach ging Emery davon aus, dass sie nicht wegen einer Trennung hier waren. Wenigstens etwas, dachte er. Er war diese Gespräche mit Paaren, von deren Liebe nach etlichen Jahrzehnten der Ehe nichts mehr übrig war, so was von leid.

»Wie kann ich Ihnen denn helfen?«, war seine nächste Frage, sein Tonfall klang etwas milder. »Kommen Sie doch bitte herein.«

Er konnte sie nicht wegschicken. Auch wenn er sich nichts mehr wünschte, als einfach seine Ruhe zu haben, war ihm klar, dass er einen Ruf zu wahren hatte. Daher musste er es tunlichst vermeiden, dass es im Dorf zu Gerede kam. Als Hausherr von Trewane Manor bekleidete er in der hiesigen Gesellschaft eine Position, die gewisse Verpflichtungen mit sich brachte. An einem friedlichen Miteinander mit den Dorfbewohnern, auf deren Hilfe er immer wieder angewiesen sein würde, war ihm durchaus gelegen.

Außerdem brachte er es nicht über sich. Es ging gegen sein Berufsethos und schlimmer noch: Diese Sache hatte er sich selbst zuzuschreiben. Man konnte vieles über ihn sagen, aber ein Drückeberger war Emery Swan nicht.

Das Ganze war natürlich alles andere als optimal, aber er kam aus der Sache nicht ohne Schaden heraus. June und Phil konnte er wirklich beraten, die Zeit würde er erübrigen, und vielleicht kam ja sogar etwas Gutes dabei heraus. Eine Idee für ein neues Buch zum Beispiel. Wobei er darauf gar nicht zu hoffen wagte, aber allmählich drängte die Zeit. Sein Verleger erwartete, dass er in Kürze wenigstens einen groben Themenabriss lieferte. Aber das hatte Emery auf später vertagen müssen, denn der erhoffte Geistesblitz ließ nach wie vor auf sich warten.

»Ich, ähm. Es geht um meinen Mann. Nun geh schon weiter, Phil. Dr. Swan beißt nicht.«

Emery unterdrückte jegliche Regung, aber zu sehen, wie June White ihren Mann förmlich über die Schwelle schob, wirkte etwas skurril. Sie behandelte ihren Gatten wie einen kleinen Jungen.

Emery hielt Phil White die Hand zur Begrüßung hin und hoffte, ihm damit ein wenig von der Befangenheit nehmen zu können. Es war häufig so, dass Patienten zunächst gehemmt waren. Damit konnte Emery umgehen, das war sein tägliches

Brot. »Guten Tag, freut mich, Sie kennenzulernen«, sagte er in Phil Whites Richtung.

Sein Gegenüber räusperte sich und erwiderte den Gruß. Seine Haut war schwielig, der Druck angenehm fest. »Tag«, meinte Phil.

»Gut, dann lasse ich euch mal ... äh, reden. Bis später, Darling«, erklärte June und wirkte sichtlich erleichtert. Offenbar hatte sie befürchtet, dass ihr Mann sich weigern könnte. Augenblicklich war Emery gespannt, welches Thema Phil zu ihm führte. Emery war im professionellen Modus angekommen, zu diesem Zeitpunkt zählte alles andere nicht mehr.

Er bat seinen Besucher mitzukommen und führte ihn in sein Arbeitszimmer. Zum ersten Mal seit langer Zeit nahm Emery diesen Raum mit anderen Augen wahr. Hier sah es schrecklich aus. Chaos und Staub, wo man hinschaute. Er musste dringend aufräumen und vielleicht sogar putzen – obwohl er keine Ahnung hatte, wie man das eigentlich machte. Sein Büro in London hätte er jedenfalls niemals so verkommen lassen. Anders konnte er es nicht nennen. Das war jetzt jedoch nicht der richtige Zeitpunkt, entschied er und wies Phil einen Stuhl zu. Er würde sich später damit befassen.

Phil schnupperte und reckte seine Nase etwas nach oben. »Es riecht angebrannt, verschmort, um genau zu sein.«

Emery zuckte mit den Schultern, um es herunterzuspielen. »Ich hatte vorhin ein kleines Problem mit dem Heizlüfter, ist nicht der Rede wert. Darum kümmere ich mich später. Bitte, nehmen Sie doch Platz.«

Phil setzte sich auf die Stuhlkante, als hätte er Angst, dass alle seine Geheimnisse aus ihm hervorsprudelten, wenn er sich anlehnte. Der Mann wollte wirklich nicht hier sein, aber irgendwie doch erkannte Emery und merkte, dass sein Interesse mit jeder Minute wuchs.

Er nahm den zweiten Stuhl, rückte ihn ein wenig nach hinten

und setzte sich Phil gegenüber. Er wollte nicht, dass der Schreibtisch sie wie eine Barriere trennte. Er musste Phil zunächst das Gefühl vermitteln, dass er hier gut aufgehoben war, sonst würde der Mann sich ihm nicht öffnen. Dass ihn etwas bedrückte, war offensichtlich.

»Ich bin Klempner, wissen Sie? Ich könnte mir die Heizung mal ansehen«, bot Phil schließlich an.

Emery hielt inne. »Ach, das trifft sich ja gut. Darüber können wir nachher sehr gerne noch sprechen, Phil. Darf ich Phil sagen?«

»Natürlich.«

»Wunderbar, vielen Dank. Die Heizungsproblematik diskutieren wir also später. Meine Themen kommen *nach* Ihren an die Reihe.« Emery schenkte seinem Gegenüber ein hoffentlich aufmunterndes Lächeln. »Also, was bedrückt Sie?«

Phil knetete seine Hände im Schoß und schaute nicht zu Emery auf. »Meine Frau meinte, ich sollte mal mit jemandem reden.«

Ja, es war nicht zu übersehen gewesen, dass es June war, die Phil hierhergeschleppt hatte. Aber immerhin war er mitgekommen, was dafürsprach, dass Phil auch Interesse an einer Lösung hatte – was auch immer es war, was ihn wurmte. »Und, denken Sie das auch? Ich meine, möchten Sie mit mir reden?« Zwingen konnte man ihn schließlich nicht. Da er aber hier saß, war der erste – und oftmals schwerste – Schritt schon getan. Ein gutes Zeichen, was nicht hieß, dass nicht noch eine Menge Arbeit auf den Mann warten könnte.

»Ich bin mir nicht sicher«, murmelte Phil.

»Worum geht es denn? Vielleicht verraten Sie mir das Thema, dann überlegen wir, wie wir weiterkommen?«

Phil hob seinen Kopf und schaute Emery direkt an. »Sex.«

Emery stockte. »Sex?«

Phil nickte. »So ist es.«

»Sie möchten mehr Geschlechtsverkehr?«, begann Emery zu fragen. Notizen würde er sich in Phils Beisein keine machen, das taten Therapeuten nur in Hollywood-Streifen.

Phil verneinte. »Nicht direkt. Nein.«

Puh. Das war gar nicht so leicht. So ein sensibles Thema. Es gab tausend Möglichkeiten, was Phil bedrücken könnte. Das ging von nicht ausgelebten Rollenspielen über eine unterdrückte Homosexualität bis zu einem Leben im falschen Körper.

Emery blieb geduldig. In seinem Job fiel ihm das erfahrungsgemäß sehr leicht – ganz anders als im normalen Leben. »Machen Sie sich bitte keinen Druck, Phil. Wenn Sie mögen, sitzen wir einfach ein bisschen und plaudern zunächst über ein Thema, bei dem Sie sich wohlfühlen.«

Phil schaute Emery schräg an. Dann räusperte er sich. »Nein, also das geht nicht. June, meine Frau, hat gesagt, dass Sie ein weltberühmter Experte sind und dass so eine Stunde normalerweise mehrere Tausend Pfund kostet. Ich kann Ihre Zeit nicht so verschwenden.«

»Bitte machen Sie sich deshalb keine Sorgen.« Mit dem Stundenpreis hatte June ein wenig übertrieben, aber Emery sagte nichts dazu, sondern ließ Phil reden.

»Wo ich schon mal da bin, kann ich es auch gleich loswerden. Sie verraten es ja wohl niemandem?«

»Ich stehe selbstverständlich unter Schweigepflicht. Alles, was Sie mir erzählen möchten, bleibt genau in diesem Raum. Nicht einmal Ihre Frau wird es erfahren, sofern Sie das nicht wollen.«

Phil rieb sich das Kinn. Dann ließ er die Hand sinken. »Ich ... ich kann einfach nicht mehr. Also, ich kriege keinen mehr hoch. Wir hatten früher gern Sex. Aber seit ein paar Jahren – da ist tote Hose. Nichts mehr. Wenn ich allein bin, habe ich kein Problem ... Wissen Sie, was ich meine? Ich gucke mir ein paar Bilder an, und schon flutscht es ... Also, ich weiß, dass mein kleiner Freund funktioniert, und ich liebe meine Frau. Aber ich ... Er bleibt einfach schlaff. Verstehen Sie? Es ist unerträglich. Ich fühle mich, als wäre ich kastriert oder so. Was stimmt nicht mit mir?«

Dass aus diesem Mann so viele Worte in so einer kurzen Zeit fließen würden, hätte Emery vor wenigen Minuten nicht für möglich gehalten. Erektile Dysfunktion, fasste er in seinem Kopf zusammen. Aber nur in Verbindung mit seiner Frau. Interessant.

Und sehr schwierig.

Also doch wieder Paartherapie, dachte Emery und überlegte kurz. »Danke, dass Sie Ihre Gedanken mit mir geteilt haben. Wir werden uns um Ihr Thema kümmern und es am Ende hoffentlich lösen.«

Phil zuckte die Achseln. »Ich *will* mit June schlafen. Ich will das wirklich. Aber es geht nicht mehr. Ich verstehe es einfach nicht. Bitte, sagen Sie mir, was ist nur los mit mir? Ich war bei einem Facharzt, körperlich stimmt alles mit mir. Meine, äh, Organe sind tipp topp in Schuss.«

Nachdem Emery ein paar Fragen mit Phil erörtert hatte, kam er zu folgendem Schluss: Die Sache musste tiefergehen und konnte unmöglich in einer Sitzung abgehandelt werden. Das war eigentlich schon vorher klargewesen, er hatte es sich nur nicht eingestanden. »Können Sie morgen wiederkommen?«, fragte Emery.

Weil er nur wenige Wochen hier sein würde, blieb für eine erfolgreiche Therapie nicht viel Zeit. Aber eine Stunde am Tag würde er wohl erübrigen können, bis dem armen Mann zumindest ein wenig geholfen war.

Phil nickte. »Natürlich. Und, meinen Sie, ich kann geheilt werden?«

Sein Leidensdruck war nicht zu übersehen. Emery wollte ihm keine falschen Versprechungen machen. »Erstens, Sie sind nicht krank, denn wie Sie eben sagten, konnte der Urologe das ja bereits klären. Und zweitens bin ich davon überzeugt, dass es für alles eine Lösung gibt.«

Phil stand auf und schüttelte Emerys Hand überschwänglich. »Danke. Vielen Dank.«

»Sehr gern, Phil.«

»Und jetzt zeigen Sie mir bitte Ihre Heizung. Ich sehe mir mal an, wo das Problem liegt – wobei das mit dem Heizlüfter nichts zu tun hat. Aber ich kenne natürlich auch einen Elektriker, den kann ich Ihnen gern schicken.«

Kurz war Emery sprachlos, dann begriff er, dass Tara anscheinend auch *daran* gedacht hatte, als sie Phil und June den Flyer hatte zukommen lassen – sie musste es gewesen sein. Die Frau war gerissen: Therapie gegen Hilfe im Haus, damit sie nicht frieren musste.

Wie es ausschaute, musste er sich trotzdem warm anziehen, denn Tara war mit allen Wassern gewaschen.

A_LS_ T_ARA_ am späten Nachmittag zum Anwesen zurückkehrte, lag Trewane Manor im Dunkeln. Vollständig. Kurz befürchtete sie, dass Emery womöglich das Weite gesucht hatte. Aber sein Auto, ein schnittiger schwarzer Sportwagen, stand weiterhin in der Auffahrt. Nicht eine einzige Schneeflocke war in der Zwischenzeit von der Scheibe gefegt worden. Er musste also entweder zu Fuß »geflohen« sein, oder er war im Haus und hatte lediglich kein Licht angeschaltet. Was für ein Idiot, als ob Verstecken etwas nützte. Sie verdrehte die Augen und wappnete sich innerlich für eine weitere, unangenehme Begegnung mit ihm. Auch wenn sie es nie zugeben würde, der Mann löste etwas in ihr aus, was sie nicht genau erklären konnte. Es war keine Furcht, aber Freude war es auch nicht.

Tara betätigte den Türklopfer, was sie daran erinnerte, dass sie lieber einen Schlüssel hätte. Sie nahm sich vor, ihn gleich danach zu fragen. Es gab noch viele Themen auf ihrer gedanklichen Liste, die sie mit Emery abhaken musste. Von Wollen konnte dabei jedoch keine Rede sein, am liebsten wäre es ihr, wenn sie überhaupt kein Wort mehr mit ihm wechseln müsste.

Egal. Das hatte sie jetzt schon so oft gedanklich durchgekaut, dass es ihr zu den Ohren raushing. Tara straffte sich und klopfte erneut, weil sich im Haus nichts rührte. Vielleicht war er spazieren gegangen, überlegte sie genervt.

Sie war müde nach dem Tag, der Jetlag kam dazu. Sie sehnte sich nach einer dampfenden Tasse Tee vor dem Kamin und einem Nickerchen. Dabei hatte sie eigentlich keinen Grund zu klagen. Das Gespräch, das sie zuvor mit Declan Shilton in seinem Hardware Store geführt hatte, war aufschlussreich gewesen. Aber auch nur ein Anfang – es wartete eine Menge Arbeit auf sie. In Declans Laden gab es tatsächlich eine große Auswahl von allem, was man im Haushalt gebrauchen konnte. Er hatte auch eine beachtliche Anzahl an Weihnachtskram. Das Geschäft war ein wahres Sammelsurium verschiedenster Artikel. Trotzdem wollte Tara morgen kurz nach Truro fahren. Den einen zündenden Gedanken für ihr Deko-Konzept hatte sie nämlich noch immer nicht gehabt. Vielleicht kam der ja gleich vor einem flackernden Feuerchen? Die Idee gefiel ihr, sie gefiel ihr sogar sehr. Nachdem ihr auch nach einiger Wartezeit niemand diese verdammte Haustür öffnete, wurde sie ungeduldig, und ihre gute Laune bekam einen Dämpfer. Emery saß bestimmt drinnen und lachte sich ins Fäustchen.

»Verdammt«, schimpfte Tara und trat von einem Fuß auf den anderen. »Ich werde mir hier nicht länger die Beine in den Bauch stehen!«

»Reden Sie immer mit sich selbst?«, ertönte eine dunkle Stimme hinter ihr, und Tara wirbelte herum.

»Und schleichen Sie sich immer von hinten an alleinstehende Frauen an?«, blaffte Tara und spürte ihren Puls bis in den Hals hinauf hämmern. Die Kälte war vergessen. So viel war klar: Dieser Mann brauchte nur drei Sekunden, um sie von null auf hundert zu bringen. Unfassbar!

»Glauben Sie mir, Tara, an Ihrem Beziehungsstand habe ich kein Interesse.«

Taras Mund öffnete sich für eine Sekunde, dann schloss sie ihn wieder, ohne etwas zu entgegnen. Sie war sprachlos. Was für ein Fiesling!

Wenigstens in einem Punkt waren sie sich einig. Emery Swan schien ebenso wenig Lust zu verspüren, sich mit ihr zu unterhalten, wie sie sich mit ihm. Er schritt erhobenen Hauptes an ihr vorbei und schloss die Tür auf. Mit ihm zog der Hauch eines würzigen Männerparfums an ihr vorüber, das, wie sie leider zugeben musste, sehr angenehm roch. Frisch und herb, aber nicht zu schwer.

Äh, Moment mal? Was machte sie hier? Es war ganz sicher keine gute Idee, die Wirkung seines Aftershaves zu ihrem neuen Lieblingsthema zu machen, und sei es nur im Kopf.

Tara guckte Emery, der bereits im Hausflur verschwunden war, konsterniert hinterher.

»Entschuldigen Sie mal bitte«, rief sie. »Wie wäre es denn, wenn ich auch einen Schlüssel bekäme? Ich würde ungern hier draußen erfrieren, nur weil Sie demnächst wieder vergessen, mir zu sagen, dass Sie unterwegs sein werden. Oder so.«

Oder so?

Blöder ging es ja kaum. Tara musste sich zusammenreißen. Jetzt aber wirklich. Sie war doch sonst nicht auf den Kopf gefallen. Normalerweise hatte sie keine Probleme damit, sich deutlich auszudrücken. Aber in Gegenwart dieses Scheusals konnte sie nicht klar denken, weil sie ständig damit beschäftigt war, sich von ihm auf die Palme bringen zu lassen.

Emery drehte sich noch einmal um, dabei öffnete er die

Knöpfe seines Wintermantels. Mit einer Kopfbewegung deutete er auf ein Schlüsselbrett, das links von Tara an der Wand befestigt war. »Da hängen welche, nehmen Sie sich einen mit, wenn Sie das Haus verlassen. Aber Wiedersehen macht Freude. Ich möchte am Ende nicht zum Schlüsselmacher rennen müssen, weil Sie alle Ersatzschlüssel verloren haben.«

Ohne ein weiteres Wort machte er einen Abgang – der Richtung nach zu urteilen, marschierte er schnurstracks in sein Arbeitszimmer.

Tara verzog ihre Lippen und behielt das, was ihr auf der Zunge lag, vorsichtshalber für sich. Es würde nichts bringen, wenn sie ihn mit sämtlichen Schimpfworten, die sie im Laufe der Jahre gesammelt hatte, betitelte. Im Gegenteil. Je weniger Worte sie im Zusammenhang mit Emery Swan benutzte, desto besser.

Tara behielt ihre Jacke vorerst an, es war nach wie vor bitterkalt im Haus. Sie ging in die Küche, weil sie sich an die Idee mit dem heißen Tee erinnerte. Das Anwesen im Halbdunkel zu erkunden, ergab keinen Sinn, das meiste hatte sie ja auch schon von draußen gesehen. Sie legte den Schalter um, aber nichts passierte. Es blieb düster im Raum. Na großartig. Gab es jetzt nicht einmal mehr Strom? Das musste Absicht sein!

Es war beinahe dunkel draußen, obwohl es erst kurz nach vier war. Tara kramte ihr Handy hervor und suchte im Schein der Taschenlampe nach ein paar Stumpenkerzen im Vorratsschrank. Sie hatte Glück, sogar Streichhölzer fand sie. Tara holte einen Teller und stellte die Kerzen darauf, dann zündete sie sie an. Als sich ein sanftes Licht in der Küche verbreitete, fiel ihr auf, dass etwas auf dem Tisch lag. Sie setzte sich und nahm den Zettel in die Hand.

Als sie gelesen hatte, was darauf stand, war sie froh, dass sie bereits einen Stuhl unter dem Hintern spürte. Ansonsten wäre sie garantiert umgefallen, weil die Knie unter ihr nachgaben. Grundgütiger Gott!

Das durfte doch wohl nicht wahr sein!

Tara wurde fast ein bisschen schlecht. Nein, nicht fast. Ihr war speiübel geworden.

Moira machte wirklich Nägel mit Köpfen, da hatte der erste Eindruck also nicht getäuscht. Die Bürgermeisterin hatte keine Sekunde gezögert und die Angelegenheit mit den kostenlosen Therapiestunden sofort zum Dorfgespräch gemacht. Natürlich.

Tara ließ den Zettel sinken und kämpfte mit ihrem schlechten Gewissen. Sie allein hatte das Desaster losgetreten, aus kleinlichen Rachegelüsten heraus. Ja, Emery Swan war ein arroganter Idiot, das stimmte. Er hatte seine Mutter und sie angelogen – das glaubte Tara zumindest. Einen hundertprozentigen Beweis hatte sie natürlich nicht, es waren nach wie vor nur Vermutungen. Aber selbst, wenn es so wäre. Das gab Tara noch lange nicht das Recht, seine eventuellen Lügen weiterzuverbreiten, um sie gegen ihn zu verwenden – und damit gleich das ganze Dorf zu verarschen.

Was, wenn die Leute herkämen und Emery so tat, als ob er nie davon gehört hätte? Tara würde selbst zur Hochstaplerin abgestempelt und womöglich geteert und gefedert. Nun ja, das vielleicht nicht, aber heutzutage gab es viel schlimmere Methoden. Cybermobbing und verbale Attacken konnten einem viel heftiger zusetzen. Und vor allem einen guten Ruf nachhaltig zerstören. Mist. Wieso hatte sie nicht nachgedacht, ehe sie seine Lüge in Barb's Café verbreitet hatte?

Tara stöhnte leise. Nun war es zu spät. Sie konnte die Sache nicht mehr rückgängig machen.

Dass diese kleine Bekanntmachung hier auf dem Küchentisch lag, konnte nur eines bedeuten: Emery wusste bereits davon.

Warum hatte er den Zettel eben nicht erwähnt? Er war ja nicht auf den Kopf gefallen und konnte sich bestimmt ausrechnen, wie Moira zu dieser Information gekommen war. Alle Spuren führten zu ihr. Verdammt!

Ihr Gesicht brannte. Sie fühlte sich schrecklich. Tara fuhr mit den Fingerkuppen über die vom Arbeiten glatt geschliffene Holzplatte. Sie spürte die vielen kleinen Einkerbungen, aber es half nichts. Diese Ablenkung konnte nicht darüber hinwegtäuschen, dass Tara einen Fehler gemacht hatte. Scham brannte in ihren Eingeweiden. Dass sie Angst hatte, im ganzen Ort als Lügnerin abgestempelt zu werden, kam noch dazu – falls Emery alles leugnete, wenn jemand vor der Tür stand und therapiert werden wollte. Und auch Emery gegenüber war ihr Verhalten natürlich unmöglich gewesen. Ja, er war ein ungehobelter Klotz. Ja, er hatte sich räudig benommen. Nur machte es sie selbst zu einem schlechten Menschen, wenn sie es ihm auf diese Weise heimzahlen wollte.

Sie war keine der Frauen, die selbst gemein wurde, nur weil sich ihr gegenüber jemand danebenbenahm. Normalerweise jedenfalls.

Tara wollte niemandes Fußabtreter sein, sie konnte sich wehren, wenn sie angegriffen wurde, aber Retourkutschen wie diese waren unnötig. Das würde nichts verbessern. Gar nichts. Tja, leider war es für diese Erkenntnis zu spät, sie konnte ihr Verhalten nicht mehr rückgängig machen.

Wenn Emery wollte, könnte er sie mit Leichtigkeit loswerden. Er musste seiner Mum nur irgendeine erfundene Geschichte über Drogen oder sonst etwas erzählen, und Tara wäre den Job los.

O Gott, warum hatte sie nicht früher daran gedacht?

Das würde nicht nur bedeuten, dass sie diesen Auftrag versaut hätte, sondern dass sie ihre geliebte kleine Agentur einstampfen konnte. Das hier war ihre letzte Chance. Die allerletzte. Sie durfte es nicht versauen, selbst wenn das hieß, dass sie nett zu Emery Swan sein musste – falls es dafür nicht schon zu spät war. Und nett hieß ja nicht gleich, dass sie eine Schleimspur hinterlassen musste.

»Kacke«, schimpfte sie leise vor sich hin, während sie überlegte, was sie tun konnte, um die Situation zu retten.

Leider fiel ihr rein gar nichts ein. Reden, war ein Gedanke, aber sie wusste aus hinlänglicher Erfahrung, dass sie spätestens nach drei Sekunden in Emerys Gegenwart auf hundertachtzig sein würde – was es erschwerte, höflich mit ihm zu plaudern. Ungemein. Das war also schon mal keine Option. Zumindest nicht für den Moment.

Bei Bedelia konnte sie sich auch nicht schon wieder ausheulen. Sie war ja nicht mehr drei Jahre alt. Ihr fiel der alte Spruch wieder ein: Kommt Zeit, kommt Rat. In diesem Augenblick hatte sie keine Lösung parat, sie würde abwarten müssen.

Deshalb erhob Tara sich und suchte nach einem Teekessel, den sie schließlich in einem Schränkchen unter dem Herd fand. »Ein Hoch auf die Handy-Taschenlampe«, brummte sie und war froh darüber, dass es sich bei dem Ungetüm um einen Herd handelte, der mit Gas betrieben wurde. Obwohl sie einen Heidenrespekt und Angst vor einer Explosion hatte, schaffte sie es schließlich doch, ihn mit einem Streichholz in Gang zu setzen.

Tara lehnte sich, während sie darauf wartete, dass das Wasser heiß wurde, mit dem Hintern gegen die Arbeitsplatte und starrte in die Kerzenflammen. Es war beruhigend zu beobachten, wie sie im leichten Luftzug flackerten. Beinahe schon hypnotisch. Leider kam sie so auch nicht zu einem Ergebnis, wie sie das Missgeschick wieder geradebiegen konnte. Das Kind war in den Brunnen gefallen.

Nach wie vor war Tara der Meinung, dass Emery Swan es verdient hatte. Das änderte jedoch nichts an der Tatsache, dass sie unzufrieden mit sich selbst und ihrem eigenen Verhalten war. Es war eine Sache, sich einem unsympathischen Kerl wie Emery

Swan entgegenzustellen, eine andere, sich an dessen Benehmen anzupassen und sich selbst intrigant aufzuführen.

Gut, sie hatte die Chance, das wieder zu ändern – sofern er nicht gerade im Garten war und ihr Grab schaufelte. Nicht buchstäblich gesprochen natürlich. Es reichte ja schon, dass er mit Bedelia telefonierte, um sie im Anschluss daran in ihrem Namen rauszuschmeißen.

In dem Fall könnte sie es nun nicht mehr ändern. Sie hoffte aber, dass sie bleiben konnte, denn abgesehen von Emery fand sie es einfach großartig in Cornwall. Sie liebte das alte Herrenhaus jetzt schon.

Sie atmete einmal durch und beruhigte sich allmählich. Da Emery noch nicht hier in der Küche stand, um mit einem süffisanten Grinsen ihre Kündigung auszusprechen, konnte sie hoffen, dass er entweder keinen Erfolg bei seiner Mutter gehabt oder gar nicht mit ihr geredet hatte. Vielleicht, weil er seine eigenen Lügen nicht aufdecken wollte? Das wäre immerhin eine Möglichkeit, die ihre Rettung bedeuten könnte.

Das schrille Pfeifen des Teekessels erschreckte Tara so sehr, dass sie zusammenfuhr. »Jesus!«, stöhnte sie und hielt sich die Hände vor die Brust, in der ihr Herz wie verrückt pochte.

Normalerweise war sie nicht so schreckhaft, aber diese alles umfassende Stille hier in dem einsam gelegenen Landstrich von Cornwall, gepaart mit dem Stress wegen Emery, machte sie nervös. Das Signal des Kessels hatte diese Ruhe so unerwartet durchschnitten, dass sie ein wenig überreagiert hatte. Langsam beruhigte sich ihr Puls wieder.

Tara holte sich eine große Tasse. Glücklicherweise gab es auch losen Tee und ein passendes Sieb dazu in den Schränken. Die vertrauten kleinen Handgriffe halfen ihr dabei, wieder auf den Teppich zu kommen.

Mit ihrem Handy und dem heißen Getränk bewaffnet, machte sie sich kurz darauf auf den Weg ins Wohnzimmer. Wie alle anderen Räume im Haus lag auch das Kaminzimmer im Dunkeln. Deshalb kehrte sie in die Küche zurück und holte die Kerzen. Die stellte sie auf dem kleinen Beistelltisch ab und inspizierte den Kamin mit ihrer Handytaschenlampe. So schwer konnte es nicht sein, so ein Ding zu befeuern. Hoffentlich.

Holzscheite lagen in einem hübschen Weidenkörbchen neben der Feuerstelle. Tara öffnete die Glasscheibe und stapelte das Brennmaterial, wie sie es für richtig hielt, dazu gab sie ein paar kleinere Zweige. Es dauerte ein paar Minuten, aber es war ja nicht so, als hätte sie mit Zeitnot zu kämpfen. Das war das Merkwürdigste hier in Cornwall: Alles schien langsamer zu gehen. Niemand hetzte von einem Termin zum nächsten. Im Gegensatz zu New York, wo jeder ständig und immerzu in Eile war, kam ihr das Leben hier seltsam gemächlich vor. Das war nicht schlecht, nur ... ungewohnt.

»Fühlen Sie sich ruhig wie zuhause«, vernahm Tara Emerys sarkastischen Kommentar aus der Nähe, ohne dass sie ihn irgendwo entdeckt hätte.

Immerhin, sie war nicht wieder wie ein ängstliches Lämmchen zusammengezuckt.

Tara zählte innerlich bis drei, schloss kurz die Augen und verwarf alle ersten Entwürfe einer Antwort – es wären nur Beleidigungen gewesen. »Stört es Sie, wenn ich den Kamin anschüre? Es ist sehr kalt im Haus, falls Ihnen das bis jetzt nicht aufgefallen ist«, erwiderte sie schließlich, als die Stille ein wenig zu unangenehm wurde.

Oje. Das klang immer noch spitz und ein bisschen aufmüpfig. Aber sie musste sich von ihm auch nicht alles gefallen lassen. Ob diese Antwort nun klug war oder nicht, verdrängte sie für den Moment.

»Solange Sie nicht das ganze Brennholz verbrauchen«, erwiderte er und klang dabei immer noch verdammt arrogant, »können Sie gern ein Feuer machen.«

Dann erst sah sie ihn. Emery trat neben die Kaminwand und lehnte sich dagegen. Er musste aus dem Arbeitszimmer gekommen sein. Die Kerzenflammen spiegelten sich in seinen Pupillen wider.

Taras Mund wurde trocken.

Emery Swan war gut aussehend, ja. Aber er hatte darüber hinaus diese gewisse Ausstrahlung, die nicht anders als charismatisch bezeichnet werden konnte. Im Zwielicht des späten Nachmittags wirkte er beinahe übermenschlich attraktiv. Er wäre die perfekte Besetzung für einen Fantasyfilm, in dem er einen zynischen, aber sexy Dämon spielen sollte.

Oje. Sie tat es schon wieder: Tara ließ ihrer Fantasie viel zu viel Spielraum.

»Äh, was haben Sie gesagt?«, fragte sie plötzlich, weil sie über ihr Starren völlig vergessen hatte, was er erwidert hatte.

Taras Atem stockte, als er auf sie zukam.

»Gehen Sie mal zur Seite, so wird das nichts«, schimpfte er, und Tara sprang förmlich einen Meter zurück – was ziemlich albern aussehen musste, denn sie war in der Hocke. Einen guten Frosch gab sie wohl nicht ab.

Ihre Reaktion auf Emerys Nähe war lächerlich übertrieben. Nicht zu verstehen. Deshalb versuchte sie es gar nicht erst, sondern kratzte ihr letztes bisschen Würde zusammen und zog sich am Sessel hoch, in den sie sich dann auch gleich sinken ließ. Mit ein wenig Glück hatte Emery nichts von ihrer seltsamen »Gymnastik« mitbekommen. Er war voll und ganz damit beschäftigt, das Holz und ihre Stöckchen neu zu stapeln. Entweder das, oder er ignorierte sie, weil sie ihm schlicht egal war.

»Gefällt Ihnen meine Art, das Holz zu schichten, nicht?«, wagte sie schließlich zu fragen, während sie auf seinen breiten Rücken starrte. War ihr vorher gar nicht aufgefallen, wie muskulös seine Arme und Schultern waren? Das konnte sie nun sogar trotz des dicken Wollpullovers in dem schwachen Lichtschein erkennen.

Sieht gar nicht aus wie ein Sesselfurzer, schoss es ihr durch den Kopf.

Glücklicherweise schaffte sie es, die Klappe zu halten.

»Ob es mir gefällt oder nicht, spielt keine Rolle. Nur so, wie Sie es vorhatten, brennt es nicht lange – und das wäre doch Verschwendung.« Woher er die Streichhölzer hatte, wusste sie nicht, aber das zischende Geräusch durchbrach die Stille. Eine kleine Flamme leuchtete am Zündhölzchen auf. Wenig später schloss er die Scheibe und richtete sich auf. Wieder lehnte er sich mit der Schulter gegen die Kaminmauer, als ob er auf etwas wartete, und betrachtete sie dabei.

Verlegen trank Tara einen Schluck von ihrem Tee. Der war mittlerweile zum Glück schon so weit abgekühlt, dass sie sich nicht die Lippen verbrannte.

Sie spürte, dass Emery etwas sagen wollte, aber wagte nicht nachzufragen.

Ihr war natürlich auch so klar, was los war. Es stand wie eine Leuchtreklame auf seiner Stirn: Es ging um den Aushang im Dorf.

Taras schlechtes Gewissen brachte sie fast um. Aber alles, wirklich alles, was sie dazu vorbringen könnte, klang schon in ihrem Kopf bescheuert. Deshalb ließ sie es sein. Sie hob ihr Kinn an und schaute ihm direkt ins Gesicht – ein Fehler, denn ihr Herzschlag beschleunigte sich schon wieder auf diese äußerst unangenehme Weise. Tara verlor sich in seinen Augen, die so unergründlich und tief schimmerten, wie sie es nie zuvor gesehen hatte. Tara steckte in Schwierigkeiten. In sehr großen Schwierigkeiten.

5
___

Emery stand in der Mitte seines Wohnzimmers gegen die Wand des Kamins gelehnt und betrachtete Tara O'Leary. Sie hielt eine Teetasse in ihrem Schoß und nippte ab und zu vorsichtig daran. Als sie ihren Kopf wieder hob, um seinen Blick zu erwidern, machte etwas Klick in ihm. Die Veränderung war seltsam, kaum merklich, aber dennoch höchst irritierend. Im Halbdunkel wirkte das Grün ihrer Augen dunkler, es hatte nicht wie sonst die Farbe von frischem Moos mit goldenen Sprenkeln versetzt.

Er blieb stumm, nicht, weil er sich zurückhielt, sondern weil er für den Moment vergessen hatte, was er eigentlich sagen wollte. Sein Kopf war auf eine seltsame Art und Weise leer, die ihn stutzig machte.

Kleine Flammen züngelten mittlerweile im Ofen empor, aber es genügte noch nicht, um eine behagliche Wärme zu verbreiten. Die war gerade – für Emery zumindest – auch gar nicht notwendig. Ihm war unter seinem dicken Wollpullover alles andere als kalt.

»Ich wollte sowieso kurz mit Ihnen sprechen«, fing Tara an,

und er spürte, wie nervös sie war. »Gut, dass Sie hier sind, Emery.«

Emery hob eine Braue und schwieg. Er hielt es für besser, einfach die Klappe zu halten. In den letzten vierundzwanzig Stunden hatte er genügend Bockmist von sich gegeben, und er wollte diesen kurzen Augenblick des brüchigen Friedens nicht aufs Spiel setzen.

»Ich habe den, äh, Zettel in der Küche entdeckt«, fuhr sie fort.

Aha. Gut. Sie hatte ihn gesehen. Und was kam jetzt? Der lahme Versuch einer Erklärung?

Eine Entschuldigung?

Emery wollte es nicht, aber er merkte, dass er mehr als gespannt darauf war zu hören, welche kleine Lüge gleich über ihre sinnlichen Lippen kommen würden.

O ja. Die hatte sie. Volle Lippen, von denen ein Mann in einsamen Stunden träumen konnte.

Aber das täuschte ihn nicht darüber hinweg, was für eine hinterhältige Schlange Tara O'Leary war. Für eine Sekunde, das musste er zugeben, hatte er sich von ihrem bezaubernden Äußeren blenden lassen. Doch Emery war nicht dumm, er wusste, dass sie vermutlich nur weitere Märchen äußern würde, um in ihrer »Wohngemeinschaft« auf gut Wetter zu machen. Kennst du eine, kennst du alle, fiel ihm dazu ein.

Er hatte seine Gründe, warum er hübschen Frauen nicht vertraute. Er kannte alle Arten von Schwindeleien in Liebesverhältnissen, nicht nur aus beruflicher Erfahrung.

Okay, hier ging es nicht um eine oder gar seine Beziehung oder etwas ähnliches, aber trotzdem. Es war klar, dass Tara nur so nett zu ihm war, weil sie etwas von ihm – oder seiner Familie – wollte: Geld.

Ein Jammer, schoss es ihm durch den Kopf, doch diesen höchst irritierenden Gedanken schob er sofort dorthin zurück, wo auch immer er hergekommen war.

Tara wirkte sichtlich irritiert von seinem Schweigen, offenbar wartete sie auf eine Reaktion von ihm. Emery machte sich deshalb einen kleinen Spaß daraus, sie ein wenig länger zappeln zu lassen.

Sie trank erneut von ihrem Tee und wartete ab. Sie hielt sich gerade im Sessel, noch immer trug sie ihre Winterjacke. Fast tat es ihm leid, dass der Klempner das Problem bislang nicht hatte beseitigen können. Trotzdem war es Glück im Unglück, die Heizungsanlage an sich war nicht kaputt, es musste nur ein Teil an der Zentralsteuerung ausgetauscht werden. Phil wollte es besorgen und eventuell sogar schon morgen alles in Ordnung bringen – aber das behielt Emery für sich.

Eines musste man Tara lassen, sie hatte etwas an sich, was ihr sicher bei den meisten Menschen Sympathien einbrachte. Ihre fröhliche Art wirkte ehrlich und natürlich. Aber davon ließ er sich nicht beeindrucken, er hatte ja schon gesehen, wozu sie fähig war. Alles nur Fassade.

Als sie das nächste Mal aus halb gesenkten Lidern zu ihm aufschaute, hatte sie einen Blick aufgesetzt, der vermutlich alle Herzen schmelzen ließ. Nun ja, fast alle. Seins nicht. Obwohl er zugeben musste, dass etwas in seinem Inneren mit einem merkwürdigen Ziehen reagierte. Er blendete dieses alberne Gefühl sofort aus.

»Also, Emery, was ich Ihnen sagen wollte«, fuhr sie fort und räusperte sich. Es fiel ihr sichtlich schwer, das, was sie loswerden wollte, über ihre Lippen zu bringen. »Ich habe da also diesen Zettel in der Küche gefunden und war ein bisschen überrascht.«

»Überrascht«, wiederholte er leidenschaftslos.

Wollte sie ihn verarschen?

Er hätte ihr ein bisschen mehr zugetraut. Wirklich. Das war beinahe schon enttäuschend.

»Machen wir die Sache kurz, Emery. Ich war heute Morgen wirklich betrübt darüber, dass Sie so unfreundlich zu mir waren, wo ich doch am Abend zuvor klargestellt hatte, weshalb ich hier bin. Es mag ja sein, dass Sie keine Weihnachtsdekoration wünschen, aber Ihre Mutter hat mich nun einmal genau dafür beauftragt. Und ich bin darüber informiert, dass Sie allem zugestimmt haben. Das haben Sie mir auch selbst bestätigt. Nun lautet meine Frage: Warum machen Sie mir das Arbeiten hier so unnötig schwer? Wenn Sie mich nicht leiden können, dann finde ich das zwar bedauerlich, aber damit kann ich leben. Wissen Sie, Emery, ich muss nicht von allen gemocht werden. Aber ein bisschen Respekt wäre nicht verkehrt. Ich habe Ihnen nichts getan, sondern mache nur meinen Job – mit dem ich, ehrlicherweise – noch nicht einmal richtig begonnen habe, weil hier ständig etwas anderes nicht funktioniert. Also, was haben Sie gegen mich?«

Sie straffte sich. Emery gefiel es, wie sie sich ausdrückte, und er ertappte sich dabei, dass er ihr gern zuhörte. Das war äußerst komisch, zumal sie ihn doch gerade rügte.

Tara blinzelte zwei Mal, als ob sie auf eine Antwort wartete und sich wunderte, warum er nicht lospolterte, sondern die Klappe hielt. Ihm ging es genauso, aber er wollte sie in Ruhe ausreden lassen – es war ja nicht so, dass er sonst viel zu tun hätte.

»Nun, da Sie offenbar beschlossen haben, Ihre Lippen in meiner Gegenwart zu versiegeln, kann ich ja fortfahren. Also sehen Sie, Emery. Ich werde die nächsten drei Wochen hier verbringen, und es wäre deutlich angenehmer, wenn wir etwas besser miteinander auskämen. Kennen Sie Dirty Dancing?«

Er kniff die Augen zusammen und glaubte kurz, sich verhört zu haben. »Was?«

Taras Mund verzog sich zu einem leisen Lächeln. Es war kaum merklich, und doch hatte es eine merkwürdige Wirkung auf ihn. Etwas in Emery begann zu schwingen.

»Den Film? Sie wissen schon. Oder nicht? Nein, das kann nicht sein. Sie kennen diesen Klassiker nicht? Ich bin fassungslos!« Sie stieß ein lautes Zischen aus. »Emery Swan kennt Dirty Dancing nicht!«

Allmählich verlor er die Geduld. »Tara, bitte kommen Sie zum Punkt.«

Sie nickte, als ob sie sich selbst daran erinnern müsste. »Ja, natürlich. Worauf ich hinaus will: Sie haben Ihren Tanzbereich – und ich habe meinen. Verstehen Sie?«

Emery rieb sich mit der Handfläche über die Stirn und schüttelte dann den Kopf. »Ich fürchte, ich verstehe gar nichts. Da müssen Sie schon ein wenig deutlicher werden. Aber bitte fassen Sie sich dieses Mal kürzer.«

Tara seufzte leise und stellte die Teetasse auf dem Beistelltisch neben ihr ab. Kurz befürchtete er, dass sie zu ihm käme, um mit ihm durchs Zimmer zu wirbeln – wo sie doch die ganze Zeit vom Tanzen sprach. Aber nichts dergleichen passierte.

Zu seiner Überraschung musste er feststellen, dass sich sein Herzschlag beschleunigt hatte. Seine Handflächen fühlten sich klamm an. Gott. Hatte er sich durch diesen verdammten Heizungsausfall auch noch eine Grippe eingehandelt?

»Emery, was ich meine«, fuhr Tara fort. »Das Haus ist riesengroß. Wir können uns hier wunderbar aus dem Weg gehen. Ihr Tanzbereich – Büro, erster Stock und so weiter. Mein Tanzbereich – die eisige Dienstbotenkammer unter dem Dach und die Dekoration, die ich in den verschiedenen Räumen aufstellen und anbringen werde. Verstehen Sie? Okay, hin und wieder laufen wir uns vielleicht über den Weg, aber das war es dann auch. Kein Problem. Ich gehe Ihnen nicht auf die Nerven und Sie lassen mich einfach meine Arbeit tun. Na, wie klingt das für Sie?«

Aha. Endlich fiel der Groschen. Drückte die Frau sich immer so kompliziert aus? Das alles hätte sie auch in einem einzigen Satz formulieren können.

»Tanzbereich«, war alles, was er erwiderte, und stieß ein

sarkastisches Lachen aus. »Wie, sagten Sie, hieß der Film noch mal?«

»Dirty Dancing. Ich kann einfach nicht glauben, dass Sie den nicht kennen! Wollen Sie das nicht nachholen? Ich weiß, dass Sie den streamen können auf ...«

Emery hob eine Hand, um sie zu unterbrechen. »Nein, Tara, ich möchte den Film gerade nicht sehen. Falls doch, lasse ich es Sie wissen.«

Taras Mund öffnete und schloss sich sogleich wieder. Ihr Gesichtsausdruck verfinsterte sich, und Emery merkte, dass er sich schon wieder im Ton vergriffen hatte. In Taras Nähe schien ihm das ständig zu passieren. Warum nur lockte diese Frau seine schlimmsten Seiten aus ihm hervor? Emery richtete sich auf und vergrub die Hände in seinen Hosentaschen. »Also gut, Tara. Ich denke, ich habe verstanden, worum es Ihnen geht. Eigentlich hatte ich ja mit einer Entschuldigung Ihrerseits gerechnet, wenn ich ehrlich bin.«

»Entschuldigung?« Sie überschlug ihre Beine und lehnte sich zurück.

O ja. Sie wusste genau, was er meinte.

Beinahe genoss er dieses Spielchen, aber eben nur beinahe.

»Moira Mitchell, die Bürgermeisterin«, half er ihr auf die Sprünge.

Ein Hauch von Schuldbewusstsein huschte über Taras Gesicht, doch das verschwand sofort wieder, während sie eine beschwichtigende Geste machte. »Ach, das. Tja, was soll ich sagen. Schuldig im Sinne der Anklage. Aber ist es nicht in Ihrem Interesse, dass Ihr Angebot bekanntgemacht wird? Ich meine, wie wollten Sie Leute behandeln, wenn niemand davon weiß?«

Sie provozierte ihn schon wieder. Schlimmer war nur, dass sie offenbar kapiert hatte, dass er hier der Lügner war – und nicht sie. Tara O'Leary hatte ihn in weniger als vierundzwanzig

Stunden durchschaut – das gab ihm zu denken. Was sie wohl sonst noch in ihm sah? Der Gedanke behagte ihm nicht.

Emery gab es nicht gern zu, aber er zog hier den Kürzeren. Und Tara wusste es. Es kam ihm zumindest so vor, als wäre sie sich ihrer Sache sehr sicher. Leider hatte sie recht, und Emery wusste, dass er einen Weg finden musste, um mit der Situation zurechtzukommen. Deshalb stand er ja hier.

Allmählich wurde es ziemlich heiß neben dem Kamin, aber diese Diskussion war längst nicht vorbei. Emery ging auf Tara zu und sah, wie sich ihre Augen vor Erstaunen weiteten. Dann ließ er sich in den Sessel neben ihrem nieder und hörte, wie sie erleichtert ausatmete. Was hatte sie denn gedacht? Dass er über sie herfallen würde?

Emery dachte für den Bruchteil einer Sekunde darüber nach, wie es sein würde, wie es sein könnte, sie zu küssen, und sein Unterleib reagierte mit eindeutigem Ziehen darauf.

Wie vom Donner gerührt hielt er inne.

Bis eben war ihm nicht klar gewesen, in welchem sexuellen Notstand er sich befand. Nicht, dass Tara nicht attraktiv wäre. Nein. Sie war hübsch. Und klug. Gerissen vielleicht sogar. Sie war jedenfalls nicht auf den Kopf gefallen, was er bei einer Sexualpartnerin beinahe als wichtigsten Faktor empfand. Nichts war schlimmer, als Sex mit einer geistlosen und einfältigen Person zu haben, der sexuelle Reiz bestand für ihn nicht nur aus körperlichen Attributen. Nicht, dass er in den letzten Monaten überhaupt viel Verkehr gehabt hätte.

O Mann, was sollte das denn jetzt?

Das war im Zusammenhang mit Tara O'Leary absolut unangebracht.

Gerade rechtzeitig erinnerte Emery sich daran, warum er hier saß. »Hör zu, Tara. Diese Nummer von wegen dein und mein Tanzbereich«, er bemerkte erst jetzt, dass er ins vertrauliche Du gewechselt hatte, aber jetzt war es zu spät, also ging er einfach darüber hinweg. »Das beinhaltet auch, dass du dich aus meinem Leben raushältst. Ich sehe es so: Die Sache mit der Bürgermeisterin war deine Rache für mein, zugegeben, rüpelhaftes Verhalten. Eins zu eins. Dein Schuss war ein Treffer. Aber vielleicht können wir uns darauf einigen, dass wir hier nicht in einen Rosenkrieg verfallen, der Mr und Mrs Smith alle Ehre machen würde. Einverstanden?«

Zu spät fiel ihm auf, dass er und Tara überhaupt kein Paar waren – damit war sein Vergleich unpassend. Blöd von ihm, aber nicht mehr zu ändern. Sie war schlau genug, um zu verstehen, was er meinte. Hoffentlich zog sie keine falschen Schlüsse daraus.

Tara schaute ihn von der Seite an. »Rosenkrieg? Nun ja, da kann ich dir versichern, dass ich *das* nicht geplant habe.«

Emery verzog seinen Mund. Ja, das Eigentor hatte er sich selbst zuzuschreiben. »Gut. Können wir uns dann darauf verständigen, dass wir uns nicht mehr in die Quere kommen? Und was das Anheuern neuer Klienten betrifft: Halte dich aus meinen Angelegenheiten raus, klar?«

»Glasklar.«

Er reichte ihr eine Hand über den Tisch. Dabei passte er natürlich auf, dass er seinen Pulli nicht in die Kerzenflammen hängte. Tara schaute erst seine Hand an und dann in seine Augen. Er spürte ihr Zögern, aber schließlich griff sie beherzt zu.

Ihr Händedruck war angenehm. Taras Haut fühlte sich weich und warm an.

Er spürte ein merkwürdiges Kribbeln. Das brachte ihn komplett aus der Fassung. Was war mit ihm los? Warum reagierte er auf einen simplen Händedruck dermaßen überzogen? Wie von der Tarantel gestochen sprang er auf und rannte davon, weil er es keine Sekunde länger in ihrer Nähe aushielt, ohne die Kontrolle zu verlieren.

∽

Tara schaute Emery verwirrt hinterher. Aus dem Kerl sollte jemand schlau werden. Also bitte! Erst schlich er sich an sie ran – gut, das war vielleicht ein bisschen übertrieben – und dann fing er an, sie auszufragen, nur, um dann mitten im Gespräch abzuhauen? Das passte nicht zusammen, nicht im Geringsten.

Allmählich bekam Tara den Eindruck, dass dieser Mann vielleicht selbst eine Therapie benötigte, wenn er nicht einmal in der Lage war, eine vernünftige Unterhaltung bis zum Ende zu führen.

Tara trank ihren Tee in Ruhe aus und genoss das wärmende Feuer. Irgendwann gelang es ihr, dieses seltsame Gespräch mit Emery innerlich loszulassen. Sie döste ein bisschen vor sich hin, denn der Jetlag machte sich noch immer sehr deutlich bemerkbar. Im Geiste ging sie durch, worum sie sich in den nächsten Tagen kümmern wollte. Sie musste es irgendwo notieren, damit sie nichts davon vergaß. In ihrem Rucksack steckte ein Notizbuch, aber die Dachkammer kam ihr zur weit weg vor – sie wollte ihren kuscheligen Platz am Feuer nicht aufgeben. Nur noch ein paar Minuten sagte sie sich und erlaubte sich für einen Moment, die kreisenden Gedanken zur Ruhe kommen zu lassen.

Als Tara das nächste Mal die Augen aufschlug, war es stockfinster im Raum, im Kamin schwelte nur mehr eine rötliche Glut. Die angenehme Wärme war leider fast vollständig der ungemütlichen Kälte des kornischen Winterabends gewichen.

Verschlafen tastete Tara nach ihrem Handy, das sie in der Manteltasche hatte. Als sie auf das Display schaute, erschrak sie. Es war kurz nach acht. Verdammt. Sie musste tief und fest eingeschlafen sein. Ein Wunder war es nicht, trotzdem ärgerte sie sich ein wenig, denn die kommende Nacht würde damit wieder von langen Wachphasen geprägt sein. So überwand sie den Jetlag nur mit mäßigem Erfolg.

Im Haus war es still und dunkel. Zum Glück fiel etwas Mondschein durchs Fenster und verbreitete, zumindest an einigen Stellen im Raum, einen silbrigen Schimmer. Sie erahnte die dunklen Umrisse der Möbel. Man könnte es gruselig finden, aber Tara fühlte sich wohl in diesem Haus. Es war ein schwer zu beschreibendes Gefühl, sie mochte es einfach, hier zu sein – und das lag nicht nur daran, dass Trewane Manor, obwohl es an einigen Stellen ein wenig renovierungsbedürftig war – ein exklusives Herrenhaus war. Nein, da war noch mehr, sie konnte es nur nicht ganz fassen.

Am Besitzer konnte es jedenfalls nicht liegen, so viel war klar.

Wo steckte der überhaupt? Es kam ihr so vor, als ob sie allein in diesem alten Gemäuer säße.

War Emery verschwunden? Weggefahren? Oder vielleicht oben in seinem Zimmer?

Tara streckte sich und wollte aufstehen, um das Licht anzuschalten. Dann erinnerte sie sich, warum sie hier in der Dunkelheit hockte: Es hatte vorhin keinen Strom gegeben. Die Panne war sicher weniger auf die öffentliche Energieversorgung zurückzuführen, sondern wahrscheinlich hatte es aufgrund der maroden Leitungen im Haus einen Kurzschluss gegeben. Bestimmt war eine Sicherung rausgeflogen. Dass die Heizung schon nicht funktioniert hatte, war bereits ein Indiz dafür gewesen, dass vor kurzer Zeit zwar einiges oberflächlich renoviert worden war, man dabei aber nicht die komplette Struktur des alten Gemäuers auf einen modernen Stand gebracht hatte.

Mist. Sie hätte Emery vorhin, als sie die Gelegenheit dazu gehabt hatte, fragen sollen, was da los war.

Ihr Magen gab ein lautstarkes Knurren von sich, was sie daran erinnerte, dass sie außer dem Frühstück nichts gegessen hatte. Also eines nach dem anderen. Tara stand auf und streckte sich erneut ausgiebig, dann leuchtete sie sich den Weg mit ihrem Handy zurück in die Küche. Im Kühlschrank blieb es auch dunkel, als sie die Tür aufzog – das hieß, dass der Strom komplett weg war, so wie sie es vermutet hatte.

»Scheiße«, fluchte Tara leise vor sich hin. Wenigstens befand sich nichts Verderbliches darin. Sie entdeckte nur ein halb leeres Glas Orangenmarmelade und Butter. Beides würde auch ohne Kühlung für eine Weile in Ordnung sein. Dafür war es auch wirklich kalt genug im Haus. Leider änderte es nichts an der Tatsache, dass sie noch immer hungrig war wie ein Bär.

Tara verzog ihr Gesicht und überlegte, ob sie Emery suchen sollte. Dann erinnerte sie sich an seinen abrupten Abgang vorhin und an die Abmachung, sich für die Zeit ihres Aufenthalts im Haus aus dem Weg zu gehen. Nein, sie würde ihn nicht suchen, denn er sollte nicht den Eindruck bekommen, sie liefe ihm hinterher. Auch wenn sie natürlich einen triftigen Grund hatte. Trotzdem wollte sie ihm heute nicht erneut begegnen, das war der Hauptgrund. Emery Swan hatte eine seltsame Wirkung auf sie, die Tara verunsicherte und auch auf eine Weise aufwühlte, die sie nicht näher definieren konnte. Vielleicht lag es auch nur am Jetlag, dass sie sich so merkwürdig aufgekratzt fühlte. Genau. Ja, sicher, und Fuchs und Hase sagten sich auch immer friedlich gute Nacht.

Gleich morgen würde sie sich jedenfalls um einen Elektriker kümmern, denn der Erfolg ihres Auftrages hing in einem hohen Maße davon ab, dass die Swans an Weihnachten nicht bei Kerzenlicht in der Kälte hocken mussten.

Bedelia wäre mit großer Wahrscheinlichkeit mehr als enttäuscht, wenn sie bei ihrem Eintreffen ein frostklirrendes Herrenhaus ohne Strom und jegliche weihnachtliche Atmosphäre vorfinden würde.

Tara wurde von einer heftigen Welle der Versagensangst erfasst, aber sie ließ sich davon nicht lähmen. Sie schüttelte kurz den Kopf. »Nein, ich schaffe das«, brabbelte sie vor sich hin, als ob das etwas nützen würde.

Das tat es in gewisser Weise aber, denn sie ließ sich von den gegebenen Tatsachen – dass bislang nicht alles so reibungslos lief, wie sie es gehofft hatte – nicht entmutigen. Vielleicht hätte sie am Vormittag im Café Moira ihre Telefonnummer geben sollen. Wenn Tara diesem Tag etwas Positives abgewinnen sollte, dann, dass die Bürgermeisterin eine Frau der Taten war. Hatte Moira ihr nicht versprochen, selbst den Elektriker und Klempner im Ort anzusprechen? Vielleicht hatte sie das ja tatsächlich schon in Angriff genommen. Tara hoffte es.

Eines wurde ihr jedoch schlagartig bewusst: Heute würde sie nichts mehr ausrichten können. Nach ihrem Nickerchen war es jedoch auch zu früh, um ins Bett zu gehen. Deshalb entschied sie sich dafür, noch einmal ins Dorf zu spazieren, um wenigstens etwas Essbares aufzutreiben. Sie hatte heute Morgen gesehen, dass es ein Pub gab. Es lag schräg gegenüber von *Barb's Cornish Pasties & Scones*. Hoffentlich war es geöffnet – ansonsten musste sie doch hungern. Das würde sie zwar nicht umbringen, aber ihrer ohnehin schon miesen Laune einen noch herberen Dämpfer verpassen.

Wenig später marschierte Tara den schmalen Weg hinunter ins Dorf. Der Mond leuchtete durch die kahlen Zweige der wenigen Bäume auf dem Grundstück. Der Sternenhimmel war so weit und prachtvoll, dass sie ein merkwürdiges Kribbeln in ihrer Brust spürte. Für einen Moment blieb Tara stehen und sah hinauf. Die Sterne leuchteten hier heller als anderswo, vielleicht lag es an der Jahreszeit oder daran, dass es an Cornwalls Küste weniger Lichtverschmutzung als in größeren Städten gab. Möglicherweise hatte Tara aber zum ersten Mal seit langer Zeit ihre Augen wirklich für die Schönheit der Dinge geöffnet. Das stetige Heranrollen der Brandung war ebenfalls zu hören. Es war überwältigend und auch irgendwie beruhigend. Tara hörte und las ständig und überall davon, dass die Menschen mehr im Hier und Jetzt leben sollten, aber was das wirklich bedeutete, begriff sie erst in diesem Augenblick.

Sie wurde von einer seltsamen Melancholie ergriffen, denn einerseits fühlte sie sich von Glück erfüllt, andererseits wünschte sie sich jemanden an ihrer Seite, mit dem sie ihre Eindrücke teilen konnte.

Aber sie war allein.

In Cornwall.

Der Einzige, dem sie von ihren Beobachtungen erzählen könnte, war Emery Swan.

Und der wollte garantiert nicht hören, was sie zu sagen hatte.

Im Gegenteil, wenn es nach ihm ginge, würde er sie am liebsten überhaupt nicht mehr sehen.

Tara atmete tief durch, sie wollte nicht an Emery denken. Dann blieb sie schon lieber allein mit sich und ihren Gedanken.

Der Moment war vorbei, das eben noch verspürte Glück war einem anderen Gefühl gewichen, das sie jetzt nicht näher analysieren wollte. Außerdem war ihr kalt geworden. Eiskalt. Hier oben herrschten gefühlte minus zwanzig Grad. Tara wollte sich nicht die wundervolle Winteratmosphäre vermiesen lassen, sondern ihre Zeit hier genießen. Dieser Job in diesem hübschen Dörfchen war eine einmalige Gelegenheit – und ihre letzte Chance. Das musste sie sich nicht ständig vorsagen, um es nicht zu vergessen. Der Druck, diesen Auftrag mit Erfolg abzuschließen, war omnipräsent. Tara schob ihre Hände in die Manteltaschen und setzte ihren Weg fort, weil sie sich nicht im Wirrwarr ihrer Gedanken verlieren wollte. Der Gang zum Pub dauerte nur ein paar Minuten. Der kurze Fußmarsch hatte nicht genügt, um sie durch die Bewegung wieder warm werden zu lassen. Durch die Bleiglasfenster des alten Gebäudes fiel etwas Licht nach draußen, man konnte aber nicht hindurchsehen. *Mousehole Inn* stand in großen Buchstaben auf einem beleuchteten Schild über der Eingangstür. Einen Blick auf die in einer Glasvitrine ausgehängte Karte sparte Tara sich. Sie würde garantiert etwas finden, was sie mochte. Es war ihr beinahe schon egal, was man ihr servierte, solange es heiß und fettig war. Sie war wirklich ausgehungert, wie sehr, wurde ihr erst jetzt bewusst.

Beherzt zog sie deshalb die schwere Holztür auf und trat ein. Warme, von Essensdüften und Ale geschwängerte Luft schlug ihr entgegen. Leise Weihnachtsmusik dudelte irgendwoher. Im Kamin an der kurzen Wand, am Ende des lang gezogenen Gastraums, knisterte ein behagliches Feuer. Der urige Dielenboden war ausgetreten. Bestimmt gab es viele Geschichten über diesen Ort zu erzählen. Tara fühlte sich sofort wohl. Das Pub war größer, als es von außen auf den ersten Blick gewirkt hatte, es gab mehrere Tische. Tara schloss die Tür hinter sich, weil ihr ein eisiger Luftzug folgte, und trat ein.

Hinter dem Tresen stand eine junge Frau und polierte ein paar Gläser. Sie trug ihre goldblonden Locken zu einem Zopf zusammengebunden, ihre Augen funkelten fröhlich. »Guten Abend«, grüßte sie.

»'N Abend«, erwiderte Tara. »Habt ihr noch was frei?«

Vielleicht war das eine blöde Frage, weil nur wenige Tische besetzt waren, aber Tara wollte sich nicht einfach irgendwo hinsetzen und sich damit reserviert oder verschlossen geben. In einem so kleinen Ort wie diesem war es ungemein wichtig, dass der erste Eindruck passte. Tara verhielt sich nicht aus Berechnung so, sondern weil es einfach ihrem Typ entsprach – sie wollte nett sein. Sie merkte erst jetzt, wie einsam sie sich wirklich fühlte. Das lag sicher nur daran, dass dieser Emery so unfreundlich mit ihr umging, wenn er sie nicht gerade mit seinem durchdringenden Blick anstarrte und gar nichts sagte. So oder so, Tara sehnte sich nach einem normalen Gespräch mit einer freundlichen Person.

»Klar, du hast die freie Auswahl.« Das Lächeln der Wirtin war offen. Tara mochte sie auf Anhieb.

»Danke. Dann komme ich doch einfach hier an die Theke.« Tara kletterte auf einen Barhocker und begann, ihren Mantel aufzuknöpfen. »Schön warm habt ihr es hier.«

»Bist du im Urlaub?«

»So ähnlich, es ist eine lange Geschichte«, entgegnete Tara, die gar nicht wusste, wo sie anfangen sollte. Außerdem wollte sie nicht über die Swans tratschen – das, da war sich Tara sicher, übernahm schon Moira Mitchell in ihrer Funktion als Bürgermeisterin. Tara hatte, was das betraf, bereits genug dazu beigetragen und würde garantiert nicht zweimal den gleichen Fehler machen.

»Dann bringe ich dir doch erst einmal etwas zu trinken.« Die junge Frau lächelte. »Was darf es denn sein?«

In Bars bestellte Tara meistens ein Glas Chardonnay, wenn sie mal ausging, oder einen Cocktail – beides passte nicht zu diesem Pub. »Ein Ale bitte.«

»Oh, da haben wir eine große Auswahl. In welche Richtung möchtest du gehen? Malzig, dunkel, kräftig, leicht, hell …?«

Tara wurde schwindelig. Sie hatte zwar irische Wurzeln, womit man allgemeinhin als trinkerfahren galt, aber mit Ale und vor allem den Sorten, die möglicherweise in Cornwall populär waren, kannte sie sich nicht aus. »Gibt es was Lokales?«, fragte sie daher.

»Natürlich. Kommt sofort. Ich bin übrigens Kelly. Kelly Marsh.«

»Freut mich, Kelly. Ich bin Tara. Tara O'Leary.«

»Oh, dein Name klingt irisch, liege ich richtig?«

Tara nickte. »Das stimmt, aber eigentlich lebe ich in New York. Meine Großeltern sind in den Fünfzigern ausgewandert, aber sie leben nicht mehr.«

Kelly stellte das Glas vor ihr ab und legte eine Speisekarte daneben. »Wow, New York.«

Tara trank einen Schluck. Kühl und malzig rann das Bier ihre Kehle hinunter. Es war köstlich und frisch. »Ich dachte eigentlich, es müsste bereits die Runde gemacht haben, wer ich bin.« Sie beugte sich ein wenig in Kellys Richtung und wackelte mit den Augenbrauen. Es fiel Tara leicht, sich in Kellys Gegenwart witzig, aber gleichzeitig auch ehrlich zu geben. Die blonde Wirtin wirkte sehr vertrauensvoll und auf eine gewisse Weise beruhigend auf Tara. »Ihr habt eine sehr engagierte Bürgermeisterin, hat sie im Dorf nichts über mich erzählt?«, scherzte Tara.

Kelly grinste und zuckte die Schultern. »Du hast recht, aber ich wusste ja nicht, wie du aussiehst. Und da ich lieber keine voreiligen Schlüsse ziehe, dachte ich, ich frage lieber selbst.«

Tara lachte. »Ich hoffe, du bist nicht enttäuscht?«

»Im Gegenteil, Tara. Du wirkst sehr nett, und das sage ich nicht nur, weil du gerade ein Bier bei mir bestellt hast.« Kelly zwinkerte.

»Apropos, ich schaue mal kurz, was es zu essen gibt. Oder kannst du mir etwas empfehlen? Ich bin am Verhungern.«

»Unsere Fish and Chips sind sehr beliebt. Wenn du eher auf die schlanke Linie achtest, dann könnte ich dir den Salat empfehlen ...«

»Fish and Chips klingt wundervoll. Um ehrlich zu sein, ich sterbe vor Hunger und würde von einem Salat niemals satt werden. Ich nehme den Fisch.«

Kelly grinste breit. »Das ist eine gute Wahl. Dann gebe ich die Bestellung mal weiter und bin gleich wieder zurück. Ach, übrigens, falls du mit deinem, äh, Boss reden willst, der sitzt da hinten.«

Tara erstarrte. Boss? Wo?

Wie in Zeitlupe drehte Tara sich um und entdeckte Emery Swan in einer Ecke. Sein Anblick löste ein merkwürdiges

Prickeln in ihrer Magengrube aus. Er hatte seine Nase in einem Buch vergraben und wirkte hoch konzentriert. Vor ihm stand ein leeres Whiskyglas – oder es sah zumindest danach aus.

Super, dachte Tara und drehte sich eilig wieder weg. Ich tue einfach so, als hätte ich ihn nicht gesehen. Wenn sie eines nicht wollte, dann, dass er zu ihr käme und ihr vorwarf, dass sie ihn verfolgen würde. So ein Quatsch würde dem Kerl ähnlichsehen.

Tara trank einen großen Schluck von ihrem Bier und dann noch einen. Allmählich spürte sie, wie sich ihre Nerven wieder beruhigten. Das hier war ein freier Ort. Sie konnte zu Abend essen, wo immer sie wollte. Er würde unmöglich annehmen können, dass sie ihm nachlief.

Kelly kehrte gerade aus der Küche zurück. »Wie ich sehe, sitzt du noch am Tresen und nicht da drüben«, kommentierte sie. Tara verstand es als Aufforderung, mehr zu erzählen, aber sie wollte nicht zu viel preisgeben. Vor allem nicht, weil sie wusste, wie empfindlich ein gewisser Emery Swan war. Es war eine Sache, über ihren Job zu reden, wenn er nicht in der Nähe war – jetzt kam es ihr so vor, als ob er sie beobachtete oder so etwas in der Richtung jedenfalls. Ein Gefühl der Befangenheit nagte weiter an ihr, daran änderte auch die Wirkung des Alkohols nichts.

»Ja, ist doch gemütlich an der Theke hier bei dir, wieso sollte ich meinen Platz aufgeben?«, wich sie Kellys Frage aus. »Erzähl du mir lieber: Wie lebt es sich so abgelegen in Cornwall? Für mich als Großstädterin ist das ja etwas völlig Neues.«

Kellys Lächeln verblasste ein wenig, dann strahlte sie sofort wieder. Tara glaubte, sich vielleicht getäuscht zu haben. »Im Winter ist es sehr ruhig bei uns im Dorf. Du siehst ja, es ist nicht viel los. Touristen verirren sich kaum an die Küste, aber das ist im Sommer natürlich anders. Wenn du auf der Suche nach mehr Abwechslung bist: Donnerstags haben wir Pie-Tag, und am Wochenende gibt es auch immer mal wieder Programm, so dass zumindest die Leute aus dem Ort regelmäßig herkommen. Ich kann mich also nicht beschweren und komme ganz gut über die Runden, aber das Hauptgeschäft mache ich im Sommer.«

Okay, das klang jetzt nicht superglücklich. Weil sie sich nicht wirklich kannten, behielt Tara das für sich und hakte vor allem auch nicht weiter nach, sie wollte nicht neugierig wirken.

»Und wie gefällt es dir bei uns?«, erkundigte sich Kelly.

»Um ehrlich zu sein, bin ich bis jetzt nicht viel in Cornwall herumgekommen. Aber das, was ich vom Dorf gesehen habe, finde ich wunderbar. Es ist schon ein krasser Unterschied zu meinem Leben in New York. Ich muss mit der Ruhe hier erst einmal zurechtkommen, ich bin in der permanenten Reizüberflutung einer Großstadt aufgewachsen. Es ist beinahe wie ein kleiner Schock, hier zu sein, aber das meine ich im positiven Sinne.«

»New York, das kann ich mir gar nicht vorstellen, ich war noch nie dort und kenne es nur aus Filmen. Es muss laut und hektisch sein.«

»Ja, das ist es.« Tatsächlich hatte sich Tara in den letzten Monaten häufiger dabei erwischt, wie sie sich genervt die Noise-Cancelling-Kopfhörer aufgesetzt hatte, um sich Regengeräusche zur Beruhigung anzuhören. Total albern, wenn sie es von Cornwall aus betrachtete, wo man die Natur vor der Haustür hatte. Aber das behielt Tara für sich, weil sie ahnte, dass Kelly das womöglich nicht nachvollziehen konnte. Auf dem Lande anzukommen, fühlte sich erst einmal wie eine kleine Erschütterung ihres bisherigen Daseins an – alles, was sie als Alltag betrachtet hatte, lief in Cornwall anders, aber nicht unbedingt schlechter.

»Wenn du Hilfe brauchst, wir springen gern ein«, riss Kelly sie aus ihren Grübeleien.

»Was meinst du?« Tara konnte Kellys Gedankengang nicht folgen, vielleicht war sie aber auch so versunken gewesen, dass sie nicht jedes Wort der Wirtin gehört hatte.

»Moira war vorhin hier«, fuhr Kelly fort und schaute Tara erwartungsvoll an.

Tara begriff trotzdem nicht, worauf sie hinauswollte. »Ah, okay, was hat sie gesagt?«

Kelly trat einen Schritt näher, wohl auch, damit Emery von diesem Gespräch nichts mitbekam. Das war Tara sehr recht und zeigte nur einmal mehr, dass Kelly keine Klatschbase war, die sich aus Sensationslust in die Angelegenheiten anderer Leute einmischte. Trotzdem, und das war Tara auch klar, wusste Kelly durch ihre Arbeit hier im Pub vermutlich sehr viel über die Leute im Ort.

»Na, unsere liebe Bürgermeisterin – die wir alle sehr schätzen – hat erzählt, dass du als Eventmanagerin das alte Herrenhaus auf Hochglanz polieren und es schön weihnachtlich dekorieren wirst.«

»Stimmt, das habe ich vor.« Wobei putzen eigentlich nicht vorgesehen gewesen war, aber als Tara das Stichwort »auf Hochglanz polieren« hörte, begriff sie, dass es notwendig sein würde, eine Grundreinigung zu veranlassen. Bei den aktuellen Lichtverhältnissen hatte sie die meisten Ecken noch nicht genauer unter die Lupe nehmen können, aber Staub und Spinnenweben mussten auf jeden Fall verschwinden, ehe die Swans anreisten. Ein weiterer Punkt auf ihrer langen Liste, fügte sie im Geiste an.

»Der Klempner war ja heute schon da, wie ich gehört habe«, fuhr Kelly fort und lenkte Taras Aufmerksamkeit wieder auf das Gespräch zurück.

»Ach, tatsächlich?« Tara war überrascht. »Dann weißt du mehr als ich.« Sie grinste.

Kelly erwiderte es. »So ein Dorf ist nun mal klein, Geheimnisse kannst du hier nur schlecht verbergen. Nicht, dass das mit dem Klempner eines wäre, aber ich hoffe, du verstehst, was ich meine.«

»Ja, ich glaube schon.« Tara erwiderte das Lächeln zwar

immer noch, aber ein wenig Angst machte es ihr schon, dass hier anscheinend jeder über alles Bescheid wusste.

Es bimmelte. »Entschuldige, ich komme gleich wieder«, erklärte Kelly und verschwand in Richtung Küche. Kurz darauf kehrte sie mit einem großen Teller voller Pommes, Erbsenpüree und frittiertem Fisch in Backteig zurück, den sie Tara sanft vor die Nase stellte. Das Essen duftete so verführerisch, dass ihr gleich das Wasser im Mund zusammenlief.

Dann folgten Serviette und Besteck. »Essig und Salz haben wir hier«, erklärte Kelly und zeigte ein Stück weiter nach links auf den Tresen. »Lass es dir schmecken, Tara.«

»Danke! Das sieht fantastisch aus!«

»Sag das nicht meinem Bruder, er will mir immer weismachen, dass er ein lausiger Koch wäre«, witzelte Kelly. »Er hilft mir momentan in der Küche aus – aber er ist eigentlich nur auf der Durchreise. Ich bin auf der Suche, also, falls du was hörst? Aber besonders gute Bezahlung kann ich leider nicht bieten, das muss ich dazusagen.«

»Natürlich halte ich meine Augen und Ohren offen. Wobei ich nicht davon ausgehe, dass ich bessere Connections in der Gegend habe als du.«

Kelly nickte, und Tara begriff, dass hinter der fröhlichen Fassade der jungen Wirtin viel Schmerz verborgen war. »Vielleicht kennt dein Chef ja jemanden? Aber wenn nicht, ist das total okay, ich wollte es nur gesagt haben. Mit meinem Bruder klappt es ja bisher auch ganz gut.«

Tara beugte sich ein wenig nach vorn. »Der Herr da hinten ist eigentlich gar nicht mein Boss. Vielmehr ist es seine Mutter, die mich engagiert hat, weil die Familie hier gemeinsam feiern möchte. Ist er denn öfter hier?«

»Wer?«

»Na, Emery Swan«, flüsterte Tara, damit Besagter nicht doch noch auf sie aufmerksam würde – falls er sie nicht schon längst entdeckt hatte. Aber hören sollte er auf keinen Fall, was sie mit Kelly beredete.

Kelly schüttelte den Kopf. »Nicht wirklich, nein. In den letzten Jahren war er überhaupt nicht im Ort.« Das war ja interessant. Kelly kannte Emery trotzdem, was kein Wunder war, er war ja offenbar so was wie ein Therapeuten-Promi. Als Besitzer des prachtvollsten Herrenhauses der Gegend war er schon allein deshalb eine kleine Berühmtheit, nahm Tara an. »Seit einigen Tagen kommt er aber regelmäßig ins Pub und isst hier, falls du das meinst?«, fuhr Kelly fort.

Ja, das konnte Tara sich vorstellen – es war der gleiche Grund, warum sie selbst im Mousehole Inn saß. Sie wollte nicht frieren und hatte Hunger.

»Es gibt ein Problem mit dem Strom und der Heizung im Haus, das muss ich dringend lösen, denn bei der Kälte und ohne Lichterketten wird es kein schönes Weihnachtsfest in dem alten Gemäuer werden. Davon mal abgesehen, kann man so natürlich grundsätzlich nicht wohnen«, erklärte sie Kelly, damit die nicht auf die Idee kam, dass Tara sie über Emery ausquetschte. Leider – und das konnte Tara immerhin vor sich selbst zugeben – wollte sie mehr über Emery erfahren. Er war so verschlossen, so anders als alle anderen Männer, die sie kannte. Das war vermutlich auch der Grund für ihre unerklärliche Nervosität in seiner Gegenwart. Er schüchterte sie mit seiner Unnahbarkeit ein.

Die Wirtin winkte ab, ihr Gesichtsausdruck verriet Tara, dass sie auch das bereits wusste. »Ist alles in Arbeit, sagt Moira zumindest. Mach dir keine Gedanken, Tara, das biegt Phil schon wieder hin.«

Die Frage schwebte im Raum, warum Emery das nicht längst selbst organisiert hatte. Andererseits, Tara wusste ja nicht, ob das Problem nicht doch erst kürzlich aufgetreten war. Heute Morgen hatte es zumindest mit der Elektrizität keine Probleme gegeben …

»Phil?«, wiederholte Tara.

»Ja, unser Klempner. Er war heute oben auf Trewane Manor.«

Tara wusste nicht, ob sie sich darüber freuen oder ärgern sollte, dass jeder im Ort besser im Bilde war als sie. Tara entschied sich dafür, erst einmal zu essen. Persönlich nehmen durfte sie die Neugier der Bewohner natürlich nicht. Sie würde es pragmatisch angehen. Wo sie schon mal hier war, konnte sie vielleicht mit Kellys Hilfe gleich ein paar weitere Punkte klären. Schade nur, dass sie ihr Notizbuch nicht mitgenommen hatte.

»Noch ein Ale?«, wollte Kelly wissen.

»Oh ja, sehr gern sogar. Es war wirklich köstlich.« Tara fühlte sich zwar schon nach einem etwas beschwingter, aber auch von zwei Bieren würde sie nicht gleich aus den Latschen kippen. »Sag mal, Kelly, wenn ich Weihnachtsbäume brauche, wen spreche ich da an? Ich habe den Aushang im Café drüben zwar heute Morgen gesehen, aber mir leider nichts notiert. Aber du kennst dich doch bestimmt aus?«

»Das ist überhaupt kein Problem.« Kelly winkte ab. »Ich kann mit Greg reden. Er verkauft die Bäume. Ich glaube, er wollte sowieso mal bei Dr. Swan vorbeischauen – du weißt schon, wegen des Angebots der Therapiestunden –, da kann er die Tanne ja gleich mitbringen.«

Tara merkte, dass sie rot wurde. Nicht, weil Greg Gesprächsbedarf hatte, sondern wegen der Anzahl der Bäume. Anscheinend ging ihre Vision um einiges über das hinaus, was im Ort üblich war. Das hätte Tara sich eigentlich schon denken können, aber so weit war sie mit ihren Überlegungen noch gar nicht gekommen. Letztlich spielte es auch keine Rolle, ob die Dorfbewohner das Weihnachtsfest der Swans womöglich als zu prunkvoll empfinden könnten. Die Familie Swan war niemandem Rechenschaft schuldig. Es war die Summe, die Bedelia ihr anvertraut hatte, die den Rahmen für das Fest vorgab – und die war groß. Sehr groß. »Äh, Kelly, wir brauchen mehr als einen Baum.

Lass mich mal kurz überschlagen. Um wirklich alle Räume stimmungsvoll gestalten zu können, benötigen wir ...« Im Geiste ging Tara die Räumlichkeiten im Erdgeschoss durch und überlegte, wo sich ein hübsch geschmückter Baum gut machen würde. Einen vor der Haustür, einen für den Flur, zwei fürs Wohnzimmer, zwei für die Terrasse, einen im Flur des ersten Stocks. »Ich brauche sieben Bäume, Kelly«, erklärte Tara schließlich mit einem zufriedenen Lächeln auf den Lippen. Wenn die Bäume erst einmal standen und geschmückt waren, wäre schon viel für die Atmosphäre getan ...

»Sieben?« Kelly machte große Augen, und es war dabei ganz offensichtlich, dass sie Taras Vorschlag für übertrieben hielt.

Tara zuckte die Schultern und lächelte entschuldigend. »Es ist ein großes Anwesen mit vielen Zimmern. Ich habe schon auf Weihnachtsbäume für die Schlafzimmer verzichtet, wobei, wo ich jetzt so drüber nachdenke: Wir nehmen elf!«

Tara wollte Kelly nicht das Warum und Wieso erklären, aber sie fühlte sich glücklicherweise von der Wirtin auch nicht dazu genötigt, ihr Konzept zu verteidigen. Ein Konzept, das bisher nur vage Form angenommen hatte, sich aber allmählich zu einem Bild in ihrem Kopf verdichtete, das ein leises Kribbeln in ihrer Magengrube auslöste. Sie würde ihren Job gut machen, so gut, dass alle jahrelang über dieses Fest sprechen würden.

Kelly wirkte zwar nach wie vor ein wenig erstaunt, aber sie vermittelte Tara nicht im Geringsten das Gefühl, sie als verrückte Deko-Tussi abstempeln zu wollen. Ganz im Gegensatz zu Emery Swans Reaktion auf ihre Ankunft. Und der wusste noch nicht einmal, wie ihre Pläne aussahen. Tara konnte sich sein finsteres Gesicht lebhaft vorstellen, wenn er die liebevoll geschmückten Tannen schließlich im Haus vorfinden würde. »Was meinst du, Kelly, sollte ich Rot und Gold für alle Bäume wählen oder in jedem Raum ein gesondertes Farbthema anvisieren?«

»Ähhhh«, war alles, was Kelly hervorbrachte. Sie hob ihre

Hände. »Da bin ich keine gute Ratgeberin, schau dich mal um. Siehst du hier viel Deko?« Nur über der Theke hing eine grüne Plastik-Tannenkette mit bunt blinkenden Lichtern, das war es auch schon. Trotzdem hatte Tara nicht das Gefühl, dass hier etwas fehlte.

Tara beruhigte Kelly, weil sie merkte, dass die Wirtin ein wenig verunsichert war. »Das ist ein Pub, Kelly, es ist das Original. Wenn du hier mit rosa Weihnachtskitsch anfangen würdest, käme es allen wie eine Art Lüge vor. Es passt alles perfekt – in meinen Augen jedenfalls. Aber ein Herrenhaus für eine große Familie, die auch mit Kindern anreisen wird, weihnachtlich zu gestalten, ist etwas völlig anderes. Warst du schon mal auf Trewane Manor?«

Bedelia hatte Tara natürlich erzählt, dass ihre Tochter – Emerys Schwester – verheiratet war und drei Kinder im Alter von fünf bis neun hatte. Die glaubten noch an den Weihnachtsmann, und damit war der Druck für Tara weiter gestiegen, denn Kinderaugen konnten überaus kritisch sein. Sogar kritischer als Emery Swan? Das war gar nicht möglich.

Tara wollte auch nicht vor Kelly aus dem Nähkästchen plaudern. Vor allem nicht, dass die ganze Einrichtung – zumindest das, was sie gesehen hatte – sehr unpersönlich gehalten war. Gleichzeitig brannten Tara so viele Fragen über Emery auf der Zunge, dass sie sie beinahe doch stellte: Warum war er allein hier? Gab es eine Frau in seinem Leben? Die Informationen im Internet waren diesbezüglich nicht gerade aufschlussreich gewesen: Emery war geschieden, aber mehr wusste Tara nicht.

Kelly schüttelte den Kopf. »Nein, ich kenne das Haus nur von außen. Ach, sieh mal, dein Chef will zahlen.«

Tara beging den Fehler und folgte Kellys Blick. Leider schaute Emery gerade zu ihr.

Taras Mund wurde trocken. Sein Starren war unangenehm. Alles durchdringend. Obwohl sie vollständig bekleidet war, fühlte sie sich entblößt. Als ob er bis auf den tiefsten Grund ihrer Seele blicken könnte.

Eilig drehte sich Tara weg und gab sich beschäftigt mit ihrem Essen. Es fiel ihr verdammt schwer, sich darauf zu konzentrieren. Aus dem Augenwinkel sah sie, wie Emery Kelly einen Schein reichte und aufstand. Würde er zu ihr kommen und mit ihr sprechen?

Was sollte sie sagen?

Die Frage erübrigte sich, als Emery – ohne sie auch nur mit einem Wort zu bedenken – aus dem Pub in die Dunkelheit verschwand.

So viel dazu.

Tara ließ die Gabel sinken und atmete kurz durch.

»Ganz schön heiß, oder?«, raunte Kelly ihr im Vorbeigehen zu und ging wieder hinter die Theke.

Oje. War es so offensichtlich?

Es stimmte. Emery Swan hatte eine einzigartige Wirkung auf Tara. Niemand, der so gemein sein konnte wie er, sollte so gut aussehen.

»Das Bier ist kühl genug, dass ich nicht zerfließe«, entgegnete Tara mit einem spöttischen Augenzwinkern und trank einen weiteren Schluck.

Kelly grinste wissend und prostete ihr dann mit ihrer Teetasse zu. Als Wirtin war es wohl klüger, nicht jeden Abend mit den Gästen zu bechern.

Nach dem Essen und dem zweiten Ale hatte sich eine angenehme Wohligkeit über Taras Gemüt gelegt, an die sie sich gewöhnen könnte. Obwohl der Tag ein wenig anders als geplant verlaufen war, war Tara nicht unzufrieden. Im Gegenteil.

Sie verzichtete auf ein drittes Bier und verabschiedete sich, nachdem Kelly ihr versichert hatte, dass Greg sich wegen der Tannen bei ihr melden würde – um die Höhe der Bäume abzustimmen. Einen geistigen Haken konnte Tara daher noch nicht unter diesem Thema machen, aber der Anfang war zumindest getan, das war schon etwas. Auch Kellys Nummer hatte sie in diesem Zusammenhang auf ihrem Handy gespeichert.

Tara klappte den Kragen ihres Mantels hoch, ehe sie das Pub verließ. Wirklich müde war sie – Jetlag und Nickerchen sei Dank – nicht, als sie nach Hause spazierte. Deshalb schlug sie einen Bogen zum Strand ein. Der halbvolle Mond tauchte alles in ein fahles Licht und verlieh dem Meer einen silbrigen Schimmer. Der verschneite Sand leuchtete geheimnisvoll in der Nacht. Der Schnee knarzte unter Taras Sohlen. Es war frostig, und die Kälte kroch durch alle Nähte bis in ihre Knochen, aber für einen Augenblick würde sie es aushalten. Es war beruhigend zu beobachten und zu lauschen, wie die Brandung immer wieder an den Strand rollte. Die Kraft des Ozeans war hier besonders deutlich zu spüren. Sie liebte die klare Luft und den Duft von Meersalz und Tang.

Einen Hafen gab es nicht, dafür war die Bucht vermutlich zu offen und zu wenig von Felsen geschützt. Das Herrenhaus konnte sie von hier aus nur schemenhaft erkennen. Sie wollte jetzt auch nicht an Emery Swan und seine merkwürdigen Blicke denken. Tara schloss die Augen und atmete die kühle Luft tief in ihre Lungen. Sie sog das Meersalz und die absolute Klarheit dieser Winternacht in sich auf. Es war so friedlich hier und dabei gar nicht still. Die Melodie der See spielte ihr ganz eigenes, beruhigendes Lied. Nie wieder würde sie ihre Anti-Stress-Playlists hören können, die sie sonst so oft abspielte – denn jetzt kannte sie das Original.

Eine seltsame Wehmut erfasste Tara, von der sie gar nicht sagen konnte, woher sie so plötzlich kam. Es musste am Bier liegen, redete sie sich ein. Sie war doch sonst nicht so sentimental. Oder am nahenden Weihnachtsfest, das sie in diesem Jahr ohne ihre Mutter verbringen würde, weil die mit ihrem neuen Freund eine Kreuzfahrt gebucht hatte.

Bis dahin war noch viel zu tun, überlegte sie und schob das Gefühl der Einsamkeit weit von sich. Sie war vielleicht allein, aber sie hatte mehr als genug zu tun. Und die Leute im Dorf schienen doch nett und aufgeschlossen zu sein. Es hätte sie weitaus schlimmer treffen können. Leider gelang es ihr nicht, dieses wehmütige Ziehen in ihrer Magengrube völlig zu vertreiben.

6

»Was ist denn hier los?«, stieß Tara hervor, als sie am nächsten Morgen die Treppe herunterkam. Im Flur standen drei Stühle, darauf saßen Leute und guckten sie erwartungsvoll an.

»Das ist der Wartebereich«, erklärte eine ältere Dame mit Hut und Mantel.

»Wartebereich?«, wiederholte Tara und blinzelte irritiert. Gerade wurde der Klopfer an der Haustür betätigt – offenbar noch jemand, der sich für eine der kostenlosen Therapiestunden hier einfinden wollte.

»Gehen Sie?«, fragte die Frau an Tara gerichtet. »Sie sind doch hier angestellt?«

Kurz dachte sie, dass sie der Dame erklären könnte, dass sie zwar einen Auftrag hier hatte, der jedoch Butler-Tätigkeiten nicht beinhaltete. Aber so weit reichten ihre Fähigkeiten, sich zu artikulieren, an diesem Morgen nicht. Außerdem wollte sie nicht pampig werden. Für Tara war es viel zu früh – und auch noch vor dem ersten Kaffee. Obwohl es schon nach elf Uhr war, war sie eben erst aufgestanden. Dank der Zeitverschiebung war ihr Biorhythmus nach wie vor völlig durcheinander.

»Ja, ich gehe schon«, murmelte sie, weil sie sich damit bestimmt keinen Zacken aus der Krone brach, und zog die Haustür auf.

Vor ihr stand ein Mann mit schwarzer Mütze und Schnauzer in brauner Arbeitskleidung. Er tippte sich an die Stirn. »Tag, Jackson Morgan, ich komme wegen der Elektrik.«

Es dauerte kurz, bis ihr Gehirn diese Infos verarbeitet hatte. »Äh, kommen Sie doch bitte herein, Mr Morgan.«

»Wo sind denn die Hauptsicherungskästen?«, fragte er, ohne sich mit unnützem Smalltalk aufzuhalten. »Wie ich höre, geht gar nichts mehr? Moira hat mich angerufen und mich gezwungen, alle meine anderen Kundentermine abzusagen, um direkt herzukommen. Früher habe ich es aber nicht geschafft. So, wo ist denn nun die Schaltzentrale?«

Tara hatte keine Ahnung, wo es langging, aber die Kellertreppe hatte sie natürlich bereits entdeckt und konnte ihm den Weg dahin weisen. Das erschien ihr am naheliegendsten.

»Kommen Sie bitte mit.« Sie führte den Elektriker durch den Flur zur Garderobe, von dort aus ging es hinunter ins Gewölbe. Die Tür war nur angelehnt, und Tara zog sie auf. »Haben Sie eine Taschenlampe?«, erkundigte sie sich bei Mr Morgan.

»Klaro!«, gab er zurück und trat an ihr vorbei. Deutlicher konnte er nicht zum Ausdruck bringen, dass er glaubte, sie ab jetzt nicht mehr zu benötigen. Aber Tara hatte nun mal ein sehr neugieriges Wesen und wollte erfahren, was es da unten sonst noch alles zu entdecken gab. Deshalb folgte sie ihm und hielt sich am Geländer fest. Die Stufen waren ausgetreten und uneben. Durch das fehlende Licht war die Treppe zu einer echten Stolperfalle geworden, aber ihre Entdeckerfreude überwog. Möglicherweise gab es im Keller ein paar Schätze, die sie für die Deko nutzen könnte. Oder auf dem Dachboden? Daran hatte sie noch gar nicht gedacht.

Zuerst einmal das hier, sagte sie sich. Als sie von unten klappernde Geräusche vernahm, stutzte sie. Da sie nicht an Hausgeister glaubte, musste sich bereits jemand dort aufhalten.

»Morgen Phil«, grüßte der Elektriker Phil, der neben dem Heizungskessel kniete und mit einer Stirnlampe arbeitete.

»Morgen«, gab auch Tara von sich. »Sie sind …?«

Phil hob den Kopf. »Der Klempner.«

Was sich eigentlich von selbst erklärte. Dann erinnerte sie sich auch daran, dass Kelly seinen Namen erwähnt hatte. So viel dazu, dass sie erst einmal Koffein benötigte. Ihr Verstand war nicht ganz auf der Höhe.

Mr Morgan musste unterdessen weitergegangen sein, denn sie hörte ein: »Ah, hier ist es ja. Puh. Da werde ich 'ne Weile beschäftigt sein.«

Tara folgte dem Lichtschein und guckte um die Ecke in einen kleinen Raum. Jackson Morgan packte gerade eine Lampe aus seiner Werkzeugkiste, faltete sie auseinander und stellte sie auf den Boden. Das Ding war anscheinend mit Akku betrieben. Immerhin, ausgerüstet war der Mann ja bestens, ein gutes Zeichen.

»Benötigen Sie sonst noch etwas?«, erkundigte sich Tara.

»Nein, wir kommen zurecht«, erklärten die beiden unisono.

Erleichtert atmete Tara aus. Dass man erst einmal nichts mehr von ihr wollte, kam ihr gelegen. Sie hatte genug zu tun, aber Elektrik und Heizung waren natürlich die Grundvoraussetzungen für den Erfolg des bevorstehenden Festes. Tara nahm sich deshalb vor, gleich zum Café zu laufen und trotzdem etwas für die Handwerker zu besorgen. Aus eigener Erfahrung wusste sie, dass es besser war, bei den helfenden Händen für gute Stimmung zu sorgen. Aber zuerst wollte sie sich hier unten einmal umsehen. Sie zückte ihr Handy – ein erneutes Lob auf die

Taschenlampenfunktion preisend – und checkte einen Raum nach dem anderen. Hier unten gab es viele, sechs hatte sie bisher gezählt. Sie kam sich bei ihrer Erkundung fast so vor, als wäre sie auf Downton Abbey zu Besuch, bis sie begriff, dass das hier viel besser war, denn alles auf Trewane Manor war echt. In den letzten Jahren war hier nicht viel verändert worden, aber das Haus befand sich auch nicht mehr im Originalzustand – sonst hätte es die Dienstbotenküche und die Schlafzimmer des Butlers und der Köchin noch gegeben, was auf den ersten Blick nicht mehr der Fall war. Es gab jedoch einen beachtlichen Weinkeller – sehr gut, da musste sie dann bei Gelegenheit prüfen, ob die gelagerten Flaschen wirklich genießbar waren. Nachdem Tara nähergetreten war und sich ein grobes Bild gemacht hatte, erkannte sie, dass die Weinsammlung nicht uralt, dafür aber wohl sehr teuer sein musste. Allein bei den Rotweinen waren die berühmtesten Adressen dabei. Es gab Flaschen der Weingüter von Margaux bis Mouton Rothschild, von Châteux Gruaud Larose bis Latour.

Tara kannte sich nicht besonders gut aus mit Weinen, aber diese Namen waren ihr trotzdem ein Begriff. Sie setzte ihre Erkundung fort und kam zur nächsten Tür.

Dahinter befand sich ein Vorratsraum für Lebensmittel, leider waren die meisten Regale leer. Sie machte sich eine geistige Notiz, nachher einkaufen zu gehen. Dummerweise hatte sie es versäumt, Bedelia zu beichten, dass sie eine eher mittelmäßige Köchin war – aber daran ließ sich bis Weihnachten ja hoffentlich etwas ändern. Sie sollte das Menü für die Festtage vorkochen und in Tupperdosen einfrieren oder im Kühlschrank verstauen. Was das werden würde, wusste Tara nicht. Alles zu seiner Zeit. Erleichtert hatte sie bereits festgestellt, dass der Backofen elektrisch betrieben wurde und nicht mit dem alten Gasherd zusammenhing. So schwierig konnte es also nicht werden, das Geflügel gar zu bekommen. Sie setzte ihre Tour fort.

Im nächsten Raum, der sehr groß, aber schmal war, stapelten sich ein paar leere Kisten und alte Möbel. Hier gab es Fenster, was darauf hinwies, dass das Personal sich hier seinerzeit häufiger aufgehalten haben musste. Es konnte früher einmal die Küche gewesen sein. Tatsächlich, da drüben befanden sich ein Abzug und der alte Ofen. An einer steinernen Säule hingen etwas angelaufene Kupferbratpfannen. »Oh, wie fantastisch«, rief sie entzückt, als sie schließlich den alten Esstisch der Dienerschaft im angrenzenden Nebenraum entdeckte. Er war leider etwas verstaubt, und allerlei Krimskrams war darauf abgestellt. Aber an so einer Tafel fanden gut und gerne fünfzehn Leute Platz. »Den muss ich hochholen.« Es gab zwar bereits einen Esstisch im Speisesaal, den man über die heutige Küche im Erdgeschoss erreichte, aber für Weihnachten könnte sie es vielleicht ein wenig anders arrangieren? Sie würde sich nachher alles ganz genau ansehen. Gestern Nacht war sie zwar durch das Haus getigert, aber bei Tageslicht bekam sie garantiert einen besseren Überblick. Tara war guter Dinge, als sie wieder nach oben ging.

Im Hausflur stieß sie mit jemandem zusammen. Nicht irgendjemandem: Es war Emery.

Er schaute sie finster an. Den Blick hatte er am besten drauf. Meine Güte! War dieser Mann jemals gut gelaunt?

»Guten Morgen«, Tara rang sich ein Lächeln ab. Sie spürte das Interesse, mit dem die Wartenden sie und den berühmten Therapeuten beobachteten.

Emery musste nicht sprechen, um mit Tara zu kommunizieren. *Auch schon wach*, schien seine missbilligende Miene auszudrücken.

Tara wollte gerade ansetzen zu erklären, dass sie gestern nicht hatte einschlafen können, weil sie noch auf New-York-Zeit eingestellt war. Sie ließ es sein, weil so viele Ohren weit aufgesperrt waren – außerdem ging es Emery rein gar nichts an, wann sie sich um ihren Auftrag kümmerte, solange sie ihn dabei nicht störte.

»Brauchen Sie etwas?«, fragte sie deshalb nur und reckte ihr Kinn fast schon ein wenig trotzig nach vorn. Sie musste sich von ihm nicht so von oben herab behandeln lassen, das war nicht okay.

Emery hielt einen Moment inne. Seine Überraschung war offensichtlich. Tara gab sich ein imaginäres High Five, ließ sich jedoch äußerlich nichts anmerken. Sie spürte aber, dass ihre Mundwinkel ein wenig nach oben wanderten.

»Ich, äh, denke nicht. So, wer ist der oder die nächste?«, richtete er das Wort an seine zukünftigen Klienten.

Tara war überrascht, wie schnell sich die kostenlose Sprechstunde herumgesprochen hatte – und auch wieder nicht. Moira und Dorf-Funk sei Dank, klappte der Informationsfluss offensichtlich prima. Dass Emery alles andere als begeistert von der Schar an Hilfesuchenden war, dürfte sich auch von selbst erklären. Vermutlich war er deshalb besonders schlecht gelaunt.

Als Tara merkte, dass ihr Typ hier sowieso nicht gefragt war, löste sie sich aus der Starre. Sie suchte das Weite, ehe Emery doch noch etwas Gemeines einfiel, was er ihr vor den Latz knallen konnte. Darauf konnte sie gerne verzichten. Tara holte ihre Handtasche, verstaute ihr Notizbuch darin und verließ das Herrenhaus – hier schien ja alles seinen Gang zu nehmen. Für heute hatte sie einiges auf dem Plan: Lebensmittel einkaufen und auch Putzmittel und einen Staubsauger wollte sie besorgen. Das alles gab es im Ort. Und dann brauchte sie Weihnachtsbaumschmuck und vor allem eine Idee für die Farbwahl. Tara kehrte um und ging nach oben – sonst müsste sie nachher wieder los. Jetzt konnte sie wenigstens in Ruhe die Zimmer der ersten Etage erkunden, ohne Angst haben zu müssen, von Emery gestört zu werden. Oder umgebracht ... Sie erinnerte sich mit einem leichten Schauder an seine Reaktion eben, als sie ihn aus Versehen angerempelt hatte.

Im ersten Stockwerk lag ein rot gemusterter Teppich. Der Boden knarrte unter jedem Schritt. Die mit dunklem Holz vertäfelten Wände hatten auch eine Beleuchtung, die aber nicht angeschaltet war. Jackson war wohl noch dabei, sich darum zu kümmern. Hoffentlich war es keine größere Sache, für die er Wochen brauchte.

Positiv denken, sagte sie sich und bog nach links ab. Sie wusste, dass Emerys Zimmer hier lag, weil er sie am ersten Abend gewarnt hatte, ihm nicht in die Quere zu kommen. Warum sie seines als Erstes ansteuerte, war ihr nicht ganz klar, denn er wollte ganz sicher keinen Baum in seinem »Reich«. Vorsichtig drückte Tara die Klinke herunter und stieß die Tür auf, als befürchtete sie, dass gleich ein Monster auf sie zugesprungen käme. Wie albern.

Tara riss sich am Riemen und trat mit einem Fuß ein. Es roch nach Emery. Kurz schloss sie die Augen und genoss diesen würzigen Duft. Eine leichte Gänsehaut machte sich auf ihrem Körper breit.

Tara riss die Lider sofort wieder auf. Was machte sie nur? Sein Geruch sollte ihr vollkommen egal sein ... Gut, dass sie sich daran noch erinnerte. Es ging hier nur um ihren Job – das versuchte sie sich zumindest einzureden, während ein Stimmchen in ihrem Kopf sie darauf hinwies, dass sie hier eine Grenze überschritt, die sie in Probleme stürzen könnte. Ihr Verhalten war übergriffig, das wusste sie. Aber gleichzeitig gehörte es auch zu ihrem Auftrag, dass sie das Haus stimmungsvoll dekorierte. Tara ignorierte daher ihre Bedenken, weil sie schon immer stur war und von einer alles umfassenden Neugier beherrscht wurde, die sie auch jetzt nicht zügeln konnte.

Emerys Kleidungsstücke – Hemden, Hosen, Pullover – lagen auf zwei mit Samt bezogenen grünen Sesseln verstreut, die vor den Fenstern standen. Es gab einen Schreibtisch am zweiten Fenster und eine Tür, die zum Bad führte. Der obligatorische Kamin durfte auch in diesem Zimmer nicht fehlen. Er sah aus, als ob er kürzlich benutzt worden wäre. Der Teppich war in einem dunklen Rotton gehalten, ebenso wie die Vorhänge. Das Bett war nicht gemacht. Es war riesig mit hohen, dunklen Pfosten, aber ohne Himmel. Die Kissen waren zerknautscht und lagen durcheinander, ebenso wie die große Decke. Die Wäsche dafür wirkte mit dem reinen Weiß ein wenig nüchtern. Trotzdem, der Raum war wie für ein junges Liebespaar gemacht. Tara spürte einen Stich in der Magengrube. Sofort presste sie ihre Hand darauf – das musste am fehlenden Frühstück liegen. Lieber setzte sie ihre Erkundung fort, obwohl sie wusste, dass sie für einen Überblick genug gesehen hatte.

Es gab einen gut verborgenen Wandschrank, den sie nicht öffnete. Das würde dann doch zu weit führen.

Der Kaminsims war leer. Schade, er würde sich super für Bilder und Weihnachtsstrümpfe eignen. Ein paar Kerzen in Windlichtern hier und da würden das Ambiente um einiges gemütlicher machen. Emerys Zimmer war hübsch eingerichtet, nicht zu modern, sondern dem alten Herrenhaus entsprechend elegant angepasst.

Tara zog sich zurück und schaute noch kurz in die anderen Zimmer. Die Farbgebung war in jedem anders gehalten, was es für sie umso spannender machte. Einmal gab es Rosétöne, im nächsten dominierten Gelb und Blau. Eifrig machte sie sich Notizen. Sie liebte diese Herausforderung jetzt schon. Hoffentlich gab es Weihnachtskugeln und genügend Girlanden und Lichterketten. Tara bezweifelte, dass Declan ihr wirklich alles besorgen konnte, aber das würde sie ja bald herausfinden. Es war kurz nach eins, als sie das Haus endlich verließ, dafür hatte sie viele Ideen gesammelt.

EMERY RAUCHTE DER KOPF. Er saß in seinem Büro und ließ die vorausgegangene Sitzung Revue passieren. Gerade hatte er den letzten Patienten nach Hause geschickt. Eigentlich hatte er für heute andere Pläne gehabt – ganz andere. Aber als nicht nur Phil, wie verabredet, um acht Uhr auf der Matte gestanden hatte, sondern gleich das halbe Dorf, war er zu nichts anderem gekommen als Gespräche zu führen, die ihm überraschend viel Energie und Inspiration verschafft hatten.

Sein Büro sah dementsprechend noch immer chaotisch aus, er hasste diese Unordnung. Aber es gab auch gute Nachrichten – das Licht funktionierte wieder. Der Elektriker – Jackson Morgan, wie er sich nach getaner Arbeit bei ihm vorgestellt hatte – hatte den Schaden provisorisch beheben können, es war tatsächlich eine Hauptsicherung durchgebrannt. Langfristig musste man eine Generalüberholung der Elektrik vornehmen, hatte Mr Morgan ihm daraufhin erklärt. Emery schob das alles erst einmal von sich, denn er dachte darüber nach, das Haus zu verkaufen. Der Termin mit der Maklerin stand bereits in seinem Kalender. Was sollte er mit dem alten Kasten? Er verband den alten Kasten mit zu vielen schlechten Erinnerungen. Warum er sich trotzdem gerade hierher geflüchtet hatte, konnte er nicht sagen. Entnervt schüttelte er den Kopf. Es hatte keinen Zweck, sich selbst therapieren zu wollen.

Emery konzentrierte sich wieder auf seine Notizen, die er sich zu jedem Patienten im Nachgang der Besprechung aufschrieb. Als er fertig war, merkte er, dass ihm der Magen in den Kniekehlen hing. Er hatte heute noch keinen Bissen zu sich genommen – aber es gab tatsächlich nichts Essbares im Haus. Wenigstens hatte er nicht mehr frieren müssen, nachdem auch Phil ganze Arbeit geleistet hatte. In den Leitungen knackte es hier und da. Es war zwar nach wie vor kalt in dem alten

Gemäuer, aber da sein Büro einer der kleinsten Räume war, war es recht zügig einigermaßen behaglich geworden.

Als sein Kopf keinen klaren Gedanken mehr hergab, ließ er den Stift sinken. Emery verließ sein Büro mit einem Gefühl der Zufriedenheit. Tatsächlich. Er war selbst überrascht, aber obwohl der Tag anstrengend gewesen war, so merkte er doch, dass er die meisten Gespräche genossen hatte. Nicht, dass es ihm gefiel, wenn Leute Probleme hatten. Aber er hatte zum ersten Mal seit langer Zeit wieder diesen Funken in sich gespürt, mehr bewirken zu wollen, mehr geben zu können als das, was er in den letzten Jahren in einem fort wiederholt hatte. Ja, er war ein Trennungsexperte – aber wer sagte denn, dass er für immer auf diesen eingetretenen Pfaden unterwegs sein musste.

Du suchst nur Ausreden, um dich nicht mit deiner eigenen Lebensgeschichte beschäftigen zu müssen, sagte das Stimmchen in seinem Kopf.

Ja, vielleicht war das der Fall, aber für den Moment war es ihm recht.

Emery zog die Bürotür hinter sich zu und überlegte, wo Tara wohl steckte. Seit sie ihn heute Morgen über den Haufen gerannt hatte, hatte er nichts mehr von ihr gehört. Er lauschte in die Stille.

Nein, da war nichts zu hören. Kein Feuer flackerte im Kamin, nur das Licht im Flur brannte.

Vielleicht trieb sie sich ja wieder im Pub herum, dachte er sarkastisch und erinnerte sich an den gestrigen Abend. Es war absurd, wie mühelos es Tara gelang, fremde Menschen für sich einzunehmen. Er war überzeugt, dass sie die Wirtin zum ersten Mal getroffen hatte, und doch hatte Tara mit ihr geplaudert, als wären sie seit Jahren miteinander befreundet.

Er war nicht neidisch auf diese Fähigkeit, überhaupt nicht. Trotzdem faszinierte ihn etwas an ihr. Sie unterschied sich von den meisten anderen Menschen, er konnte den genauen Grund aber nicht benennen. Oder doch, es kam ihm so vor, als ob Tara von innen heraus strahlte und die Leute es deshalb genossen, in ihrer Nähe zu sein.

Gott, was dachte er da für einen Unsinn? Die Unterzuckerung musste ihm wohl das Hirn vernebelt haben. Emery marschierte zur Garderobe und holte seinen Mantel, als er ein Auto auf dem Kies heranrollen hörte.

Er war noch nicht an der Haustür angekommen, als schon ein Schlüssel im Schloss gedreht wurde. Es konnte also nur Tara sein. Er kam ihr zuvor und drückte die Klinke herunter.

Schon polterten zwei Einkaufstüten in den Flur. Orangen, Äpfel und alle möglichen Dosen rollten über den Steinboden.

»Was ist das denn für ein Mist?«, schimpfte Tara. »Mensch Emery, musste das sein?«

»Wer lehnt seine Tüten denn auch gegen die Tür?«, verteidigte er sich und fing an, ihr beim Aufsammeln zu helfen.

Als sie gleichzeitig nach einer Orange griffen, berührten sich ihre Fingerspitzen. Emery zuckte zusammen. Was war das denn? Es gab keinen Grund für elektrostatische Aufladung, und doch hatte er etwas gespürt. Tara schien es auch gemerkt zu haben, denn sie sah ihn mit einem seltsamen Ausdruck an. Dann wandte sie sich wieder den Einkäufen zu und räusperte sich, ohne etwas zu sagen. Auch gut, dachte er und stand wortlos auf. Fast hätte er gefragt, ob sie mit ihm zum Essen gehen wollte, aber er ließ es sein. Je weniger Zeit er mit ihr verbrachte, desto besser.

7

Das Konzept für das fantastischste Weihnachtsfest aller Zeiten nahm allmählich Formen an. Tara saß in der Küche und ging ihre Liste noch einmal sorgfältig durch, weil sie fürchtete, vielleicht doch etwas vergessen zu haben. Vor ihr stand eine Tasse dampfender Gewürztee. Endlich war es behaglich und warm im Haus. Auf dem Fensterbrett hatte sie einen Lichterbogen mit Tannengrün und goldenen Kugeln arrangiert. Aus ihrem Handy tönten Weihnachtslieder, die sie leise mitsummte. Gerade lief Jingle Bells. Tara war guter Dinge, man könnte beinahe sagen, sie war glücklich.

Sogar das Zusammenleben mit Emery, falls man das überhaupt so nennen konnte, gestaltete sich erträglich. Was wahrscheinlich nur darauf zurückzuführen war, dass sie sich aus dem Weg gingen. Das war glücklicherweise nicht sonderlich schwer und ergab sich von selbst. Der grummelige Therapeut hatte mit den Dorfbewohnern zu tun – und sie mit ihrem Auftrag. Am Abend begegneten sie sich hin und wieder in der Küche, aber für mehr als zwei Sätze hatte es bislang nicht gereicht. Spätestens, wenn sie zur zweiten Runde ansetzte, nahm Emery Reißaus.

Tara fragte sich immer wieder, warum dieser Mann so verschlossen war. Das passte für sie nicht mit dem Umstand zusammen, dass er sein Geld damit verdiente, Menschen zuzuhören und in Gesprächen zu unterstützen. Andererseits – sein tägliches Brot war außerhalb der Weihnachtszeit ja ein ganz anderes als das der herkömmlichen Therapie. Er half Leuten normalerweise dabei, ihre Ehen und Beziehungen zu beenden, anstatt ihre seelischen Wunden zu heilen.

Ein Geräusch ließ sie aufblicken, und sie verdrängte die Grübeleien bezüglich Emery Swan, denn die führten ohnehin nie zu einem Ergebnis. Sie wurde nicht schlau aus ihm.

Ein Lieferwagen mit offener Ladefläche fuhr die Auffahrt hinauf. Taras Herz klopfte schneller.

»Die Weihnachtsbäume«, stieß sie erfreut hervor und sprang so eilig von ihrem Stuhl auf, dass er bedenklich wackelte, aber zum Glück nicht umfiel.

Tara rannte zur Eingangstür, sie schaffte es gerade noch, sich zu bremsen, ehe sie in den Hausflur bog. Wie immer in den letzten Tagen saßen auch heute Wartende auf den Stühlen, und sie wollte ihnen keinen Anlass geben, über sie zu tratschen, von wegen »die rasende Eventmanagerin« oder etwas in der Art.

Tara zählte vier Personen, ehe sie die Haustür aufzog. Man konnte wirklich sagen, dass Emery keine ruhige Minute mehr hatte. Die Dorfbewohner waren aber nicht nur ungewöhnlich therapiebereit, sondern auch überaus engagiert, ihn mit ihrem Dank für seine Leistungen zu überschütten. Der kam häufig in Form von Keksen, Aufläufen, Braten oder handwerklichen Hilfsangeboten, die sie gut gebrauchen konnten. So hatte zum Beispiel eine der Frauen, die während der Wartezeit zu viele Spinnweben in den Zimmerecken entdeckt hatte, organisiert, dass das ganze Haus von oben bis unten durchgeputzt worden war.

Tara trat aus dem Haus und begrüßte Greg. Der Mann war

ein alter Brummbär mit dem Herzen am rechten Fleck. Er trug auch bei minus fünf Grad keine Jacke, sondern nur ein Flanellhemd zu Arbeitshosen. Sein Vollbart war weiß und seine grauen Augen blickten meist ernst drein. Aber obwohl Tara ihn nicht gut kannte, hatte sie schon gemerkt, dass das nur Fassade war. Zu Hause hatte er eine liebende Frau, zwei erwachsene Kinder und fünf Enkel – er war ein Mann mit einem großen Herz.

»Hey, Tara«, grüßte Greg und tippte sich an die Stirn, während er ausstieg.

»Hallo, wie schön, dich zu sehen«, erwiderte sie gut gelaunt.

»Wo sollen die guten Stücke denn nun hin? Ich helfe dir gern beim Aufstellen.«

Tara dachte kurz nach, dann fiel ihr ein, dass ihr dafür etwas Wichtiges fehlte. »O nein, ich habe die Ständer noch gar nicht hier!«

Greg hob eine Braue, dann hörte Tara, wie ein weiterer Dieselmotor heranrumpelte. Es war ein weißer Sprinter, der durch das Tor einbog – und hinter dem Steuer saß Declan.

Als er in der Auffahrt abbremste und das Fenster herunterließ, rief Tara ihm zu: »Dich schickt der Himmel!«

Declan grinste breit. Er war gut aussehend, nur ein paar Jahre älter als sie. Der junge Mann hatte ein kantiges Gesicht und einen Dreitagebart. Sein blondes Haar war fransig, er trug keine richtige Frisur, trotzdem sah es beinahe gewollt und auch nicht schlecht aus. Er war nett und auf seine Weise überaus charmant. Tara war davon überzeugt, dass Declan die Herzen der schönsten Frauen brechen konnte. Aber ihres schlug in seiner Nähe nicht höher, obwohl sie ihn sympathisch fand. Zum Glück, denn sie wollte ihre Arbeit hier nicht mit einer belanglosen Affäre aufs Spiel setzen, die nach dem Auftrag ohnehin zu Ende wäre. Nein, sie steckte lieber alle Kraft in das Projekt. Dass genau in diesem Moment Emery Swans Gesicht vor ihrem geistigen Auge auftauchte, konnte sie sich dabei nicht erklären.

»Du meinst wohl eher Greg. Er hat mich angerufen und gesagt, dass ich meinen Arsch mit deiner Bestellung hierher bewegen soll«, gab Declan zurück, woraufhin Tara lachen musste und sich gedanklich nicht weiter mit Emery Swan aufhielt.

Der Himmel war von dichten Wolken bedeckt, es war eiskalt heute. Ein paar Schneeflocken rieselten herab. Tara schaute nach oben. »Kommt da noch mehr?«, fragte sie.

Declan stieg aus und knallte die Fahrertür schwungvoll zu. »Nee, diese Woche nicht mehr. Aber für weiße Weihnachten sieht es laut Wetterbericht gut aus.«

»Etwas Schnee haben wir ja schon.« Tara beobachtete, wie Greg damit begann, die elf Weihnachtsbäume abzuladen.

Declan zuckte die Schultern und knöpfte seine mit Teddyfell gefütterte Jeansjacke zu. »Ist ja kaum der Rede wert, das meiste ist nur noch Matsch.«

»Da hast du auch wieder recht.« Aber deshalb machte Tara sich keine Sorgen. Sie hatte eine Schneemaschine bestellt, die in den kommenden Tagen geliefert werden sollte. Davon wusste Emery natürlich nichts, wie auch, er interessierte sich nicht die Bohne für ihr Konzept. Letztlich war es sowieso egal, was er darüber dachte, solange es Bedelia am Ende gefiel, was Tara für die Familie geplant hatte.

Trotzdem fand Tara es schade, dass man mit dem Mann kein Wort wechseln konnte. Er trat stets die Flucht an, wenn sie irgendwo auftauchte, und sei es nur in der Küche, wenn sie sich eine Tasse Tee aufbrühen wollte, während er gerade etwas von den vielen Mitbringseln der Dorfbewohner aß. Netterweise durfte sie sich wenigstens daran bedienen – aber ein gemeinsames Essen hatte er bislang immer abgelehnt.

Nun, wenn er nicht wollte, dann eben nicht.

Alles lief nach Plan, befand Tara zufrieden, während sie beobachtete, wie Declan anfing, Kisten auszuladen und vor der Tür zu stapeln. Bis auf eine Sache, fügte sie im Geiste an. Denn um das Weihnachtsmenü hatte sie sich bis jetzt nicht gekümmert, es war auch nicht auf wundersame Weise eine Meisterköchin aus ihr geworden.

Später, sagte sie sich. Erst einmal mussten die Bäume aufgestellt und geschmückt werden. Damit war sie in den kommenden Stunden garantiert beschäftigt, womöglich brauchte sie auch den morgigen Tag dafür.

»Okay, Jungs«, rief sie und rieb sich die Hände. »Dann packen wir es an!«

Declan und Greg tauschten einen Blick, der klarmachte, was sie dachten. Sie fanden Tara irgendwie schräg, aber sie hatten auch Spaß an dieser Aktion – wie fast alle, mit denen Tara es bisher zu tun gehabt hatte. Was sie zu der Frage brachte, wie sie den Leuten hier ihre Dankbarkeit zeigen könnte, wenn das Werk vollbracht war. Dafür hatte sie noch keine zündende Idee gehabt, aber kam Zeit, kam hoffentlich auch in dieser Sache Rat.

Sie war jedenfalls zuversichtlich und konzentrierte sich erst einmal auf die vor ihr liegende Aufgabe: Tannen so aufzustellen und zu dekorieren, dass sie bei der Familie Swan unweigerlich »Ahs« und »Ohs« hervorrufen mussten.

EMERY STAND mit verschränkten Armen in seinem Arbeitszimmer und schaute aus dem Fenster. Er beobachtete Tara im Umgang mit zwei Männern, die vermutlich aus dem Dorf stammten. Sie lachte und scherzte mit ihnen, dabei hingen die beiden an ihren Lippen, als spräche sie ein heiliges Gebet. In Emerys Magengrube machte sich ein merkwürdiges Gefühl breit, das er sich nicht erklären konnte. Hunger vielleicht?

Er schaute auf seine Armbanduhr, nein, Hunger konnte es nicht sein. Es war gerade mal kurz nach zwei, und es warteten viele Patienten auf ihn. Trotzdem fiel es ihm schwer, sich von

Taras Anblick loszureißen. Und dann entdeckte er die Armada an Tannenbäumen, die der Mann mit Vollbart von seinem Lieferwagen ablud.

»Ist die Frau jetzt vollkommen verrückt geworden?«, murmelte Emery und rieb sich mit der Hand über die Stirn. Was der zweite, deutlich jüngere Typ wohl anliefern mochte, wagte sich Emery gar nicht erst zu fragen. Für eine Sekunde schloss er die Lider und sah grell blinkende Rentiere und schräge, aufblasbare Weihnachtsmänner vor seinem geistigen Auge.

Er stieß den Atem aus und erschauderte leicht. Er konnte diesem ganzen Quatsch nichts abgewinnen. Nicht mehr. Früher hatte er gern gefeiert, aber seitdem war eine Menge passiert. Wobei er übermäßigen Kitsch nie gemocht hatte. Emery verdrängte die aufsteigenden Erinnerungen und warf einen letzten Blick auf Tara, die dem jungen Mann draußen spielerisch gegen den Oberarm boxte, als wären sie alte Freunde aus Kindertagen. Wie machte sie das nur, dass alle sie sofort ins Herz schlossen?

Emery verließ sein Büro und holte Phil ab, der auf einem der Stühle im Flur saß. Immer noch kam es Emery seltsam vor, dass er hier auf einmal eine Art Wartezimmer hatte, wo täglich mehr Menschen darauf warteten, mit ihm sprechen zu können.

»Phil, hallo«, grüßte er den freundlichen Klempner.

»Tag, Doc«, erwiderte Phil.

Emery hatte ihm schon mehrfach erklärt, dass er kein wirklicher Arzt war, aber Phil schien das gerne weiter ignorieren zu wollen. Also fand er sich allmählich damit ab.

Während er den Mann in sein Büro begleitete, fragte er, wie die Geschäfte liefen. Sie eröffneten ihre Sitzungen immer mit etwas Smalltalk. In den letzten Tagen hatten sie sich regelmäßig gesehen und drangen allmählich zum Kern von Phils Problem vor. Das hoffte Emery zumindest. Oft war die Gesprächstherapie ein Zusammensetzen von Puzzlestücken. Man würde sehen. Er wünschte dem Klempner jedenfalls, dass er eine Lösung für sein deprimierendes Problem fand, das seine Beziehung allmählich stark belastete.

Emery überschlug die Beine. »Also, Phil, wo waren wir gestern stehen geblieben?«

Phil setzte sich aufrechter hin. »Ich hatte darüber berichtet, wie gut es früher gelaufen ist, zwischen mir und meiner June.«

Das wusste Emery natürlich. »Stimmt, ja, ich erinnere mich. Sie waren im gemeinsamen Urlaub eine Woche in Venedig und dann eine Woche an der Riviera. Auf dieser Reise zur silbernen Hochzeit muss dann etwas vorgefallen sein.«

Das war der Punkt, an dem sie gestern abgebrochen hatten, weil die Stunde vorbei gewesen war.

»Können Sie sich vorstellen oder erinnern, was sich auf dieser Reise für Sie verändert hat?«

Phil zuckte die Schultern. »Nö.«

Emery unterdrückte ein Seufzen. Das wäre ja auch zu einfach gewesen. Eine Bewegung aus dem Augenwinkel erregte seine Aufmerksamkeit. Zwei Tannenbäume wurden an seinem Fenster vorbeigeschleppt. Tara tänzelte hinterher und wirkte richtiggehend verliebt. Während er ihr kurz nachschaute und der Versuchung widerstand, den Kopf zu schütteln, überlegte er, wie er mit Phil weiter vorgehen sollte.

Urlaub, erinnerte er sich und schaute dem Klempner ins Gesicht. »Und seitdem hat es nicht mehr geklappt?«

»Hm, na ja«, druckste Phil herum. »Ein paar Mal, aber ...«

»Erzählen Sie genauer, bitte, was meinen Sie mit ein paar Mal?«

Phil knabberte an einem Fingernagel, ehe er antwortete. »Das war nach Feiern, Festen und so was. Da war ich ein bisschen angetrunken, manchmal. Aber ich kann ja jetzt kein Alkoholiker werden, nur weil ich Sex möchte.«

Das war ja interessant. Normalerweise sollte man Alkohol

eher meiden, wenn man Erektionsstörungen hatte. In diesem Fall bestätigte es Emery aber die Tatsache, dass Phil bei ihm hier genau an der richtigen Adresse war. »Nein, da haben Sie recht, Phil.«

»Aber jetzt klappt's auch nach ein oder zwei Bier nicht mehr«, fuhr er fort und schaute traurig.

Irgendetwas musste in diesem Urlaub vorgefallen sein, die Frage war nur, was. Wenn Phil die Antwort kennen würde, säße er nicht hier. Sie waren noch immer beim Zusammensuchen der Puzzlestücke.

Er warf einen Blick auf die Uhr an der Wand. Leider war die Dreiviertelstunde schon wieder vorbei. Verdammt, er wäre so gern weitergekommen mit Phil. Der Mann lag ihm allmählich am Herzen.

»In Ordnung, Phil, an der Stelle machen wir für heute Schluss.« Er musste etwas sagen, was dem Mann Hoffnung gab. Sonst tauchte er womöglich morgen nicht wieder auf. »Morgen fühlen wir dem Thema Urlaub weiter auf den Zahn, ich merke, dass wir dicht dran sind, Phil.«

Der Klempner wirkte leider nicht überzeugt, als er aufstand. Er nickte trotzdem höflich. »Klar, Doc, dann bis morgen. Gleiche Uhrzeit?«

»Gleiche Zeit, gleicher Ort.« Er schenkte Phil ein aufmunterndes Lächeln und klopfte ihm auf die Schulter, dann begleitete er ihn zur Tür. Nachdem Phil gegangen war, machte er sich ein paar Notizen und bereitete sich auf sein nächstes Treffen vor. Dabei handelte es sich nicht um eine Klientin.

8

Geschlagene drei Stunden hatten sie gebraucht, bis alle Bäume perfekt ausgerichtet und überall so platziert waren, wie es Tara vorgesehen hatte. Mit einem zufriedenen Grinsen im Gesicht verabschiedete sie Greg und Declan und umarmte die beiden kurz. Greg bekam das Geld für die Tannen in einem Umschlag von ihr überreicht. »Danke dir«, sagte er freundlich.

»Nein, ich danke dir, Greg!«

»Schon okay, mach's gut, Tara.« Greg stieg in seinen Lieferwagen und ließ den Motor an. Dann wandte sie sich dem anderen Helfer zu, der vor dem Sprinter stand. »Tschüss, Declan. Du machst mir auch die Rechnung fertig? Ich komme dann morgen früh rüber und bezahle vor Ort, okay?«

»Es ist doch noch gar nicht alles da«, erwiderte Declan und zog die Fahrertür auf.

»Ja, ich weiß, aber das heute war ein großer Batzen. Ich möchte meine Buchhaltung in Ordnung haben, du weißt ja, dass das alles nicht für mich ist. Mrs Swan möchte natürlich nachvollziehen können, wofür ich das Geld verwendet habe.«

Declan nickte. »Klar, das verstehe ich sehr gut. Dann machen wir es so, du kommst morgen in den Laden, und wir machen die erste Abrechnung. Danke auf jeden Fall für den Auftrag. Wenn du Hilfe brauchst, meldest du dich, ja? Bye, Tara.«

»Danke, das ist megalieb von dir, und darauf komme ich sehr gerne zurück.«

Er stieg ein und winkte ihr, ehe er mit seinem Sprinter die Auffahrt hinabfuhr. Das weiße Fahrzeug war noch nicht um die Ecke gebogen, als ein schnittiger roter Sportwagen durch das Tor kurvte. Hinter dem Steuer saß eine langhaarige Frau.

Wer ist das denn?, schoss es Tara durch den Kopf.

Vielleicht war das die Antwort auf die Frage nach Emerys Beziehungsstand?

Der Gedanke gefiel ihr weniger, als sie zugeben wollte. Der Mann sollte tun und lassen können, was er wollte. Taras Überlegungen kamen ihr absurd vor.

Die Frau parkte und stieg aus. An den Füßen trug sie golden schimmernde Boots, ihre Beine wirkten endlos lang in einer schwarzen Lederleggins. Sie trug einen Daunenmantel in einer zu den Schuhen passenden Farbe und einen weißen Pulli. Die kastanienbraunen Locken glänzten sogar bei diesen eher dämmrigen Lichtverhältnissen am späten Nachmittag.

»Hallo«, grüßte sie freundlich und kam auf Tara zugelaufen.

»Hallo, kann ich...«, weiter kam sie nicht, da sie von Emery unterbrochen wurde, der hinter ihr aufgetaucht war.

»Guten Abend, kommen Sie doch gleich mit mir.« Emery rannte an Tara vorbei, schüttelte der Frau die Hand und schob sie mit sich ins Haus.

Okay, gut, also seine Freundin war es schon mal nicht. Niemand, den man näher kannte, wurde so steif begrüßt.

Vielleicht ein erstes Date?

Mist. Taras Neugier ließ sich mal wieder kaum bremsen. Aber es war mehr als nur das, genau konnte sie es aber nicht definieren. Tara schlang sich die Arme um den Körper, sie trug keine Jacke. Schließlich folgte sie den beiden ins Haus. Natürlich nicht, um zu spionieren, sondern weil es draußen arschkalt war. Außerdem hatte sie zu tun. Die Bäume wollten geschmückt werden. Die kürzlich gelieferten Kisten mit Baumschmuck standen im Flur, leider waren sie von Declan nicht beschriftet worden. Deshalb musste sie alle öffnen, bevor sie sie in die entsprechenden Zimmer tragen konnte. Sie würde mit dem Wohnzimmer anfangen, für die Bäume dort hatte sie das Farbschema Weiß und Silber vorgesehen, unter den ebenfalls silberglänzenden Ständern hatte Tara bereits einen Teppich in Felloptik ausgelegt. Natürlich fand sie die Kugeln, Figuren und Lichterketten dafür in der allerletzten Kiste.

Davon ließ sie sich nicht entmutigen, sondern nutzte die Zeit, um alles zu beschriften, dann würde es nachher einfacher gehen. Schließlich erreichte sie das Wohnzimmer, zwei Kartons übereinander balancierend. Mit einem Ächzen ließ sie sie auf die Sofas im hinteren Teil sinken. Vorsichtig, damit nichts zerbrach.

Sie begann, die einzelnen Packungen um sich herum zu verteilen, denn sie musste erst einmal alles nebeneinander sehen, um beurteilen zu können, ob es genügte, und um sich einen Plan zu machen, wie sie die einzelnen Teile an die Zweige hängen wollte.

»...kommen Sie, hier haben wir den Wohnbereich, der ist vor fünf Jahren neu gestaltet worden, sozusagen das Herzstück des Hauses.«

Das war Emerys Stimme. Tara erstarrte mitten in der Bewegung.

Das war eine seltsame Unterhaltung, sie spitzte die Ohren und rührte sich nicht.

»Sehr schön, so was mögen die Leute, für die Bilder müssen wir allerdings einen gesonderten Termin machen. Es ist immer besser, Fotos zu machen, wenn draußen die Sonne scheint. Das Licht erzeugt gleich eine ganz andere Atmosphäre, wissen Sie? Natürlich kann man viel mit der Belichtung der Kamera arbeiten, aber Technik ist halt nicht alles.« Die Frau lachte, aber es klang weder herzlich noch echt.

Gestelzt kam es Tara vor. Sie gab sich beschäftigt, während sie Schritte näherkommen hörte.

»Leider ist es fast dunkel, man sieht nicht mehr viel, aber die Aussicht aufs Meer ist spektakulär«, erklärte Emery. »Der Kamin ist von beiden Seiten mit Scheiben ausgestattet. Die Zwischenwände haben wir herausnehmen lassen und die Decke mit Stahlträgern verstärkt.«

Aha, da hatte Tara also recht gehabt. Interessant. Allmählich begriff sie, worum es sich bei dem Gespräch handelte.

Wollte er das Haus verkaufen? War sie eine Kaufinteressentin?

Nein, sie musste Maklerin sein. Deshalb redete sie über Fotos, und dann dieses Getue dazu. Natürlich. Von einem Verkauf wie diesem dürfte am Ende eine wahnsinnige Summe für sie übrigbleiben. Was konnte man für so ein Herrenhaus nehmen? Sechs, sieben Millionen Pfund? Bestimmt. Cornwall war heiß begehrt und – wie Emery eben so schön betont hatte – die Aussicht grandios. Allein dafür würden viele Leute eine Menge hinblättern.

Seltsamerweise verspürte sie einen Stich in der Magengrube. Was für ein Jammer. Er durfte dieses Haus bloß nicht verkaufen!

Während Tara an einem Karton, in dem vier große silberne Kugeln lagen, herumnestelte, kam ihr ein Gedanke. Er war ganz offensichtlich in einer schwierigen emotionalen Phase. Womöglich würde er den Verkauf bald bereuen. Nein, das musste sie verhindern. Was, wenn sie Emery davon überzeugen könnte, das Anwesen zu behalten? Nur, wie sollte sie das anstellen? Tara nahm die erste Kugel heraus und befestigte ein Band daran, während sie den Entschluss fasste, dass sie nicht allein für seine Familie, sondern auch für ihn ein unvergleichliches Fest arrangieren würde. Dazu gehörte in seinem Fall bereits die Vorweihnachtszeit. Ja, gut, in den letzten Tagen hatte sie ja schon versucht, ihn hin und wieder in ein Gespräch zu verwickeln, das er allerdings stets abgeblockt hatte.

Jetzt musste sie sich mehr einfallen lassen, es ging ja nicht um sie, sondern um dieses einzigartige Haus, das zu dem beschaulichen Dörfchen mit seinen liebenswerten Bewohnern gehörte.

Bewohner, die Emery jeden Tag selbst besser kennen und, wie Tara glaubte, auch schätzen lernte.

Das war die Idee!

Sie würde ein Fest für alle organisieren, eine Art Vorweihnachtsfest, an dem sich alle hier treffen konnten, um Emery mit ihrer ansteckenden Freude und der allgemein herzlichen Art davon zu überzeugen, das Anwesen zu behalten. Ohne dass er davon wusste, natürlich.

»Oh, *du* bist hier«, riss Emerys Stimme sie aus ihren Gedanken.

Tara war so in ihrer Welt versunken gewesen, dass sie die Anwesenheit der beiden völlig ausgeblendet hatte. Sie erschrak, zuckte aber zum Glück nicht zusammen. »Ja, genau, ich mache meine Arbeit.« Tara nickte der Maklerin mit einem süßlichen Lächeln zu.

»Ach so«, erwiderte die Brünette. »Sie sind eine Angestellte?«

Obwohl die Frau nicht unsympathisch war, hatte sie etwas an sich, was Tara nicht mochte. Natürlich lag es daran, dass sie sie einfach nicht hierhaben wollte – weil das Herrenhaus ihrer Meinung nach keinesfalls den Besitzer wechseln sollte. Emery und Trewane Manor passten so gut zusammen, wieso sah er das selbst nicht so?

Egal, sagte Tara sich. Zwei Wochen blieben ihr, um ihn umzustimmen, ehe seine Familie auftauchte und ihr Job hier erledigt wäre.

»So ungefähr«, wich Emery aus.

Tara sagte gar nichts.

»Ich dachte, Sie wären ein Paar«, fügte die Frau an, dann lachte sie kurz auf.

»Wir? Nicht doch!«, erwiderte Tara, ihre Stimme klang atemlos. Sie schaute Emery an, und ihre Blicke trafen sich. Für einen Moment las sie etwas darin, das sie stutzig werden ließ, doch schon in der nächsten Sekunde war es verschwunden. Emerys Augen verengten sich zu schmalen Schlitzen.

»Nun, wo wir das geklärt haben, kann ich die Besichtigung mit Miss Fleetwood ja weiterführen.«

Tara unterdrückte ein Stöhnen. Mein Gott, der Kerl konnte so was von ätzend sein. Fehlte nur, dass er der Maklerin seinen Arm bot – was er nicht tat.

»Kommen Sie, Cora?«

Kommen Sie, Cora?, hallte es in Taras Kopf nach. Als die beiden in seinem Arbeitszimmer verschwunden waren, schnitt sie eine Grimasse in seine Richtung. Dann konzentrierte sie sich wieder auf ihre Arbeit und gab sich noch mehr Mühe als ohnehin schon. Nachdem sie ein paar Kugeln aufgehängt hatte, bekam sie mit, dass die Besichtigung jetzt offenbar abgeschlossen war.

Tara nutzte schließlich die Gunst der Stunde, nachdem Emery die Maklerin verabschiedet hatte und selbst mit seinem Auto davongefahren war. Sie schlich sich in sein Zimmer. Dort stand nun auch ein Baum, aber das war längst nicht alles. Tara hatte Socken für den Kamin besorgt und ein paar weihnachtliche Windlichter mit LED-Kerzen. Sie beeilte sich, denn sie wollte keineswegs beim Schmücken in seinem Zimmer überrascht werden, wenn er nach Hause kam. Alles andere konnte sie später dekorieren, und wenn es die ganze Nacht dauerte.

Tara schwitzte, als sie mit seinem Schlafzimmer fertig war. Sie fürchtete, dass er womöglich sauer sein könnte, wenn er ihr Werk entdeckte.

Oder erfreut.

Sie hoffte auf Letzteres.

Vielleicht tat er ja nur so, als wäre er der Weihnachtsgrinch in Person?

Von dieser Idee war Tara so begeistert, dass sie die Lichterkette in Emerys Zimmer anknipste, ebenso wie die künstlichen Kerzen. Sie bedauerte es, dass sie nicht auf echte zurückgreifen konnte, aber Sicherheit ging natürlich vor. Nicht auszumalen, wenn sie – nur der Ästhetik wegen – einen Brand verursachen würde, der dieses mehrere hundert Jahre alte Gebäude am Ende zerstörte. Tara atmete leise aus und vertrieb diese Gedanken. Unter diesen Gesichtspunkten waren batteriebetriebene Lichter völlig okay, und man bemerkte den Unterschied auch nur, wenn man sehr genau hinsah.

Tara schloss kurz die Augen und stellte sich vor, wie das alles auf Emery wirken musste, wenn er nachher sein Zimmer betrat.

»O mein Gott, wie schön«, stieß Tara hervor und schlug die Hände vor den Mund. »Er muss einfach begeistert sein. Etwas anderes ist gar nicht möglich!«

Emery war erschöpft, als er nach diesem langen Tag nach Hause kam. Wobei das nicht die richtige Bezeichnung war: In sein Haus wäre passender. Noch. Hoffentlich nicht mehr lange, er musste den alten Schuppen loswerden. Das Anwesen fraß nur Geld und stand im Prinzip leer – diese Weihnachten waren eine Ausnahme, so etwas würde sich nicht wiederholen.

Er hatte die letzten Stunden in Truro verbracht, um darüber nachzudenken, was er mit Trewane Manor anfangen sollte, war zunächst mit Cora essen und dann ohne Begleitung ins Kino gegangen. Alleinsein war kein Problem mehr für ihn, schließlich war er nun schon so lange Single. Trotzdem hatte er an diesem Abend oft das Gefühl gehabt, dass sich ausschließlich Pärchen um ihn herum aufgehalten hatten, denen das Glück aus jeder Pore strömte. Es war geradezu unerträglich gewesen.

Emery parkte seinen Wagen und stieg aus. Die Luft war eisig und klar. Das Rauschen der Brandung beruhigte seine angespannten Nerven ein wenig. Er hielt für einen Augenblick inne und atmete den salzigen Duft ein. Natürlich war es schön in Cornwall, das stand außer Frage – sonst hätte er das Haus seinerzeit nie gekauft. Auch wenn damals Virginia den Ausschlag dafür gegeben hatte, sich die Landresidenz zuzulegen. Aber an sie wollte er jetzt noch weniger denken. Er selbst hatte immer dem Großstadtleben den Vorzug gegeben.

Seltsamerweise vermisste er sein Leben in London nicht, genauso wenig wie die trennungswütigen Klienten. Seine Gedanken waren nicht nett, wie ihm bewusstwurde – aber es war leider die Wahrheit. Tatsächlich fand Emery die Therapiearbeit mit den Leuten aus dem Dorf wesentlich erfrischender und auch anregender als die kleinlichen Zänkereien der Promis, denen es fast immer um Geld und verletzte Eitelkeit ging. Endlich einmal wieder für die alltäglichen Probleme der Menschheit an Lösungen zu feilen und nicht immer in derselben Trennungssuppe herumzurühren, tat ihm gut, ob er es nun geplant hatte oder nicht.

Emery gähnte. Dann verriegelte er seinen Wagen mit der Fernbedienung. Im Haus brannten noch ein paar Lichter, obwohl es weit nach Mitternacht war. Die Frau war eine echte Nachteule, überlegte Emery, während er über den schneebedeckten Kies zur Tür stapfte. Natürlich standen auch hier zwei Tannen neben den Säulen des Eingangs, allerdings ohne Beleuchtung oder Deko.

Gott sei Dank.

Seine schlimmsten Befürchtungen waren also schon mal nicht wahrgeworden. Das war eine Erleichterung für ihn – auf der Rückfahrt hatte er sich innerlich gewappnet, dass ihn vielleicht ein singender Santa Claus vom Dach begrüßen könnte, der schon von weitem leuchtete. Zuzutrauen wäre es einer Frau, die aus New York stammte. Glücklicherweise waren seine Sorgen unbegründet gewesen.

Emery betrat den Flur, hängte den Mantel auf einen Bügel und dann in die Garderobe. Anschließend ging er auf direktem Weg nach oben in sein Zimmer. Merkwürdigerweise war es sehr still im Haus, aber er wollte nicht auf die Suche nach ihr gehen und schon gar nicht mit ihr reden. Tara legte diese Unart an den Tag, ihn bei jeder Gelegenheit in ein Gespräch verwickeln zu wollen. Darauf konnte er gerade sehr gut verzichten. Er wollte einfach nur alle viere von sich strecken und in einen tiefen und traumlosen Schlaf fallen.

Leise zog Emery die Tür hinter sich zu und kickte die Schuhe von den Füßen – normalerweise würde er sie unten ausziehen, aber das Haus war nach wie vor verdammt fußkalt. Während er den Mantel ablegte, bemerkte er, dass in seinem Zimmer etwas anders war als sonst. Emery erstarrte. »Was zur Hölle...?«, stieß er hervor, als er den Weihnachtsklimbim entdeckte, den Tara hier abgeladen haben musste. Wer sonst?

Unfassbar.

Diese Frau war ein Albtraum auf zwei Beinen, dem es mühelos und ohne jegliche Reue gelang, Grenzen zu überschreiten.

Emery merkte, wie kalte Wut in ihm hochschäumte. Der Impuls, Tara den Hals umdrehen zu wollen, wuchs mit jeder

Sekunde, die er auf die flackernden Lichter und den funkelnden Tannenbaum starrte. Das ging überhaupt nicht!

Emery verließ sein Zimmer, um Tara zu suchen. Vielleicht würde er ihr nicht an die Gurgel gehen, aber ihr doch unmissverständlich klarmachen, dass sie zu weit gegangen war und dass das nie wieder passieren durfte, wenn sie diesen verdammten Auftrag nicht verlieren wollte. Alles musste er sich nun wirklich nicht bieten lassen.

Ein Stimmchen in seinem Kopf sagte ihm, dass er hier womöglich etwas überreagierte, aber er ignorierte es, denn er wollte sich nun mal über Taras Frechheit aufregen. Emery fing im Erdgeschoss mit seiner Suche an. Im Wohnzimmer war niemand, die Dekorationsarbeiten waren hier abgebrochen worden – vermutlich um ihm oben einen »Weihnachtshorrorpalast« zu bescheren. An der Tanne baumelten ein paar Kugeln, Lebkuchenmännchen mit weißem Guss und Minipakete – aber nur an ein paar Stellen.

»Was für ein Mist«, schimpfte er vor sich hin und widerstand der Verlockung, gegen das Sofa zu treten, um zumindest einen Teil seiner Wut herauszulassen.

Stattdessen checkte er sein Arbeitszimmer. Wehe, sie hatte es gewagt, auch nur einen Schritt hineinzusetzen. Sein Herz pochte schon wieder viel zu schnell, aber er begriff sofort, als er das Licht anknipste, dass sie in seinem Büro nichts verändert hatte. Zum Glück nicht, obwohl er das bestehende Chaos auch nicht begrüßte. Aber das war seine Sache und nicht ihre.

Emery marschierte in die Küche. Dort brannte zwar Licht, aber von Tara war auch hier keine Spur zu entdecken.

Im Flur blieb er kurz stehen und überlegte. Wo vorhin, ehe er nach Truro gefahren war, noch viele Kisten gestanden hatten – da hätte er sich wohl schon seinen Teil zur Dekowut dieser Frau denken können – war jetzt wieder alles wie vorher. Kein einziger Karton stand mehr herum. Nur die Stühle aus dem Esszimmer, die für den Wartebereich herhalten mussten, waren nach wie vor hier aufgereiht. Dann musste sie doch oben sein, seltsam, er hätte doch etwas hören müssen? Oder sie war gar nicht da. Auch eine Möglichkeit. Gut, das würde er gleich herausfinden.

Er war immer noch wütend, als er zwei Stufen auf einmal nahm und Tara im ersten Stock suchte, aber nicht mehr blind vor Empörung. Genervt knipste er überall das Licht an, um das von Tara angerichtete Desaster in Augenschein zu nehmen.

Die Schlafzimmer auf dieser Etage hatte sie allesamt fertig dekoriert – für sein Verständnis jedenfalls –, aber hier brannten keine Lichterketten oder Kerzen, obwohl sie verteilt worden waren. Das Prinzip war ähnlich wie in seinem Zimmer, es bestand aus jeweils einem Tannenbaum mit Kugeln, glitzerndem Krumpelkram und Lichterketten, Windlichtern und Weihnachtssocken an den Kaminen, aber farblich war alles auf die jeweilige Einrichtung des Zimmers abgestimmt.

Nachdem er mit seiner Begutachtung zum Ende gekommen war, nahm er sich einen Augenblick und fuhr sich stöhnend mit der Hand über die Stirn. Objektiv betrachtet hatte sie ihre Sache gut gemacht. Tara hatte Geschmack bewiesen. Wie sie die Deko auf die unterschiedliche Farbgebung der Räume abgestimmt hatte, dürfte seiner Mutter gefallen.

Aber ihm nicht. Ihr Verhalten war übergriffig, denn er hatte zuvor klipp und klar gefordert, dass seine persönlichen Räumlichkeiten unverändert blieben.

Dass sie das Haus dekorierte, okay. In den sauren Apfel musste er beißen, und das hatte er ja seiner Mutter zuliebe akzeptiert, aber dass sie auch sein Schafzimmer – seinen Rückzugsort – verunstaltete, ging entschieden zu weit.

Sein Ärger kochte erneut hoch. Er musste das mit ihr regeln, ehe er vor Wut platzte. Zu viel hatte sich in den letzten Wochen in ihm angestaut.

Emery polterte die Treppe nach oben in den Dienstbotentrakt. Sofort bemerkte er, wie kühl es hier oben war. Eiskalt, um genau zu sein.

Klar, hier hatten sie damals nichts renoviert, das Dach war nicht isoliert, so weit waren sie gar nicht gekommen.

Emery wollte jetzt nicht an seine Ex denken. Bei einem Zimmer war die Tür nicht geschlossen, und ein sanfter Schein fiel bis auf die Bohlen. Er knipste das Licht auf dem Flur an. Hier lag kein Teppich auf den alten, nackten Dielen. Die senfgelbe Tapete war verblasst. Emery trampelte den Gang entlang, erst als er an ihrem Zimmer – das musste es sein – ankam, zögerte er. Dann erinnerte er sich an die unangenehme Überraschung, als er das Weihnachtszeug in seinem Zimmer entdeckt hatte. Sie hatte ihre Absprache bewusst ignoriert. Warum? Um ihm damit auf den Keks zu gehen? Ihm eins auszuwischen für die unfreundliche Begrüßung? So oder so, ihr Verhalten war nicht tolerierbar. Emery riss die Tür weiter auf und schimpfte los. »Was erlaubst du dir eigentlich? Hast du keinen Funken Respekt ...« Weiter kam er nicht, denn das, was er sah, ließ ihm den Atem stocken. Tara lag vollständig bekleidet auf dem Bett. Die Arme und Beine hatte sie von sich gestreckt, als wäre sie bewusstlos – oder völlig betrunken.

Was war hier los? Nahm sie Drogen?

Er trat näher. Taras Atem kam in regelmäßigen Abständen. Dann schnupperte er an ihr, um zu überprüfen, ob sie eine Fahne hatte. Womöglich überschritt er eine Grenze, aber er wollte sichergehen, dass sie keinen Arzt brauchte. Das redete er sich jedenfalls ein, um sein Gewissen zu beruhigen. Dabei wirkte sie friedlich. Er hörte, wie tief und regelmäßig sie atmete.

Außer ihrem natürlichen, blumigen Duft konnte er nichts Außergewöhnliches feststellen.

In der Tat, sie roch fantastisch. Emery schluckte trocken und machte einen holprigen Schritt rückwärts.

»Eingeschlafen«, murmelte er konsterniert. Diese Frau war

wirklich ein einziges Ärgernis. Drogen oder Alkoholmissbrauch, schloss er nach dieser kurzen Begutachtung aus. Es hätte auch nicht zu ihr gepasst. In den letzten Tagen hatte er sie höchstens mal mit einer Tasse Tee oder einer Cola in der Hand gesehen.

Dass Tara bei seinem Poltern und Zetern nicht aufgewacht war, konnte allerdings nur bedeuten, dass sie einen gesunden Schlaf hatte. Okay, sie hatte in den paar Tagen, in denen sie hier war, wirklich viel auf die Beine gestellt. Es war eine Meisterleistung. Tara hatte nicht nur eine Idee entwickelt, sondern auch die nötigen Kontakte dafür in Windeseile geschlossen. Hätte ihm das jemand vorab angekündigt, hätte er es nicht für möglich gehalten. Sie schien Wunder vollbringen zu können – wenn man diesen Kitsch mochte, was auf ihn jedenfalls nicht zutraf. Aber eine Sache musste er anerkennen, auch wenn es ihm schwerfiel: Mit ihr war so etwas wie eine angenehme Atmosphäre auf Trewane Manor eingezogen.

Das lag zu einem sehr großen Teil natürlich daran, dass die Heizung wieder funktionierte und man überall Licht anschalten konnte, ohne Sorge haben zu müssen, dass das Haus in Flammen aufging.

O Emery, belüg dich doch nicht, flüsterte das nervige Stimmchen in seinem Kopf, das ihn zunehmend irritierte.

»Was für ein Mist«, murmelte er, warf noch einen Blick auf die selig schlummernde Tara und tat etwas für ihn Ungewöhnliches. Er nahm eine Decke, die auf den Boden gerutscht war, und breitete sie über ihr aus. Er nahm sehr wohl Notiz davon, dass Tara zwei Daunendecken im Zimmer hatte. Es war wirklich frostig hier oben. Die Bezüge hatten auch schon bessere Tage gesehen. Sie waren zerschlissen und alles andere als schön.

Beklommenheit machte sich in ihm breit.

Er hatte sich ihr gegenüber schäbig verhalten, indem er sie unters Dach verbannt hatte. Das Haus war groß genug, dass Tara in einem der Gästezimmer schlafen könnte, bis seine Familie anreiste. Er würde morgen mit ihr darüber sprechen, gerade fühlte er sich hier jedoch fehl am Platz. Es war mehr als das. Schuldgefühle nagten an ihm. Er erkannte sich selbst gar nicht wieder. So ein Mann wollte er nicht sein, jemand, der nur, weil er Trübsal blies, anderen das Leben schwermachte.

Aber das war ja genau der Grund gewesen, warum er überhaupt nach Cornwall gekommen war: Er hatte niemandem seine schlechte Laune zumuten wollen.

Tja, nun saß er in der Patsche.

Tara hatte bestimmt nicht gewusst, was genau sie da mit dem Auftrag unterschrieb. Von einem Miesepeter hatte seine Mum garantiert nicht gesprochen – er wusste, wie stolz seine Mutter auf ihn war. Und wie sehr sie es mochte, Emery in ihren Erzählungen glänzen zu lassen. Etwas, was er gar nicht verdient hatte.

»Meine Güte«, brummte er leise und wünschte, er wäre gar nicht erst heraufgekommen.

Tara murmelte etwas im Schlaf, was er nicht verstand, ihn aber zurück in die Gegenwart holte. Sie zog die Decke ein wenig höher.

Etwas in Emery krampfte sich sehnsüchtig zusammen. Das Gefühl kam so plötzlich und unvermittelt, dass es ihn selbst überraschte. Er musste raus hier.

Nicht, dass sie aufwachte und sich erschreckte.

So leise wie möglich tapste er aus ihrem Zimmer, schaltete das Licht aus und zog die Tür hinter sich zu.

Das Knarzen der Dielen unter jedem Schritt kam ihm wahnsinnig laut vor. Verrückt. Noch vor ein paar Minuten war es ihm vollkommen egal gewesen, dass er wie ein Elefant im Porzellanladen durch das ganze Haus gepoltert war. Und jetzt wollte er alles tun, um sie nicht aufzuwecken?

Neben der Spur war er, so viel war klar. Während er wieder nach unten ins Wohnzimmer ging, versuchte er sich zu beruhigen und seine Gedanken zu sortieren. Es gelang ihm nicht, deshalb goss er sich eine Handbreit Whisky in ein Glas und setzte sich aufs Sofa. Es roch nach Tannennadeln und Zimt. Wo kam das denn her?

Emery drehte sich um, und sein Blick fiel wieder auf die Lebkuchenmänner am Baum. Auch hier war farblich alles aufeinander abgestimmt, es wirkte aber, als hätte Tara die Arbeit vorzeitig abgebrochen. Sie hatte wohl zuerst die Schlafzimmer erledigen wollen. Aus gutem Grund vermutlich – weil er nicht hier gewesen war.

Er merkte, dass dieses seltsame Gefühl wieder an ihm zerrte, es war eine Mischung aus Ärger und Verwunderung darüber, dass diese Frau keine Probleme hatte, ihm ins Gesicht zu grinsen und dann doch Grenzen zu überschreiten, die sie vereinbart hatten.

Er lehnte sich zurück. »O Tannenbaum«, murmelte er vor sich hin, hob sein Glas, um sich selbst zuzuprosten, und trank einen kleinen Schluck. Samtig rann der teure Tropfen seine Kehle hinab, während er darüber nachdachte, was in den letzten Tagen alles passiert war. Bis vor Kurzem hätte er jedem, der ihm dieses Chaos prophezeit hätte, ausgelacht. Und jetzt saß er in seinem Haus – neben unzähligen Weihnachtsbäumen – und fühlte sich nach einem langen Arbeitstag sogar fast ein bisschen inspiriert.

Der Gedanke kam so plötzlich, dass er nach Luft schnappte.

Aber ja, es war tatsächlich so.

Wie war das möglich?

Da hatte er Wochen und Monate händeringend nach einem Thema für seinen nächsten Ratgeber gesucht, und jetzt, mitten in der Nacht, wo er völlig erschöpft und auch ein wenig aufgebracht war – Taras Provokation sei Dank – flog es ihm einfach so zu.

Nein. Das konnte doch wohl nicht sein?

Er musste das in Ruhe überdenken.

Überdenken, ha. Als ob er das nicht sowieso ständig machte. Allmählich sollte es genug sein.

Emery knallte sein Glas so energisch auf den Tisch, dass es laut klirrte. Für einen Moment befürchtete er, dass er es womöglich zum Splittern gebracht haben könnte, aber es schien in Ordnung zu sein. Er erhob sich und eilte in sein Arbeitszimmer, wo er sich eine Notiz für das nächste Sachbuchthema auf ein Papier kritzelte.

9

Patienten kamen und gingen auch an diesem Nachmittag. Mit ihnen trudelten Aufläufe, Kekse, Kuchen und Hilfe ins Haus. Emery war am Ende des Arbeitstages müde, aber guter Dinge. Trotz seiner Erschöpfung konnte er nicht Feierabend machen, denn er wollte – nachdem er den letzten Patienten hinausbegleitet hatte – sich endlich seinem Büro widmen. Um aufzuräumen und alte Unterlagen auszusortieren. Da das Haus bald verkauft werden würde, musste er das ohnehin tun. Und jetzt war er außerdem auch auf der Suche nach einigen Fachbüchern zu dem Thema, das er selbst näher betrachten wollte. Es ging weiter um das Thema Beziehungen, aber doch aus einer komplett anderen Richtung betrachtet als bisher. Emery hatte den genauen Titel dafür nicht im Kopf, aber je mehr er darüber nachdachte, desto sicherer war er, dass er auf der richtigen Spur war. Er hatte sich bereits einige Seiten mit Notizen gemacht – dabei waren tatsächlich einige von Taras Eigenschaften sehr inspirierend für ihn gewesen.

Die Gedanken an sein neues Buch vertrieben sogar die

Mattigkeit aus seinen Knochen. Er fasste neue Energie, sobald er daran dachte, wie er vorgehen wollte.

Emery stand im Hausflur, hinter ihm führten die beiden Treppen nach oben auf die Galerie. Die schwere Eichentür hatte er gerade nach einem Dorfbewohner geschlossen, es war der letzte Besucher für heute gewesen. Statt direkt in sein Büro zu gehen, bog Emery in die Küche ab, um sich ein paar Snacks zu holen. Etwas Energie in Form von Keksen oder Schokolade musste sein, ehe er sich wieder seinem Sachbuch widmete. Der Kühlschrank war voll mit allerlei Leckereien, sogar ganzen Mahlzeiten. Es gab auch unzählige Metalldosen mit Weihnachtsgebäck, die überall herumstanden.

Emery hatte die Küche noch nicht vollständig betreten, als er innehielt. Er hatte nicht damit gerechnet, Tara gerade jetzt zu begegnen. Nach dem gestrigen Abend hatte er kein Wort mit ihr gewechselt – und auch jetzt wusste er nicht so recht, was er zu ihr sagen sollte.

Seine Wut wegen ihrer Übergriffigkeit war verpufft, auch wenn es natürlich nicht okay war, dass sie sich nicht an Absprachen hielt. Aber etwas hatte sich in ihm verändert, seit er sie in der Dachkammer schlafend vorgefunden hatte, ohne dass er genau sagen könnte, was es war.

Zumindest hatte er danach begriffen, dass sie ihn nicht ärgern, sondern ihm eine angenehme Atmosphäre hatte schaffen wollen – weil sie eben diese Art von Mensch war. Jemand, der selbst in einem Miesepeter wie ihm etwas Gutes sehen wollte.

Anfangs hatte er Tara komplett falsch eingeschätzt, jetzt sah er etwas klarer, und das verwirrte ihn in höchstem Maß.

»Was wird das hier?«, brummte er und war versucht, sich gleich darauf selbst eine Ohrfeige zu verpassen. Warum gelang es ihm nicht, in ihrer Gegenwart ein bisschen netter zu sein? Er wollte es, aber es war, als wäre da eine Sperre in ihm, die ihn freundliche Dinge ihr gegenüber nicht aussprechen ließ.

Tara triggerte etwas in ihm, was er gerade nicht näher betrachten wollte. Ein häufiges Problem von Menschen, die sich lieber mit der Psyche anderer befassten als mit der eigenen. Vor sich selbst konnte er das zugeben, aber nicht vor anderen. Schon gar nicht vor der rothaarigen Frau, die ihn schon wieder anlächelte, als würde sie ihn mögen.

Woher nahm sie ihre gute Laune?

Tara stand mit den Händen in einer Schüssel hinter dem Küchentisch. »Oh, hallo, Emery! Nach was sieht es denn aus?«

Er zuckte mit den Schultern.

Sie ließ sich von seinem Verhalten nicht die Stimmung vermiesen, worüber er erleichtert war. Tara lachte. »Ich backe Kekse.«

»Kekse«, wiederholte er mit einem Stirnrunzeln. War ihr nicht bewusst, wie viele Dosen sich bereits in der Küche stapelten? Wer sollte das alles essen? Gut, das war nicht sein Problem. Emery erinnerte sich daran, warum er eigentlich hergekommen war: Er wollte sich einen Snack holen.

Es war merkwürdig, aber in ihrer Nähe fühlte Emery sich nicht wie er selbst. Sogar die kleinsten Dinge, die ihm üblicherweise keine Schwierigkeiten bereiteten, fielen ihm in ihrer Gegenwart schwer. Höflich zu sein, zum Beispiel.

Er gelobte sich stumm Besserung. »Na, dann, äh, gutes Gelingen«, brachte er mühsam hervor, während er den Kühlschrank öffnete und eine Tupperdose mit Pie hervorzog. Er sparte sich die Zeit, ihn im Ofen zu erwärmen. Stattdessen zog er nur eine Gabel aus der Schublade.

Emery spürte Taras Blick im Rücken, als ob sie auf eine Bemerkung oder eine Reaktion von ihm wartete.

Alles, was er ihr bieten konnte, war ein Donnerwetter – und das war garantiert nicht das, was sie sich mit ihren ausdrucksvollen grünen Augen vorstellte.

Du bist ein Scheißkerl, dachte er übel gelaunt. Schaffst es

nicht einmal, einen freundlichen Satz an sie zu verlieren. Wortlos verschwand er aus der Küche. Erst im Wohnzimmer fiel ihm auf, dass er eigentlich etwas Süßes hatte holen wollen, aber zu beschäftigt mit Tara und ihrer Wirkung auf ihn gewesen war, um das Richtige mitzunehmen.

Während er in sein Büro zurückmarschierte und dort das kalte Abendessen verputzte, nahm er sich vor, Tara bei der nächsten Gelegenheit freundlich und zuvorkommend zu begegnen. Das konnte doch nicht so schwer sein, oder?

∼

Tara fiel ein alter Kindersong ein, bei dem es um verbrannte Kekse ging. Leider fand sie es gerade alles andere als lustig. Es war nicht zu fassen! So ein Mist! Eben noch waren die Dinger schneeweiß gewesen, dann war sie kurz zur Toilette gehuscht. Als sie danach wieder in die Küche zurückgekommen war, waren sie bereits verbrannt gewesen.

Tara schob ihre Hände in die Ofenhandschuhe, zog das Blech heraus und stellte es auf der Arbeitsfläche ab. Sie ließ die verkohlten Dinger abkühlen, später würde sie sie dann wegschmeißen müssen.

»Ich brauche eine Pause«, murmelte sie und schmiss die Topflappen auf den Küchentisch. Den ganzen Tag hatte sie, nachdem sie die restlichen Bäume geschmückt hatte, über Rezepten und Kochideen gebrütet. Zur Übung hatte sie mit etwas Einfachem anfangen wollen: Kekse konnte doch wohl jedes Kind backen!

Tja, sie anscheinend nicht. Sie war ja auch kein Kind mehr. Aber das war natürlich nicht der Grund. Die Realität sah leider so aus, dass sie eine lausige Köchin und eine noch schlechtere Bäckerin war.

Tara verzog ihr Gesicht, weil sie sich fürchterlich über ihre Unfähigkeit ärgerte.

Dabei war es zu Anfang super gelaufen. Sie hatte die Mengen genau abgewogen, alles systematisch nach Rezept gemacht. Sogar das Ausrollen und Ausstechen war ihr gelungen, ohne dass die Sterne im rohen Zustand gebröselt oder gebrochen wären.

»Dass man nicht mal kurz aufs Klo gehen kann«, schimpfte sie vor sich hin, während sie die Backutensilien enttäuscht in die Spülmaschine stopfte.

Eigentlich hatte sie genug im Haus zu tun, aber sie brauchte eine Auszeit, um wieder einen klaren Kopf zu bekommen. Sie musste aufpassen, dass sie sich in ihrer Panik wegen des Essens für die Feiertage nicht allzu verrückt machte. Aber wenn ihr nicht mal einfache Zimtsterne glückten, wie sollte sie dann das Weihnachtsessen für mehrere Tage vorbereiten können, ohne dabei die halbe Familie zu vergiften?

Das Problem würde sie jetzt nicht lösen können, begriff Tara, während sie ein Glas Wasser in kleinen Schlucken trank. Eines hatte sie im Leben jedoch gelernt: Es half nichts, wenn man in heller Aufregung mehr an sich zweifelte als ohnehin schon.

Es würde sich schon eine Lösung für alles finden, daran musste sie fest glauben.

Ablenkung, erinnerte sie sich. Sie musste für eine Weile hier raus. Tara hatte auch noch nichts gegessen – und mit leerem Magen war sowieso alles schlimmer. Obwohl der Kühlschrank voll war, fasste sie den Entschluss, ins Pub zu gehen. Heute war Freitag, da war bestimmt was los, und sie kam auf andere Gedanken. Sie vereinsamte sonst in diesem alten Klotz.

Tara war nun mal ein Mensch, der Begegnungen mit anderen brauchte wie die Luft zum Atmen. Sie war ein soziales Wesen, und Isolation tat ihr nicht gut. Man sollte meinen, dass es nicht so schwer sein dürfte, sich hin und wieder zu unterhalten, immerhin lebte noch jemand im Haus. Aber Emery Swan hatte nicht das geringste Interesse, auch nur einen Satz oder zwei mit ihr zu wechseln. Sie kapierte nicht, wieso. Lag es an ihr, oder entsprach es seinem Wesen? Das konnte sie sich fast nicht vorstellen, da er doch seine Brötchen damit verdiente, sich auf Menschen einzulassen und mit ihnen über ihre Probleme zu reden. Also lag es an ihr.

Nun, so leicht würde sie jedenfalls nicht aufgeben. Sie dachte an die letzte Begegnung zurück. Tara hatte den Atem angehalten, als er plötzlich im Türrahmen gestanden hatte.

Ja, sie hatte ihn nun schon oft gesehen, aber jedes Mal war sie wieder fasziniert davon, wie verteufelt attraktiv dieser Mann war – und distanziert, zurückhaltend und einsam.

Ja, das war es gewesen, was sie vorhin begriffen hatte: Emery war einsam.

Er gab sich als Einzelgänger, aber es kam Tara so vor, als ob das nicht immer so gewesen war. Vielleicht sollte ich ihn fragen, ob er mitkommen will?, schoss es ihr durch den Kopf.

Der Gedanke gefiel ihr. Zu zweit war es bestimmt netter im Dorf, auch wenn Tara mittlerweile viele der Einwohner kannte. Im Pub würde sie garantiert nicht lange allein in einer Ecke sitzen, aber gerade ging es ihr eher um ihn als um sich selbst.

Tara wusch sich die Hände und hängte ihre Schürze, die mit goldenen Sternchen bedruckt war, über einen Küchenstuhl. Dann machte sie sich mit klopfendem Herzen auf den Weg zu Emerys Büro. Sie hatte das Gefühl, dass er sich ausschließlich in seiner Höhle aufhielt, es sei denn er schlief. In Taras Bauch breitete sich ein aufgeregtes Kribbeln aus, je näher sie kam.

Die Tür war offen – zum Glück, sie war sich nicht sicher, ob sie sich sonst getraut hätte zu klopfen. Emery Swan stand auf einer kleinen Trittleiter. Die Ärmel seines Hemdes hatte er bis zu den Ellenbogen aufgekrempelt. Wow, er hatte echt sehnige Unterarme, stellte Tara anerkennend fest. Sie mochte es, wenn ein Mann anpacken konnte.

Emery wirkte hoch konzentriert und hatte sie noch nicht bemerkt. Was machte er da eigentlich?

Auf dem Boden und seinem Schreibtisch stapelten sich viele Bücher, die vorher in dem hohen Regal gesteckt haben mussten. Packte er bereits die Umzugskisten?

Beklommenheit machte sich in Tara breit. Sie hegte nach wie vor die Absicht, ihn davon zu überzeugen, dass er das Haus behalten musste. Er konnte Trewane Manor doch nicht bereits verkauft haben? Diese Miss Fleetwood hatte doch noch gar keinen Fotografen für die extravagant inszenierten und perfekt ausgeleuchteten Fotos geschickt.

»Emery?«, machte sie auf sich aufmerksam. Tara hörte selbst, wie aufgebracht und zittrig ihre Stimme klang.

Emery wandte ihr sein Gesicht zu und ließ den Bücherstapel sinken, den er gerade aus dem Regal herausgezogen hatte. »Stimmt etwas nicht?«

Die Besorgnis, die aus seinen Zügen sprach, war nicht zu übersehen. Tara konnte nicht verhindern, dass sie sich wie ein kleines Kind darüber freute, dem man eben einen riesigen Lolli geschenkt hatte. Hilfe, lechzte sie etwa so sehr nach freundlicher Zuwendung, dass eine einzige nette Erwiderung einen so krassen Einfluss auf sie hatte?

Anscheinend schon.

Tara blinzelte ein paar Mal, dann begriff sie, dass sie ihm nicht geantwortet hatte. Sie räusperte sich. »Ähm, ja, also, was ich noch sagen wollte ...«

»Ja?« Er runzelte seine Stirn, und sie nahm einen leichten Anflug von Ungeduld an ihm wahr. Natürlich, der Mann hatte zu tun. Und sie wollte ihn ja auch gar nicht aufhalten oder nerven.

Tara merkte, wie ihr Selbstvertrauen auf ein Minimum zusammenschrumpfte. »Ich, äh, wollte nur fragen, wie dir dein Zimmer gefällt, mit der Deko, meine ich.«

Emery reagierte für zwei, drei Sekunden überhaupt nicht.

Dann kletterte er von der Leiter und legte den Bücherstapel zur Seite. Für einen Moment glaubte Tara, dass er sie anschreien wollte. Er wirkte verspannt, und seine Kiefer mahlten für ein paar Sekunden. Aber als er sein Kinn anhob und sie direkt anschaute, las sie etwas anderes in seinen dunklen Augen als Wut.

Es waren Zuneigung und Verständnis, die er ihr spiegelte.

Nie im Leben hätte sie das von ihm erwartet. Tara war so überrascht – und auch ein wenig entsetzt – dass sie vergaß zu atmen. Dafür schlug ihr Herz umso schneller. Was war hier los? Sie war überfordert und konnte sich nicht von der Stelle rühren. Woher kam diese offene Zugewandtheit denn auf einmal?

Emery blinzelte, dann war der Ausdruck verschwunden. »Die Deko, stimmt, darüber wollte ich auch noch mit dir reden.«

»Wirklich?«, erwiderte Tara mit einem hoffnungsvollen Lächeln.

Es musste ihm gefallen haben, also hatte sie doch den richtigen Riecher bewiesen. Ihr Herz machte einen freudigen Hüpfer.

Emery rieb sich mit der Hand über das Kinn und neigte seinen Kopf ein wenig zur Seite. »Ja, aber mir ist gerade entfallen, was ich dazu sagen wollte«, brummte er.

Entfallen? Sie glaubte ihm kein Wort.

»Oh. Wie schade.« Tara merkte, wie ihr Lächeln verblasste. Sie wollte sich davon nicht entmutigen lassen. Immerhin war das so ungefähr das längste Gespräch, das sie mit Emery geführt hatte, seit sie angekommen war. Von den unangenehmen Beschimpfungen mal abgesehen. Etwas stand plötzlich zwischen ihnen im Raum, was sie nicht näher erklären konnte. Befangenheit mit einer Mischung von ... Nervosität.

Tara erinnerte sich jetzt auch wieder daran, dass sie, als sie aufgewacht war, zugedeckt auf dem Bett gelegen hatte. Und jemand musste das Licht ausgeschaltet haben. Entweder das oder die Sicherung war rausgeflogen. Dagegen sprach, dass sie es am Morgen wieder hatte einschalten können.

War es Emery gewesen, der sie zugedeckt und das Licht ausgeschaltet hatte, oder vielleicht doch ein Hausgeist?

Sei nicht albern, sagte sie sich. Es gibt keine Geister.

Aber dass Emery ihr mit Fürsorge begegnen könnte, kam ihr noch unwahrscheinlicher vor. Vielleicht war sie es ja auch selbst gewesen und konnte sich nur nicht daran erinnern, weil sie übermüdet und im Halbschlaf gewesen war? Das war die einzige für sie logische Erklärung, also brauchte sie es nicht zur Sprache bringen. Sie wusste ja nicht einmal mehr, wieso sie gerade jetzt wieder darauf kam.

Emery schwieg und starrte sie an. Sein Blick war eindringlich und ließ ihren Puls in die Höhe schnellen.

»Was war es, was du von mir wolltest?«, fragte er, aber seine Stimme klang nach wie vor nett und nicht genervt. Das war beinahe schon unheimlich.

Was war mit ihm passiert? Hatten ihn Aliens entführt und gegen eine gütige Version des Hausherrn ausgetauscht? Der Gedanke brachte sie zum Schmunzeln. »Ich wollte ins Dorf gehen, ins Pub, um genau zu sein, und etwas essen«, erklärte sie, ihre Stimme klang ein wenig atemlos, weil sie so nervös war – und sie sich auch vor seiner Reaktion fürchtete. Es war gut möglich, dass er sie anmeckern würde, wenn sie ihn fragte, ob er sie begleiten wollte. Deshalb hatte sie es auch nicht ausgesprochen, denn sie hatte sich daran erinnert, was er bei ihrer Ankunft gesagt hatte: Jeder sollte sein Ding machen. Sie durfte ihn nicht belästigen.

Das wollte sie auch gar nicht.

Herrje, wieso war es auf einmal so kompliziert?

»Ja, okay, seit wann musst du dich bei mir abmelden?«, fragte er so kühl wie eh und je.

Bumm. Das hatte gesessen. So viel dazu.

Emery war wieder der alte Griesgram, und der Anflug von Freundlichkeit war nur ein kurzer Lichtblick gewesen. Tara ließ ihre Schultern hängen. »Na gut, dann eben nicht. Hätte ja sein können. Die Leute hier sind wirklich toll, sie helfen mir an allen Ecken und Enden.«

»Ich verstehe kein Wort.«

Tara fasste sich ein Herz, jetzt war es sowieso schon egal. »Ich gehe ins Pub und hatte gedacht, dass du vielleicht mitkommen möchtest. Nur ein Essen, keine großen Reden, keine Gespräche über Weihnachtsdeko.«

Emery verschränkte die Arme vor seiner breiten Brust. Wow. Er sah nicht aus wie ein Mann, der höchstens mal ein paar Bücher schleppte. Ob er viel Sport trieb?

Hier hatte sie ihn bisher noch nicht beim Joggen oder Trainieren erlebt. Vielleicht war er auch einfach mit einem göttlichen Körper gesegnet.

Hör auf, ihn anzuglotzen, sagte sie sich. Ja, Emery Swan war heiß, aber er lag auch außerhalb ihrer Reichweite. Dass er sie nicht leiden konnte, sollte eigentlich genügen, um ihr diese dreckigen Fantasien auszutreiben, die sich gerade in ihrem Köpfchen zu einem erotischen Traum aneinanderreihen wollten.

Sicher lief bei ihm ein ganz anderer Film ab. Jetzt, nachdem sie ihr Anliegen ausgesprochen hatte, kam sie sich dämlich vor.

Er würde garantiert nicht mit ihr essen wollen. Das hatte er von Anfang an deutlich gemacht. Blöd, dass sie es verdrängt hatte.

Weil du ihn heiß findest.

Tja, so ein Mist. Das stimmte.

Tara nagte an ihrer Unterlippe und wünschte sich weit weg. Sie wollte nicht von Emery darüber belehrt werden, was er ihr alles schon vor langer Zeit erklärt hatte. Aber einfach abhauen war auch nicht ihr Ding. Sie war eine Frau, die zu den Aussagen stand, die sie einmal von sich gegeben hatte. Wenn er sie beleidigen wollte, bitte schön. Sie war bereit. Tara richtete sich kerzengerade auf, als ob das etwas nützen würde.

»Ein andermal vielleicht«, erwiderte Emery schließlich mit einem leisen Seufzen. Seine Stimme klang sanft. Beinahe schon rau.

Das war nicht die Reaktion, die sie erwartet hatte.

Tara glotzte Emery schweigend an und wusste nicht, was sie damit anfangen sollte. Emery sagte auch nichts mehr und betrachtete sie mit diesem ungewohnt weichen Blick. Als er seine Hand wieder an die Leiter legte, begriff Tara, dass sie ihn von der Arbeit abhielt.

Klar, sie wollte auch nicht den ganzen Abend hier herumstehen und sich einen Korb nach dem anderen von ihm geben lassen.

Aber nein, es hätte ja kein Date werden sollen.

Hoffentlich wusste er das auch.

»Ja, gut. Natürlich«, beeilte sie sich zu sagen. »Dann lasse ich dich mal weitermachen, was auch immer du hier gerade tust.«

Sie sah, wie seine Mundwinkel zuckten. Er fand es also witzig, was sie von sich gab, oder was sollte das bedeuten?

»Ich räume auf, ist das nicht offensichtlich?«, erklärte er mit einem amüsierten Unterton in der Stimme, der alles andere als unfreundlich war.

Tara atmete aus. Sie bemerkte, dass es jetzt beinahe das gleiche Gespräch war, das sie vorhin in der Küche wegen der Kekse geführt hatten. War das seine Art von Humor? Möglich.

Irgendwie heiß, dachte sie schon wieder und verdrehte innerlich die Augen über ihre Naivität.

Was war nur mit ihr los? Sonst hatte sie sich und ihre Hormone besser im Griff. Aber sie hatte natürlich längst kapiert, dass die in seiner Nähe öfter mal aus der Reihe tanzten. Das war ein äußerst unangenehmer Nebeneffekt, musste Tara zugeben. Sie wollte doch so gern professionell und kompetent wirken und nicht unzusammenhängendes Zeug stammeln und ihn dabei anhimmeln.

»Okay, schönen Abend noch.« Sie wollte sich gerade abwenden und gehen, als er sie erneut ansprach.

»Tara?«

»Ja?« Hoffnungsvoll klang dieses eine Wort, und so fühlte es sich für sie auch an. Das Kribbeln in ihrem Magen war eindeutig. Verrückt.

»Ich habe akzeptiert, dass du hier überall herumwirbelst und dekorierst und so weiter. Sogar das mit meinem Zimmer kann ich auf eine gewisse Weise ... ertragen. Aber bitte komm nicht auf die Idee, irgendwo Mistelzweige aufzuhängen. Klar?«

Taras Mund klappte auf. »D-du willst keine Mistelzweige?«

Er zog die Brauen zusammen. »Habe ich doch gerade gesagt, bist du taub?«

Aha. Da war er wieder, der alte Emery. Tara verzog ihre Lippen. »Ja, gut, die wollte ich auch gar nicht aufhängen.«

»Entschuldige«, hörte sie ihn sagen. »Das sollte nicht so grob rüberkommen.«

Tara schaute ihn aus großen Augen an. Emery wirkte bedröppelt. Er seufzte und fuhr sich mit den Fingern durch die Haare. So ... menschlich hatte er sich bislang selten gegeben. Endlich begriff sie, dass er die Nummer des Weihnachtsgrinchs nur abzog, weil er sich nicht anders ausdrücken konnte, ohne dabei melancholisch zu werden. Natürlich! Dass sie das nicht gleich kapiert hatte! Viele Leute waren in der Zeit, die von Glückseligkeit und Wärme geprägt sein sollte, niedergeschlagen. Endlich ergab alles einen Sinn.

Tara fasste neuen Mut, denn noch hatte sie ein paar Tage Zeit, um ihn spüren zu lassen, dass man auch glücklich sein konnte, wenn man allein war.

Okay, das war jetzt eine Richtung ihrer Gedanken, die sie nicht einschlagen wollte. Tara hatte die Tatsache, dass sie selbst

Weihnachten irgendwo mutterseelenallein über dem Atlantik in der Holzklasse verbringen musste, bis eben erfolgreich verdrängt.

Nein, sie würde sich von seiner Traurigkeit nicht anstecken lassen. Dafür war sie nicht der Typ.

»Ist schon okay. Schwamm drüber«, erwiderte Tara deshalb mit einer saloppen Geste. »Keine Mistelzweige, ist notiert. Aber meine restlichen Planungen kann ich noch umsetzen, ja? Oder möchtest du das lieber mit mir besprechen?«

Sie sah, wie es hinter seiner Stirn ratterte. Kurz befürchtete sie, dass sie ihm die Steilvorlage für eine Diskussion geliefert hatte, in der er jede einzelne Position mit ihr durchgehen und abschmettern wollte. Stattdessen hörte sie nur, wie er geräuschvoll ausatmete.

»Auf keinen Fall, Tara, meine Mum hat dir ihr volles Vertrauen geschenkt, und ich bin mir sicher, dass es meiner Familie sehr gut gefallen wird, was du hier auf die Beine stellst. Ich finde, es sieht schon sehr, äh, weihnachtlich aus.«

O. Mein. Gott.

Hatte er sie eben wirklich gelobt?

Krass.

Aus seinem Mund war es gleich dreimal wertvoller, weil Emery, davon war sie hundert Prozent überzeugt, sehr selten Lob äußerte. Tara fühlte sich, als hätte er ihr gerade einen Ritterschlag erteilt. »Super, das freut mich sehr. Dann lasse ich dich jetzt weitermachen. Bis äh, morgen dann. Schönen Abend.«

»Tschüss, Tara«, war alles, was er antwortete.

Sie blieb für eine Sekunde stehen und verlor sich in seinen dunklen Augen. Ihr Mund wurde trocken, und ihr Herz schlug noch immer viel zu schnell.

Vor Aufregung natürlich. Sie freute sich wie ein Kind, dass ihm ihre Arbeit gefiel.

Eilig wandte sie sich ab und marschierte davon, dabei machte sie eine kleine Siegerfaust und hüpfte bei jedem Schritt, so dass sie kaum den Boden berührte.

Emery Swan mochte ihre Dekoration!

Ha!

Sie hatte es immer gewusst! Sie würde der Familie das wunderbarste Fest aller Zeiten bescheren und sogar dem Weihnachtsmuffel Emery Freude bereiten und vielleicht sogar ein Lächeln abgewinnen. Seine anerkennenden Worte hatten ihr klargemacht, dass er mit allen ihren Ideen ausdrücklich einverstanden war. Wie großartig war das denn? Damit hatte sie nicht gerechnet. Sie wäre schon mit einer stummen Hinnahme der Beleuchtung und der verzierten Bäume zufrieden gewesen.

Also war es doch die richtige Entscheidung gewesen, sein Zimmer zu schmücken. Gott sei Dank!

Während Tara sich anzog, um ins Dorf zu gehen, kam sie gar nicht mehr aus dem Grinsen heraus. Nachdem das also geklärt war, konnte sie endlich alle Bremsen lösen und richtig in den Weihnachtsdekorausch einsteigen. O Mann, sie hatte so viele Ideen, die sie umsetzen wollte, bislang hatte sie sich aber nicht getraut, sie auch nur in Erwägung zu ziehen.

Bis eben.

Emery gefiel ihre Arbeit!

Yes!

Tara trat in die Nacht hinaus und drehte sich wie ein Kind im Kreis, dabei tanzte sie und trällerte »I wish you a merry Christmas« vor sich hin. Auf dem ganzen Weg ins Pub strahlte sie wie ein Honigkuchenpferd.

EMERY WAR NOCH IMMER DABEI, sein Arbeitszimmer besser zu organisieren, als jemand den Türklopfer betätigte. Es war außerhalb seiner Sprechzeiten und bereits dunkel, deshalb rechnete er nicht mit einem Klienten. Er war umso überraschter, als er Phil vor der Tür entdeckte. »Guten Abend«, grüßte er den freundlichen Klempner.

Emery erkannte an Phils Gesichtsausdruck, dass etwas los war. Er wirkte zwar nicht gerade alarmiert, aber auch nicht so ruhig wie sonst. »Treten Sie doch bitte ein«, bot er seinem Klienten daher an.

»Komme ich nicht ungelegen? Es ist ja schon spät.«

Emery merkte, dass Phil kurz davor war, wieder kehrtzumachen, daher schüttelte er energisch den Kopf. »Nein, bitte kommen Sie herein, Phil.«

»Na gut«, erwiderte dieser und folgte Emery in sein Arbeitszimmer.

Nachdem Emery ihm einen Sitzplatz angeboten hatte, den Phil – wie sonst auch bei den Therapiestunden – annahm, breitete sich Schweigen im Raum aus.

Emery wartete einen Augenblick, dann fragte er nach. »Phil, was führt Sie zu mir?«

Der Klempner knetete seine Hände im Schoß, was beinahe merkwürdig aussah, weil er fleischige Finger hatte. »Mir ist was eingefallen«, antwortete Phil zögerlich.

»Ja?«

»Ich weiß nicht, es ist mir zu peinlich.«

Emery nickte verständnisvoll. »Das hier ist ein geschützter Raum«, erklärte er, wie er es schon öfter getan hatte. Das schien Phil zu beruhigen, er setzte sich aufrechter hin.

»Also«, wiederholte Phil. »Mir ist was eingefallen, und zwar, als ich mit meiner Frau auf einer Reise war, damals in Venedig, da hat sie ein Buch gelesen und mir immer wieder davon vorgeschwärmt, wie ein Mann es richtig macht.«

Emery unterdrückte den Impuls, eine Braue zu heben. Es war klar, dass sich das »wie ein Mann es richtig macht« auf Sex bezog. »In Ordnung, Phil. Um welches Buch handelt es sich denn?«

Phil rieb sich über die Bartstoppeln. »Muss nachdenken. Fällt mir gleich wieder ein. Moment. Jedenfalls, seit sie mir immer wieder mit so einem fetten Strahlen im Gesicht erzählt hat, wie super sie das alles fand, bekomme ich das einfach nicht aus meinem Kopf. Ich bin einfach nicht so ein Tausendsassa wie dieser Typ aus dem Roman.«

»Moment«, warf Emery mit einer beschwichtigenden Geste ein. »Verstehe ich das richtig, dass es sich bei dem erwähnten Buch nicht um einen Ratgeber, sondern um eine fiktive Geschichte, also einen Roman handelt?«

»Ja, ja, sagte ich doch«, antwortete Phil ein wenig ungeduldig und rutschte auf dem Stuhl hin und her.

Emery dachte kurz nach. »Verstehe. Aber das sind doch gute Neuigkeiten, dass Sie sich daran erinnert haben, was der Auslöser war.«

»Ah, jetzt hab ich's«, fuhr Phil dazwischen. »Shades of Grey heißt der verdammte Schmöker. Gleich drei Teile gab es davon, die hat sie natürlich alle gelesen.«

»Shades of Grey?«, wiederholte Emery.

Obwohl er diese Bücher nicht gelesen hatte, so wusste er sehr wohl, worum es darin ging. Ein einsamer Milliardär mit verkorkster Kindheit vögelte eine unschuldige Studentin bei jeder Gelegenheit und machte sie per Vertrag zu seiner devoten Gespielin.

Allein der Gedanke an diese Idee führte dazu, dass sich Emerys Nackenhaare aufstellten. Frauenrechte und Emanzipation waren bei dieser Art von Storys offenbar nur nebensächlich oder gar nicht vorhanden. Trotzdem, es war ein Bestseller in Millionenauflage.

»Ja, sag ich doch. Jedenfalls kann ich es mit dem Kerl nicht aufnehmen. Das bringe ich nicht.«

Phil wirkte niedergeschlagen. Jetzt, wo er sich noch einmal vor Augen führte, was seine Frau vermeintlich im Bett von ihm erwartete, sah er aus, als wolle er sich von einer Brücke stürzen. Emery hatte Mitgefühl für Phil, glaubte aber, dass zwischen den Eheleuten ein Missverständnis herrschte. Dafür brauchte er nicht einmal mit June zu sprechen. »Phil, hören Sie mir einen Augenblick zu. Ganz ruhig. Ich verstehe, was Sie denken, aber ich bin mir sicher, dass Ihre Frau es nicht so gemeint hat, wie Sie es aufgefasst haben. Haben Sie sie mal gefragt?«

Phil zuckte die Achseln. »Na ja, ich hab sie mit Kabelbindern am Bett festgemacht und versucht, es so zu tun, wie sie mir aus dem Buch vorgeschwärmt hat, aber ich kann das nicht. Ich will nicht, dass meine Frau sich nicht bewegen kann und ich ein Stück Fleisch unter mir habe, das sich kaum rühren kann. Da geht einfach nichts mehr bei mir.«

Obwohl Emery nicht über sexuelle Vorlieben von Klienten urteilte, konnte er in Phils Fall nachvollziehen, was er meinte. »Es ist nicht jedermanns Sache, das ist klar. Haben Sie das mit June besprochen?«

»Was soll ich ihr sagen? Dass ich ein Schlappschwanz bin? Das hat sie schon selbst gemerkt.«

»Phil, nein, so ist es nicht, und das weiß ich ganz sicher. June liebt Sie. Und sie hat Sie aus gutem Grund geheiratet. Denken Sie mal drüber nach. Vorher hat es doch auch geklappt. Womöglich ist das alles ein Problem der falschen Kommunikation.«

Phil sagte erst einmal gar nichts, legte seinen Kopf schief und stieß dann ein leises Grunzen aus. »Na, das wäre ja zu schön!«

Emery konnte seine Skepsis gut nachvollziehen. »Versuchen Sie es doch mal. Ich würde Ihnen vorschlagen, dass Sie mit June darüber reden, dass Sie sie lieben, aber dass es Sie gestresst hat, als Sie glaubten, sie wollte den Sex so wie in dem Buch.«

»Und Sie meinen, das bringt was?«

»Davon bin ich überzeugt, Phil. Einhundert Prozent. Ihre Frau will nur Sie – und keine Figur aus einem Buch. Vielleicht können wir einen Vergleich finden.« Emery überlegte. »Männer mögen hübsche Frauen, da können wir uns einig sein.«

»Klar, Doc.«

»Sehen Sie? Wenn Sie irgendwo eine hübsche Frau in einem Magazin sehen, denken Sie doch auch nicht, hey, die will ich gegen June eintauschen.«

»Natürlich nicht.«

»Da haben wir es doch. Vertrauen Sie mir, Phil! June möchte keinen zweiten Sex-Millionär mit Darkroom aus Ihnen machen. Ich habe das Buch zwar nicht gelesen, aber man hat ja so einiges darüber gehört, dem konnte ich mich gar nicht entziehen. Ich verstehe sehr gut, dass Sie das gestresst hat, aber Phil, das ist nicht die reale Welt.«

»Nein, ist es nicht.«

Für einen Augenblick wirkte Phil nachdenklich, dann stand er auf, und ein angedeutetes Lächeln spielte um seine Mundwinkel. »Okay, dann mache ich es so. Ich sage June, Liebling, ich will mit dir schlafen, aber dich dabei nicht verdreschen.«

Emery war davon überzeugt, dass Phil es auf seine Weise hinbekommen würde. »In die Art und Weise der Formulierung möchte ich mich nicht einmischen, aber das schaffen Sie schon«, erwiderte Emery und hoffte, dass es stimmte, was er sagte.

Auf einmal wirkte Phil ganz euphorisch und konnte sich gar nicht schnell genug verabschieden. »Danke, Doc! Machen Sie es gut!«

Und dann war Emery wieder allein in seinem Arbeitszimmer und blickte nachdenklich in den Kamin. Darauf wäre er beim besten Willen nicht gekommen. Shades of Grey. Also so was!

10

Was war das für ein Hämmern? Aua.
Taras Kopf tat höllisch weh. Sie stöhnte und hielt sich ihre kühle Hand an die Stirn.

Das letzte Ale musste schlecht gewesen sein. Verdammt.

Um sie herum drehte sich alles.

Wie spät war es?

Mit einem Schwur auf den Lippen, nie wieder einen Tropfen Alkohol anzurühren, tastete sie nach ihrem Handy, um auf die Uhr zu schauen.

Es war kurz nach zehn – und sie hatte eine ganze Reihe an Nachrichten von Leuten aus dem Dorf erhalten.

»Super Idee, wir kommen gerne«, sagte die eine.

»Wahnsinn, Tara, bester Schachzug *ever*!«, stand in einer weiteren.

»Wir helfen dir gern, Greg baut auch die Hütte auf«, las sie in einer anderen.

Tara legte das Handy weg und forschte in den Untiefen ihres dröhnenden Schädels nach Erinnerungen. Was war da nur los mit den Leuten aus dem Dorf? Wovon redeten sie?

Während sich der Nebel ein wenig lüftete, dämmerte es Tara allmählich, was sie angerichtet hatte.

In ihrer Euphorie hatte sie gestern Abend das halbe – oder wohl eher das ganze Dorf – auf Trewane Manor zu einem *Vor*-Weihnachtsfest eingeladen. Eine Generalprobe sozusagen, ob alles funktionierte, wie sie es sich vorstellte, und ein Danke für die vielen Helfer. Vielmehr sollte es ein Fest sein, bei dem Emery merkte, wie großartig es in Cornwall war. Ein erinnerungswürdiges Event, um ihn begreifen zu lassen, wie herrlich die Symbiose zwischen Einwohnern und ihm funktionierte.

Oje.

Womöglich hatte sie da gestern nach ein paar Gläsern Ale zu viel, zu dick aufgetragen.

Viel zu dick.

Wenigstens hatte sie nicht alle ihre Gedanken preisgegeben – das hoffte sie zumindest – und nur unter dem Deckmantel der Dankbarkeit die Einladung ausgesprochen.

Tara wagte gar nicht daran zu denken, was Emery dazu sagen würde.

Nun, verheimlichen konnte sie es ihm schlecht – denn sie hatte zu allem Überfluss den Leuten weisgemacht, dass es *seine* Idee gewesen wäre, alle zu einem Fest auf Trewane Manor einzuladen.

»O nein«, stöhnte Tara und ließ ihren Kopf zurück in das Kissen sinken.

Wie sollte sie aus der Nummer nur wieder herauskommen?

Richtig.

Gar nicht.

Das wurde ihr schnell klar, obwohl ihr Kopf noch immer dröhnte, als hätte jemand einen Presslufthammer darauf angesetzt.

Mit welchen Worten sollte sie Emery davon in Kenntnis

setzen? Und was hatte sie wohl noch alles ausgeplaudert und losgetreten?

Er würde sie einen Kopf kürzer machen, mindestens. Gerade, mit ihrem Kater, klang das beinahe verlockend. Aber nur beinahe.

Tara erinnerte sich, dass sie mit Greg besprochen hatte, dass er eine kleine Holzhütte aufbauen sollte, die als Bude für Punsch, andere Getränke und Eintopf herhalten sollte. Das sagte ja auch die kurze Nachricht, er war dabei. Es sollte eine Art Weihnachtsrummel im Garten von Trewane Manor werden.

Declan wollte seinen Grill herbringen und für Würstchen sorgen – ein Winterbarbecue sozusagen. Dazu gab es Popcorn aus dem Automaten und natürlich die Schneemaschine. Der örtliche Chor wollte auftreten und Weihnachtslieder singen, das hatte sie mit Moira besprochen.

Moira war auch im Pub gewesen.

Mist.

Wenn Tara bis eben noch die kleinste Hoffnung gehabt hatte, dass die anderen im Pub ihre Idee als Bierlaune abtun und einfach nicht auftauchen würden, dann konnte sie jetzt sicher sein, dass diejenigen, die gestern nicht im Pub gewesen waren, ganz bestimmt eine persönliche Einladung ihrer Bürgermeisterin erhalten würden.

Tara stöhnte erneut, als ob das etwas nützen würde. Wenn ihr nicht bereits schlecht wäre, würde ihr spätestens jetzt übel werden. »Was habe ich nur getan?«, murmelte sie immer wieder, bis sie irgendwann – sehr viel später – den Mut fand, aus dem Bett zu krabbeln und duschen zu gehen. Vielleicht fiel ihr ja unter dem heißen Wasserstrahl eine Lösung ein. Was das außer Selbstmord sein sollte, konnte sie sich gerade nicht vorstellen.

Wenn Emery Swan schon ein Problem mit Mistelzweigen hatte, dann würde ihm ein Weihnachtsfest für das ganze Dorf mit allen seinen Einwohnern garantiert nicht gefallen, milde ausgedrückt. Emery würde es hassen. Erst das Fest und dann sie. Was für ein Schlamassel!

Während Tara sich auszog und das Wasser aufdrehte, beschloss sie, die Diskussion mit Emery zu vertagen. Heute, in ihrem Zustand, sah sie sich nicht in der Lage, sich mit ihm auseinanderzusetzen. Morgen war auch noch ein Tag.

Genau.

∽

Emery schob das letzte Buch ins Regal und trat zurück, um sein Werk zu betrachten. Es hatte ein paar Tage gedauert, bis er mit allem zufrieden war, aber jetzt fühlte er sich sehr wohl in seinem Büro. Was Bücher betraf, war er wohl ein kleiner Nerd – denn er hatte alles, was er behalten wollte, nach Themenbereichen und Autoren sortiert. Nur sehr wenige Fachpublikationen, die er für veraltet oder deren Thesen er für falsch hielt, waren im Ofen gelandet.

Warum machst du das überhaupt, wenn du das Haus doch verkaufen willst, hatte er sich oft gefragt und die Antwort darauf immer wieder vertagt.

Mit Cora Fleetwood hatte er abgesprochen, dass sie, sobald das Weihnachtszeug wieder entfernt worden war, mit ihrem Fotografen herkommen würde, um Bilder zu machen. Jetzt, so knapp vor den Feiertagen, käme sie ohnehin nicht mehr dazu, hatte sie ihm am Telefon erklärt. Gut, ihm sollte es recht sein. Das Wetter war nicht besonders, und damit wären die Fotos auch schlechter geworden – professionelle Beleuchtung hin oder her.

Dunkle Wolken hingen am Himmel, es schneite immer mal wieder. Was wollte man vom Dezember schon anderes erwarten? Nun, einiges könnte noch kommen, wenn man dem Wetterbericht glauben wollte. Angeblich waren riesige Schneefronten unterwegs, und spätestens am Fünfundzwanzigsten sollte ganz

Cornwall im Weiß versinken. Ändern konnte er daran ohnehin nichts, also nahm er es stoisch hin. Er hatte sowieso keine Pläne, außer nicht durchzudrehen.

Apropos.

In den letzten Tagen war ihm Tara aus dem Weg gegangen, und er verstand nicht, weshalb. An seinem Verhalten konnte es nicht liegen, zur Abwechslung hatte er sich nichts vorzuwerfen. Er wüsste jedenfalls nicht, was. Die letzte richtige Unterhaltung hatten sie gehabt, als er ihr verboten hatte, Mistelzweige aufzuhängen.

Daran konnte sie sich doch unmöglich derartig aufgerieben haben, dass sie nicht mehr mit ihm redete?

»Mistelzweige«, stieß er mit einem abfälligen Schnauben hervor und schüttelte den Kopf. Warum er gerade darauf gekommen war, wusste er auch nicht. Oder doch, er wusste es sehr genau.

Weil er immer wieder mit seinem Blick an ihren vollen Lippen hängengeblieben war – und er nicht in Versuchung kommen wollte, dem Verlangen nachzugeben, sie zu küssen. Der dämliche Brauch mit dem Knutschen unter diesem elenden Grünzeug war aber auch zu bescheuert.

Es gab noch einiges, was er nicht begriff.

Warum es ihm nicht egal war, dass sie nicht mit ihm kommunizierte, zum Beispiel. Es wurmte ihn. Gerade jetzt, da er sich doch vorgenommen hatte, netter zu Tara zu sein, ging sie ihm aus dem Weg. Irgendwas stimmte nicht, und er hielt es keine Sekunde länger im Ungewissen aus.

Emery fuhr sich mit der Hand durch die Haare und machte sich auf den Weg, sie diesbezüglich zur Rede zu stellen. Das war sinnvoll, den Tipp gab er seinen Patienten auch: Sprecht das aus, was euch bedrückt und beschäftigt, nur so kann es geklärt und aus der Welt geschafft werden.

Kurz dachte Emery daran, dass einige seiner »Schäfchen« in

den letzten Tagen ein paar Bemerkungen geäußert hatten, die er nicht ganz hatte einsortieren können. Immer wieder waren die Worte »Fest« und »Wir sehen uns ja bald, das wird großartig« gefallen.

Bestimmt gab es im Ort irgendeine Veranstaltung, von der die Leute annahmen, dass er dort auftauchen würde – was er nicht vorhatte. Er hatte keinerlei Interesse, sich mit den Leuten zwischen Punsch und Zuckeräpfeln über Gott und die Welt zu unterhalten, aber das musste ja niemand wissen. Deshalb hatte er immer nur genickt und »M-mh« gemacht.

Warum er das jetzt mit Tara in Verbindung brachte, konnte er nicht sagen, vermutlich, weil er viel zu oft an sie dachte. Er kapierte nicht, weshalb sie sich von »Ich kaue dir gerne das Ohr ab« in »Ich rede einfach gar nicht mehr mit dir« verwandelt hatte.

Vielleicht hatte sie ihn um etwas gebeten und er hatte Nein gesagt? Manchmal, wenn er sehr zerstreut war, gab er eine ruppige Antwort, ohne richtig zugehört oder nachgedacht zu haben.

Aber nein, das konnte nicht sein, denn sie hatten sich ja seit dem Gespräch in seinem Büro *gar* nicht unterhalten. Also musste es doch damit zusammenhängen. Er konnte sich nur nicht erklären, in welcher Weise er ihr womöglich auf den Schlips getreten war. Aber gut, das würde er sicher gleich herausfinden, deswegen suchte er ja nach ihr.

Im Wohnzimmer war sie nicht, aber er entdeckte ein paar Männer im Garten und auf der Terrasse. Sie sahen beschäftigt aus und bauten etwas auf, es sah aus wie eine Holzhütte. Hä? Das ging ja wohl ein wenig zu weit. Oder?

Emery blieb stehen und kratzte sich am Kopf. Er erkannte auch den vollbärtigen Greg, der Lampions in Sternform und Lichterketten zwischen den Ästen der wenigen Bäume aufhängte.

»Die Frau macht wirklich keine halben Sachen«, murmelte

Emery vor sich hin, während er seinen Weg fortsetzte und durch die Wohnzimmertür in den Garten hinausging.

»Hallo zusammen«, grüßte er, weil er die meisten Helfer tatsächlich bereits durch die Therapiestunden kannte oder sie als Angehörige identifizierte.

»Hallo Doc«, erwiderte Phil, der auf einer langen Leiter stand und die Außenbeleuchtung am Dach befestigte. Seit dem Durchbruch vor einigen Tagen hatte er nicht wieder mit ihm gesprochen, aber so wie Phil aussah, schien es ihm gut zu gehen. Jetzt war nicht der richtige Zeitpunkt, um ihn darauf anzusprechen.

Emery war überwältigt von dem, was Tara hier draußen vorhatte. War das nicht ein wenig übertrieben für seine paar Familienmitglieder? »Ist das hier eine ... Popcornmaschine?«, fragte er und trat näher. Das Ding war zwar noch teilweise in Folie verpackt, aber er musste sich schon sehr täuschen, wenn er mit seiner Vermutung danebenlag.

»Ja, genau. Ist sie nicht großartig?« Phil wirkte so fröhlich wie selten.

Es war klar, dass er Tara mit »sie« meinte – denn alle vergötterten diese Frau. Sogar Emery, das konnte er sich endlich eingestehen, bewunderte sie aus der Ferne.

»Ja«, war deshalb alles, was er dazu sagte.

»Das wird ein richtig geniales Fest morgen, vielen Dank, dass Sie uns alle einladen.«

Emery musste husten. Wie bitte? Er sollte eine Einladung ausgesprochen haben?

Nein. Das konnte nicht sein. Vielleicht war er manchmal mit seinen Gedanken zu tief in der Therapiearbeit, dass er beim Smalltalk nicht mehr richtig hinhörte, aber das hätte er wohl gewusst.

Vielleicht hatte er Phil falsch verstanden?

Aber nein, Phil hatte gesagt: *Es wird ein geniales Fest – Danke, dass Sie uns einladen.*

Obwohl Emery wirklich überrascht und sehr irritiert über diese Aussage war, ließ er sich nichts anmerken und nickte nur. Es war jetzt allerdings nicht mehr schwer, eins und eins zusammenzuzählen: Tara ging ihm aus dem Weg, und das ganze Dorf freute sich auf eine Feier, zu der Emery gebeten haben sollte. Diese Frau brachte ihn ins Grab! »Genau. Ich lasse euch mal weitermachen und werde mir Tara schnappen und mit ihr durchsprechen, was es noch zu erledigen gibt«, erwiderte er trocken.

Im Klartext bedeuteten seine Worte, dass er sich Tara vorknöpfen würde. Die konnte sich auf was gefasst machen. Was fiel ihr eigentlich ein, das halbe Dorf – oder nein, vermutlich das ganze – in seinem Namen einzuladen?

War sie jetzt komplett durchgeknallt?

Die Antwort auf diese Frage erübrigte sich. Natürlich war sie das. Emery stapfte zurück ins Haus und schloss die Tür so energisch hinter sich, dass die Glasscheiben wackelten. Es war ihm egal, ob das jemandem auffiel. Dann setzte er seinen Weg fort, um die rothaarige Irre zu suchen, die sein ganzes Leben ungebeten durcheinanderbrachte.

Er war noch nicht im Flur angekommen, als er ein »Verdammt, verdammt, verdammt ...« aus der Küche hörte. Und dann ein Schluchzen.

Emery verlangsamte seine Schritte, dann erinnerte er sich, was Tara angerichtet und unglaublicherweise, ohne ihn zu fragen, in seinem Namen geplant hatte. Mit Schwung bog er um die Kurve und wirbelte in die Küche, wo er auf Tara traf, die in sich zusammengesunken am Küchentisch saß. Sie hatte das Gesicht zwischen ihren Händen vergraben und weinte bitterlich. Ihre Schultern bebten.

In der Spüle stapelten sich Schüsseln, Teller, Pfannen und Töpfe. Auf dem Herd stand ein Suppenpott, und im elektrischen

Backofen befand sich eine Auflaufform. Es roch ein wenig angebrannt und ... irgendwie komisch.

Irritiert hielt er inne. Regte sie sich über das Chaos auf? Das war doch kein Weltuntergang und schon gar kein Grund zum Heulen? Was wiederum seine Einschätzung, dass sie verrückt geworden war, untermauerte.

»Tara?«, fragte er vorsichtig. Seine Stimme klang überhaupt nicht wütend oder aufgebracht. Zu seiner eigenen Überraschung merkte er, dass sein Ärger in dem Moment verpufft war, als er sie weinen gesehen hatte. Jetzt machte er sich nur Sorgen darüber, warum sie so niedergeschlagen war. Er wollte sie trösten.

Tara hob ihren Kopf. Ihre Augen waren rot gerändert. Sie schniefte. »Oh, nicht du auch noch!«, stieß sie hervor und schaute auf ihre Hände, vermutlich, um seinem Blick auszuweichen. Obwohl er begriff, warum sie nicht mit ihm reden wollte, verstand er nicht, was hier vor sich ging, was sie so fertigmachte. »Was ist los?«, wollte er deshalb von ihr wissen und setzte sich ihr gegenüber an den Tisch. Er tat etwas für ihn selbst völlig Überraschendes: Er ergriff Taras Finger und strich mit dem Daumen über ihren Handrücken.

Tara riss die Augen auf und schaute ihn erschrocken an, zog ihren Arm aber nicht zurück.

Wahnsinn, wie sinnlich und voll ihre Lippen waren.

Herrgott noch mal, was stimmte eigentlich nicht mit ihm? Vor ihm saß ein heulendes Häuflein Elend, und er dachte an ... Sex?

Ja, so war es leider. Unfassbar. Eigentlich hatte er gedacht, dass er aus dem Alter heraus sein müsste, in dem die Hormone unkontrollierbare Saltos machten. Offenbar litt er derzeit unter einem schlimmen Fall von Sexentzug, anders konnte er es sich nicht erklären. Es war Monate her, dass er mit einer Frau geschlafen hatte, weil ihn schlichtweg keine interessiert hatte. Tja, das sah jetzt anders aus. Ganz anders.

Trotzdem ärgerte er sich über seinen Mangel an Beherrschung. Das zumindest sah ihm überhaupt nicht ähnlich.

Emery räusperte sich und ignorierte das lustvolle Ziehen in seiner Lendengegend. »Ist irgendetwas passiert?«, wollte er von ihr wissen. Vielleicht ein familiärer Notfall?

Der Gedanke, dass sie womöglich abreisen musste, gefiel ihm gar nicht.

Huch? Wann war das denn passiert? Er hatte keine Ahnung, wann Tara sich für ihn von einem notwendigen Ärgernis zu einer angenehmen Gesellschaft gewandelt hatte.

Das war geradezu furchteinflößend und konnte nur an dieser verdammten Vorweihnachtszeit liegen. Dabei war er doch sonst alles andere als sentimental.

Tara schniefte wieder und seufzte danach so schwer, als läge die Last der Welt auf ihren Schultern. Es war nicht witzig, überhaupt nicht. Sie spielte ihm hier nichts vor, es ging ihr wirklich dreckig. Emery wollte ihr diese Sorgen nehmen, aber erst einmal musste sie dafür den Mund aufmachen.

»Ach. Nicht der Rede wert«, log Tara.

Himmel, diese Frau konnte einen aber auch wahnsinnig machen.

Sonst kaute sie ihm immer ein halbes Ohr ab, und jetzt?

Mit dieser knappen Antwort gab er sich nicht zufrieden. Wie konnte es sein, dass sich ein ganzes Dorf ein Bein dafür ausreißen würde, um nur ein paar Minuten mit ihm zu reden, und sie ... nicht?

»Tara, ich sehe doch, dass etwas im Argen liegt. Hat es etwas mit dem, äh, Fest zu tun?«, fragte er direkt, weil er sich an seinen eigenen Rat erinnerte, Dinge auf den Tisch zu bringen, um sie lösen zu können.

Sie schnappte nach Luft und zog ihre Hand ruckartig zurück. Furcht stand in ihren Augen. Mit einem Mal war sie noch blasser als zuvor. Sie sah aus, als hätte sie ein Gespenst gesehen. »Du weißt es«, hauchte sie.

Tara hatte Angst vor seiner Reaktion. Das ließ wiederum darauf schließen, dass ihr sehr wohl bewusst war, was sie angerichtet hatte. Und es hieß auch, dass sie nicht verrückt geworden war, sondern einfach nur ... Ja, was eigentlich?

Er wurde nicht schlau aus dieser Frau. Absolut nicht. Nachdem er einmal durchgeatmet hatte, versuchte er es erneut. »Tara, ja, ich weiß es. Ich habe zwar keine Ahnung, warum du das losgetreten hast, aber ich werde dich bestimmt nicht gleich umbringen.«

Gut, dass sie seine Gedanken von vor fünf Minuten nicht lesen konnte.

Tara runzelte die Stirn. Ihre Augen wirkten riesengroß. »Echt nicht?«

Das war so witzig, dass er sich nicht länger beherrschen konnte. Emery lachte los. Er konnte sich nicht erinnern, wann er das letzte Mal so herzhaft hatte lachen können. Tara teilte seinen Humor offenbar nicht, denn sie saß noch immer stumm und blass vor ihm.

Emery räusperte sich. »Okay, sorry, ich verstehe ja, dass meine Launen manchmal etwas sonderbar wirken können.«

Tara stieß die Luft aus und schüttelte den Kopf. »Sonderbar ist gut! Du bist der schlechtgelaunteste Mensch, der mir je begegnet ist.«

So schlimm? Sie musste übertreiben.

»Hm. Wenn du meinst. Verrätst du mir jetzt, was es mit diesem Fest auf sich hat?« Irgendwie war ihm das Lachen jetzt auch vergangen. Emery war sich darüber bewusst, dass er hin und wieder zu wenig redete und auch kaum Euphorie für diesen Weihnachtsklimbim aufbrachte, aber dass er der schlechtgelaunteste Mensch aller Zeiten sein sollte, konnte ja wohl nicht ihr Ernst sein.

Er stand auf, weil er sich in dieser Küche gerade ein wenig fehl am Platz fühlte.

»Es ist eine Generalprobe«, erklärte Tara jetzt. »Bitte sei nicht sauer.«

Zu seiner großen Überraschung nickte er, obwohl er wegen ihrer Feststellung durchaus leicht angesäuert war. Weil er dem kein Futter geben wollte, hörte er sich antworten: »Na schön. Wo das Kind schon mal in den Brunnen gefallen ist ... Feiern wir halt ein Fest.«

Tara blinzelte ein paar Mal, dann machte sie große Augen. »Nein! Ehrlich? Ich muss es nicht absagen und alle wieder ausladen?«

Ach Mensch, zu schade, dass sie mit dem Vorschlag jetzt erst kam. »Es ist okay, wirklich. Solange du nicht von mir erwartest, dass ich im Weihnachtsmann-Kostüm herumlaufe?«

Etwas blitzte in ihren Augen auf, was sein Herz höherschlagen ließ.

»Wow, was für eine geniale Idee, Emery! Würdest du das machen?« Tara sprang auf die Beine und umarmte ihn so stürmisch, dass er beinahe umgefallen wäre. Sie legte ihr Ohr an seinen Brustkorb und hielt ihn dabei so eng umschlungen, dass ihm ganz anders wurde.

Unbeholfen tätschelte er ihren Rücken, während Taras einzigartiger Duft seine Sinne benebelte. Ein eigenartiges Kribbeln überlief seinen Körper.

Es fühlte sich gut an, sie in seinen Armen zu halten.

Ha! Das war die Untertreibung des Jahres. Es kam ihm so vor, als wären sie füreinander gemacht.

»Ich wusste, dass du das Herz an der richtigen Stelle hast«, murmelte sie an seiner Brust, worauf er mit einer Gänsehaut reagierte. Auf die Sache mit dem Kostüm ging er lieber nicht ein, jetzt, wo sich ihre Stimmung merklich aufgehellt hatte.

Emery wusste nicht, was er stattdessen sagen sollte, deshalb räusperte er sich.

Tara hob ihren Blick und löste sich ein wenig von ihm, aber ließ ihn nicht los.

Der Ausdruck in ihren Augen berührte etwas in ihm, was lange unter einem Berg anderer Emotionen verborgen gewesen war. Das Atmen fiel ihm schwer, weil andere Sinne die Kontrolle übernahmen. Es war nicht nur Lust, die durch seine Adern pulsierte, es war viel mehr als das.

Er wollte sie küssen. Er wollte es so sehr.

Aber etwas hielt ihn zurück.

Doch seine Beherrschung war nicht ausreichend, um sie loszulassen. Sie hatten hier eine Grenze überschritten, die das Miteinander veränderte. Tara musste es auch fühlen, er sah es an dem Ausdruck in ihrem Gesicht. Sie befeuchtete sich die Lippen mit der Zunge und stieß einen winzigen Seufzer aus, der Emery beinahe um den Verstand brachte.

Das Knistern zwischen ihnen nahm Ausmaße an, die er sich nicht hatte vorstellen können. Sein Herz pochte so heftig, dass er das Blut in seinen Ohren rauschen hörte.

Er spürte, dass sie mit ihren Fingern zärtlich über seinen Rücken strich, während sie ihn mit ihrem glühenden Blick gefangen hielt. Wie lebendig ihre grünen Augen strahlten, voller Tiefe und Zuneigung. Ihr leises Lächeln war wie die Sonne, durchdrungen von Wärme und Hingabe.

Ihre Gegenwart verwandelte seine Eingeweide in heißen Sirup. Er konnte ihr nicht widerstehen, er würde es gar nicht erst versuchen, wenn sie ihren Mund nur einen Millimeter näher an seinen heranbewegte.

Ein schrilles Bimmeln durchschnitt die flirrende Spannung in der Küche, etwas in seiner Hosentasche vibrierte.

Sein Handy.

Verdammt noch mal.

Er wollte das Ding gegen die Wand schmeißen oder es wenigstens lautlos stellen. Aber es war zu spät. Der Moment war vorbei.

Tara hatte ihn losgelassen und war einen Schritt zurückgetreten. Sie sah genauso aus, wie er sich fühlte. Desorientiert. Von glühender Lust erfüllt.

Aber da war noch mehr.

Emery konnte nicht glauben, dass sie sich beinahe geküsst hätten. Es war nicht einseitig gewesen, im Gegenteil. Sie hatten aneinandergeklebt wie die Bienen am Honig – wobei hier nicht eindeutig geklärt war, wer welche Position einnahm.

Er sah, dass Tara sich abwandte und mit den Händen über ihre Haare strich, als ob sie ihre Frisur richten wollte. Ein Zeichen, dass auch sie um Fassung rang.

Das Klingeln hörte leider nicht auf, und er schaute genervt aufs Display.

Na wunderbar.

Seine Mutter hatte mal wieder ein großartiges Timing.

»Hi Mum«, antwortete er und fühlte sich wie ein Teenager, der in flagranti erwischt worden war. Der Vergleich hinkte nicht mal so sehr, wie er sollte ... Wenn sie nur eine Minute später angerufen hätte, wäre womöglich ein inniger Kuss unterbrochen worden.

Emery ärgerte sich.

Er bedauerte es, dass es nicht dazu gekommen war. Seit Tagen fragte er sich immer und immer wieder, wie ihre Lippen sich wohl unter seinen anfühlen würden. Ob das nun angebracht war oder nicht, spielte dabei längst keine Rolle mehr. Er war weit über diesen Punkt hinaus.

»Hallo, mein Schatz«, erwiderte seine Mum und brachte ihn damit auf den Boden der Realität zurück. »Ich habe so lange nichts von dir gehört, wie geht es dir denn?«

Emery rührte sich nicht, sondern betrachtete Tara, die sich

umdrehte und ihm ins Gesicht schaute. Kurz befürchtete er, Reue darin zu erkennen, aber das war glücklicherweise nicht der Fall. Unsicherheit, ja, aber auch etwas anderes, was sein Herz stolpern ließ.

In der nächsten Sekunde senkte sie die Lider und verließ die Küche.

»Es geht mir sehr gut«, antwortete er geistesabwesend und wünschte sich, Tara wäre nicht gegangen. »Viel zu tun, das weißt du ja.«

Taras hastiger Aufbruch hinterließ ein Gefühl der Leere in ihm. Der Impuls, ihr nachzulaufen, war groß, aber allmählich wurde sein Verstand wieder wach, und daher ließ er es sein. Emery setzte sich an den Küchentisch, seine Knie waren immer noch erstaunlich weich und wackelig. Dann versuchte er, sich auf das Gespräch mit seiner Mutter zu konzentrieren.

11

Heiliger Strohsack! Was war das denn gewesen? Tara wusste noch immer nicht, wo ihr der Kopf stand. Deshalb riss sie die Haustür auf und trat in die kühle Abendluft hinaus, wo sie ein paar Mal tief durchatmete. Während allmählich durch ihr Gehirn sickerte, was in der Küche beinahe geschehen wäre, fing sie an zu schwitzen – was bei den Temperaturen einem Wunder gleichkam.

Tara ging in die Hocke, fegte mit den Händen etwas Schnee zusammen und presste ihn gegen ihre Wangen. Die plötzliche Kälte tat gut und ließ sie scharf die Luft einziehen.

Was war nur in sie gefahren, sich derart unverschämt in seine Arme zu werfen?

O Mann – es hatte sich so gut angefühlt. *Er* hatte sich gut angefühlt.

Mehr als das.

Tara stieß ein wehmütiges Seufzen aus und kam wieder auf die Beine.

»Verdammte Axt«, fluchte sie und spürte, wie der Schnee zwischen ihren Fingern schmolz.

Leider war der Effekt nur kurzfristig gewesen, sie war nicht von der plötzlichen Sehnsucht nach Emery Swan geheilt.

Wie unpassend.

Das ging überhaupt nicht.

Sie trat hier alle Grundsätze ihres Lebens mit Füßen, indem sie sich dem Sohn einer Kundin an den Hals warf.

Das Schlimme war, dass er nicht abgeneigt gewesen war.

Die Untertreibung des Jahrhunderts!

Tara würde ihre linke Hand darauf verwetten, dass Emery sie ebenso begehrt hatte wie sie ihn.

Aber dem konnte sie nicht nachgeben. Auf gar keinen Fall.

Lust hin oder her.

Er war bestimmt ein fantastischer Liebhaber.

»O mein Gott«, stöhnte sie und hielt sich die Augen zu.

Das war leider genauso wenig hilfreich wie der Schnee auf den Wangen.

»Scheiße.«

Tara war drauf und dran, mit einer Luftmatratze auf der größten Katastrophenwelle ihres Lebens zu reiten. Nicht genug damit, dass sie Emery Swan bei nächster Gelegenheit die Kleider vom Leib reißen wollte. Sie war auch noch dabei, den alles entscheidenden Auftrag zu versauen, weil es kein Weihnachtsmenü geben würde.

Das Schlimmste, was an Weihnachten passieren konnte, war doch, dass man nichts zu essen hatte. Oder, dass man sich von jemandem das Herz brechen ließ, der es höchstens auf Sex abgesehen hatte.

Tara ließ Hände und Kopf sinken.

Der Gedanke war ernüchternd. Sehr sogar.

Bis eben hatte sie überhaupt nicht daran gedacht, dass es für sie um mehr gehen könnte als Sex.

Weil sie eine Meisterin darin war, das Wesentliche zu verdrängen.

Tara hatte ein Händchen dafür, sich die falschen Männer auszusuchen. Was die Aktion in der Küche eben wunderbar unter Beweis stellte.

Leider, und das war das Schlimmste, bereute sie keine Sekunde, die sie in seinen Armen verbracht hatte. Seine harten Muskeln, sein einzigartiger Duft, sein rasender Herzschlag. Es hatte sich einfach fantastisch angefühlt. Richtig. Das Einzige, was sie bedauerte, war, dass sein Telefon geklingelt hatte ...

»Hey, Tara, alles okay bei dir?«, riss sie jemand aus ihren Emery-Swan-Träumen.

Tara schluckte trocken, dann setzte sie ein Lächeln auf. »Logisch, in der Küche herrscht nur eine Affenhitze«, erklärte sie in Richtung Declan. Das war nicht einmal eine Lüge, aber die volle Bedeutung kannte zum Glück nur sie – und Emery.

Wie er wohl darüber dachte?

Nein, hör auf, mahnte sie sich. Das führt doch zu nichts. Zu nichts Gutem jedenfalls.

Diesen Pfad der Versuchung würde sie erst gar nicht mehr betreten. Tara bekreuzigte sich, obwohl sie sonst nicht wirklich gläubig war. In diesem Fall konnte sie aber jede Unterstützung gebrauchen, die geboten war.

Declan schaute Tara schräg an. »Bist du eine so schlechte Köchin, dass du für deine Gäste beten musst?«

Taras Mund klappte auf, dann begriff sie, dass er einen Witz gemacht hatte. Er konnte ja nicht wissen, dass er damit den Nagel ziemlich genau auf den Kopf getroffen hatte. »Ha, ha, nein«, log sie. Ihr Lachen klang viel zu hoch und künstlich.

Jetzt reiß dich endlich zusammen, ermahnte sie sich stumm. »Wie läuft es bei euch draußen?«

»Prima. Es fehlen ein paar Verlängerungskabel für den Außenbereich, die wollte ich eben noch besorgen.«

»Ach, danke! Du bist ein Schatz.«

Declan grinste breit. »Ich habe dann was gut bei dir.«

Oha. War das ein Flirtversuch?

Möglich.

Tara verschränkte die Arme vor der Brust und zwinkerte. »Auf jeden Fall, ich gebe dir morgen einen aus.«

Declan lachte, dann klemmte er sich hinters Steuer seines Lieferwagens. »Bis nachher, ich beeile mich.«

Sie winkte ihm zum Abschied, dann ging sie wieder ins Haus. Unsicher machte sie sich auf den Weg zur Küche. Aber Emery war nicht mehr hier.

Alle Aufregung umsonst.

In Taras Kopf drehte sich nach wie vor alles im Kreis. Sie fühlte sich zu Emery hingezogen, aber dem durfte sie nicht nachgeben. Die größte Überraschung war für sie jedoch, dass sie auch von seiner Seite deutliches Verlangen gespürt hatte. Das konnte sie sich nicht eingebildet haben.

Tara stützte sich mit den Händen auf die Arbeitsfläche und ließ den Kopf mit geschlossenen Augen sinken. Das tat sie nicht nur, um das Kochdesaster nicht mehr betrachten zu müssen, sondern auch, weil sie sowieso nur ein Bild vor Augen hatte.

Unglaublich. Tara gab sich einen Ruck und stürzte sich in die Arbeit – es gab genug zu tun. Zuerst einmal musste sie das Chaos beseitigen, und dann brauchte sie einen Notfallplan für ihr Weihnachtsmenü ... Heute war der Neunzehnte, sie hatte also noch genau fünf Tage Zeit, bis die Familie eintraf. Wenn dann am fünfundzwanzigsten nichts auf dem Tisch stand, würde ihr Traum von einem erfolgreichen Festessen zum Abschluss platzen.

Fünf Tage.

Wie sollte sie das nur schaffen? Sie konnte ja nicht einmal Kekse backen, ohne sie anbrennen zu lassen.

Tara war und blieb ein Mysterium für Emery. Entweder hatte sie magische Kräfte und konnte sich unsichtbar machen, oder sie versteckte sich vor ihm.

Er hatte nach der Situation in der Küche dringend mit ihr reden wollen, aber sie war wie vom Erdboden verschluckt. Und zu ihr unter den Dachboden wollte er nicht gehen. Was sollte er auch sagen?

Nein, das ging nicht.

Emery saß im Wohnzimmer, im Kamin brannte ein Feuer. Er drehte immer wieder das Glas in seinen Händen, ohne einen Schluck davon zu trinken. Gerade hatte er den Eindruck, dass ein klarer Kopf wichtiger war als die vermeintliche Entspannung, die ein Drink ihm verschaffen könnte.

Emery verzog das Gesicht. Die Art von Spannung, die ihm zu schaffen machte, konnte man mit einem Whisky sowieso nicht lösen. »Meine Güte, seit wann bist du eigentlich so bescheuert?«, schimpfte er sich selbst.

Verrückt wurde er auch noch, wenn er so weitermachte.

Selbstgespräche zu führen, war selten eine gute Idee.

Emery stellte das Glas zur Seite und lief auf und ab. Aber auch das brachte ihm keine sinnvollen Gedanken oder Lösungen für sein Problem.

Problem. Ha!

Als ob man Tara O'Leary so nennen könnte.

Gerade wollte er aufgeben und ins Bett gehen, als er ein Auto heranrollen hörte. Emery betrat sein Büro, knipste aber das Licht nicht an.

Er sah einen dunklen Geländewagen. Nach einigen Sekunden stieg Tara aus. Sie lachte und sagte etwas zum Fahrer, dann knallte sie die Tür zu und winkte, bis das Auto außer Sichtweite war.

Jemand hatte Tara nach Hause gebracht, in einem dunklen

Geländewagen, fasste Emery für sich zusammen, weil er überhaupt nicht begriff, was hier los war.

Was zur Hölle? Sie hatte ein Date gehabt?

Unfassbar.

Das hatte er ihr nicht zugetraut.

Es war eindeutig.

Tara hatte jemanden getroffen, ob für eine Verabredung oder was auch immer, spielte keine Rolle. Die Verabschiedung hatte vertraut gewirkt. Sehr vertraut.

Wie dämlich er gewesen war, zu glauben, dass sie dieses Prickeln auch gespürt haben könnte.

Offenbar nicht.

Wie hatte er sich so täuschen können?

Emery marschierte zu seinem Sessel zurück und ließ sich mit einem nicht definierbaren Gefühl in der Magengrube hineinsinken. Den Drink stürzte er in einem Zug hinunter, verzichtete aber darauf, einen weiteren zu trinken. Alkohol war keine Lösung. Eigentlich hatte er sich vorhin einen guten Tropfen eingeschenkt, weil er sich etwas gönnen wollte. Von Genuss war nun nicht mehr die Rede, es war ihm nicht einmal gelungen, den Frust mit dem rauchigen Single Malt wegzuspülen. Leider.

Nachdem er Tara beobachtet und begriffen hatte, was wirklich los war, war er nun doch erleichtert, dass er sie den ganzen Tag über nicht mehr zu fassen bekommen hatte. Da hätte er sich ziemlich blamieren können.

Unglaublich. Hatte die Frau nicht genug zu tun? Anscheinend nicht, wenn sogar noch Zeit für einen Liebhaber blieb.

Die Erkenntnis, dass das nagende Gefühl in seiner Magengrube Eifersucht sein könnte, traf Emery hart. Und völlig unvermittelt. »So ein Schwachsinn«, brummte er, weil er es selbst nicht glauben wollte.

»Oh, Emery, hallo«, sagte jemand hinter ihm.

Nicht jemand. Sie.

Auch das noch. Auf Taras Anwesenheit konnte er gerade herzlich gern verzichten.

Emery machte sich nicht die Mühe, hinter dem Stuhl hervorzuschauen. Er wollte sie nicht sehen. »N 'Abend«, erwiderte er kühl.

Komm nicht näher, dachte er, hörte aber bereits Schritte. Und schon tauchte Tara in seinem Sichtfeld auf. Konnte diese Frau einmal tun, was man von ihr wollte?

»So ein Kamin ist schon was Feines, nicht?«, meinte sie mit einem Lächeln auf den Lippen.

Sie stand etwa zweieinhalb Meter von ihm entfernt, ihre Wangen waren gerötet, die Frisur ein wenig zerzaust.

Er biss die Zähne aufeinander. Taras Teint war rosig, sie wirkte zufrieden und glücklich. Als ob sie gerade den besten Sex seit langer Zeit gehabt hätte.

Natürlich! Jetzt begriff er auch, warum sie vorhin so geheult hatte in der Küche. Es war Liebeskummer gewesen. Ein kleiner Streit, der nun mit körperlicher Versöhnung ausgeräumt worden war. Wow, die Gute hatte in ihrer kurzen Zeit hier in Cornwall wirklich nichts anbrennen lassen – außer die Kekse natürlich.

Ihm wurde übel. Emery presste eine Hand auf seinen Bauch, nicht, dass er ihr vor die Füße spuckte.

»War noch was?«, brummte er und wusste selbst, wie erbärmlich er klang. Gerade konnte er sich schlicht nicht helfen. Er fühlte sich verarscht, obwohl sie ihm nie etwas versprochen hatte.

Trotzdem.

Wie hatte er die Zeichen nur so falsch deuten können?

Es war unglaublich.

Zum ersten Mal seit langer Zeit war sein Interesse an einer Frau geweckt, und dann das?

Taras Lächeln erstarb. »Nein, es war nichts mehr.«

Er hörte, wie verschnupft sie auf einmal klang. Fast hätte er gelacht. »Dann gute Nacht, morgen wird sicher ein ereignisreicher Tag.«

O Mann. Er merkte selbst, wie gestelzt und arrogant sein Tonfall klang, aber besser bekam er es gerade nicht hin. Dafür war sein Ego zu angekratzt.

Es war kein Problem, dass Tara anscheinend an einem anderen Mann interessiert war. Er fühlte sich so beschissen, weil er sie missverstanden hatte. Er hatte gedacht, dass das Interesse beiderseitig war.

Wieder hatte er sich geirrt.

Emery wollte nicht an seine Ex denken und an das, was damals passiert war, aber der Vergleich war so schnell in seinem Kopf aufgetaucht, dass er es nicht hatte verhindern können. Virginia hatte ihn seinerzeit so lange glauben lassen, dass in ihrer Ehe alles in Ordnung war, bis sie eines Tages mit gepackten Koffern erklärt hatte, dass alles eine Lüge war, dass sie nicht ihn, sondern einen anderen liebte.

Emery war aus allen Wolken gefallen. Sie hatte ihn an einem einzigen Tag zerstört. Bis dahin hatte er geglaubt, ihre Träume wären die gleichen.

Nein, diesen Pfad der Lügen und Täuschung würde er nicht beschreiten. Nicht noch einmal.

Und Tara war nicht Virginia. Mit ihr hatte er keine innige, tiefe Verbindung. Tara war niemand für ihn. Er war einer Illusion erlegen, die sich glücklicherweise aufgelöst hatte, ehe er Gefühle investiert hatte.

Warum stand sie immer noch hier?

Emery wagte einen Blick in ihr Gesicht, und der tieftraurige Ausdruck, den er darauf erkannte, ließ ihn kurz zweifeln.

Aber bevor er schwach werden konnte, klammerte er sich an den Sessellehnen fest, bis die Knöchel seiner Finger weiß hervortraten. Er wollte nicht wieder auf eine Frau hereinfallen, die gut schauspielern konnte. Sie will nur Geld oder was auch immer, sagte das Stimmchen in seinem Kopf, und er glaubte es.

»Du kannst jetzt gehen«, sagte Emery dumpf und richtete seinen Blick aufs Feuer.

Eines musste man Tara lassen. Sie war keine Person, die einknickte. Er merkte, wie sie ihr Kinn nach vorn reckte, sich straffte und dann auf dem Absatz kehrtmachte. Sie wünschte ihm keine gute Nacht. Er war beinahe erleichtert darüber, weil er wusste, dass er sowieso kein Auge zutun würde – und auch keine guten Wünsche verdient hatte.

12

Tara stand am nächsten Morgen in der Küche und war gerade bei den letzten Vorbereitungen für das große Fest. Sie ließ Internetradio über ihr Handy laufen und hörte den Wetterbericht.

»...für die Feiertage müssen wir uns in diesem Jahr warm anziehen ...«

Wie gut, dass sie als Geschenk für die gesamte Familie Swan Weihnachtspullover besorgt hatte – ihr Abschiedsgeschenk, das sie erst auspacken würden, wenn sie längst fort war. Ihr Flug ging am vierundzwanzigsten abends, die Geschenke würden sie erst am nächsten Morgen öffnen. Bis vor wenigen Stunden hatte sie der Gedanke noch traurig gestimmt. Jetzt war sie froh, dass sie dann nicht mehr da sein würde, um Emery in seinem gestrickten roten Pulli mit dem niedlichen Rentier zu sehen. Er war wirklich ein Scheusal.

Wie konnte jemand in einer Minute so zärtlich und dann wieder so eiskalt sein? Sie begriff es nicht.

Die einzig mögliche Erklärung dafür war, dass er unter einer ernsthaften Persönlichkeitsstörung litt.

Egal, sagte Tara sich, während sie weiter dem Wetterbericht lauschte. Vielleicht musste sie ihm eher dankbar sein. Durch sein schäbiges Verhalten fiel es ihr deutlich leichter, in Kürze abzureisen. Ihre Arbeit hier war dann getan. »Morgen rechnen wir mit Blitzeis, eine Warmfront zieht über ganz Großbritannien, die Regen mit sich bringt, wenn die auf den gefrorenen Boden trifft, gefriert alles in Sekundenschnelle zu einer spiegelglatten Fläche ...«, erklang die Stimme des Nachrichtensprechers erneut.

»Auch das noch«, stieß Tara hervor und schaltete ab. Von Hiobsbotschaften hatte sie gerade wirklich genug. Nun, so ganz stimmte das nicht – richtig schlechte Nachrichten hatte sie keine bekommen, sie kam nur mit Emerys Gefühlsschwankungen nicht klar. Das war im Grunde ja etwas völlig anderes, trotzdem wollte Tara gerade jetzt alles weitere Negative aus ihrem Leben fernhalten, und sei es nur die Info über schlechtes Wetter.

Als Tara gestern Abend zurückgekommen war, war er wie ausgewechselt gewesen. Kurz hatte Tara geglaubt, dass er sie veralbern wollte. Aber sein grimmiger Ausdruck war geblieben. Er hatte keine Witze gemacht.

In der Nacht und auch heute hatte sie sich immer wieder gefragt, ob sie sich das heftige Prickeln und sinnliche Knistern in der Küche eingebildet hatte. Dabei war sie nur zu einem Ergebnis gekommen: anscheinend ja.

Auch wenn es schwerfiel, sie musste sich damit abfinden. Tara seufzte und widmete sich wieder dem Apfelpunsch, den sie in zwei riesengroßen Töpfen erwärmte. Eine Variante mit Alkohol und eine ohne. Wenigstens etwas, was sie hinbekam.

Wobei, so konnte man es nicht sagen. Was ihre Fähigkeiten in der Küche anging, hatte sie dank Kellys Bruder gestern große Fortschritte gemacht. Nachdem sie den ganzen Nachmittag und Abend mit Brady verbracht hatte, war sie, was das Weihnachtsessen betraf, deutlich zuversichtlicher. Brady war ihre Rettung – seine Nachhilfestunde in Sachen Kochen war Gold wert gewesen. Jetzt wusste sie, wie sie dem Truthahn zu Leibe rücken konnte und die Pastete fest bekam. Sie hatte sich alles notiert, und damit waren schon mal zwei Gerichte gesichert. Den Rest, wie die Beilagen, bekam sie dann auch ohne ihn hin. Hoffentlich.

Morgen, sagte Tara sich, würde sie das komplette Menü in Angriff nehmen und mit dem Vorkochen beginnen. Doch heute musste sie erst einmal die Feier überstehen. Schritt für Schritt.

Sie rührte weiter mit dem Holzlöffel im Topf. Leugnen konnte sie nicht, dass sie höllisch nervös war. Sie konnte nicht einschätzen, wie das Fest wohl laufen würde. In einer ihrer Wahnvorstellungen riss Emery den Punsch vom Tisch und schickte alle Gäste nach Hause, weil ihm mal wieder irgendeine Laus über die Leber gelaufen war. In einer anderen Version, die sie sich viel lieber vorstellte, hatte er Spaß und unterhielt sich vielleicht sogar angeregt mit ein paar Dörflern.

Beides lag im Bereich des Möglichen – das war ja das, was sie um den Verstand brachte. So oder so, sie musste da irgendwie durch. Schließlich war es ihre Idee gewesen. Tara genehmigte sich ein Schlückchen, nur um zu kosten, ob der Punsch schon warm war und ob er auch wirklich so gut schmeckte, wie er roch.

Das tat er.

Aber vielleicht war noch nicht genug Calvados drin. Sie schraubte den Deckel der Flasche ab und gab einen guten Schuss hinein. Dann kostete sie erneut. »Ja, so ist es besser«, erklärte sie zufrieden und drehte das Gas herunter.

Zu mehr kam sie nicht, denn sie sah die ersten Gäste eintreffen. Declan und Greg waren bereits im Garten und brachten alles zum Laufen – Popcorn, Grill und Gespräche. Es war kurz nach vier und schon fast dunkel, die Beleuchtung sah zauberhaft aus. Tara war froh, dass sie die Schneemaschine besorgt hatte, denn natürlich – obwohl es in den letzten Tagen ständig geschneit hatte – kam heute keine Flocke vom Himmel. Nun, das würde sich bald ändern!

Tara lächelte in sich hinein, zog sich Mantel und Mütze über und ging durch das Wohnzimmer in den Garten, um die ersten Dorfbewohner zu begrüßen. Tara drehte eine Runde, umarmte alle herzlich und wechselte mit jedem ein paar Worte. Barb brachte sogar noch Pastys mit, die sie auf einem Tablett sehr hübsch und weihnachtlich angerichtet hatte. Declan legte bereits die ersten Würstchen auf den Grill, als auch Emery aus dem Haus trat.

Seine Miene glich einem Gewitter.

O weia. In Tara zog sich alles zusammen.

Also stand ihnen doch die Variante bevor, in der er das Fest abblies und alle Leute rausschmiss.

Sie hielt den Atem an. Als Emery ihr sein Gesicht zudrehte und sich ihre Blicke trafen, vollführte ihr Magen einen Purzelbaum. Für einen Sekundenbruchteil wurde seine Miene weicher. Taras Herz hüpfte, sie wusste nicht, was sie sagen oder tun sollte.

Ein surrendes Geräusch lenkte sie ab, dann schneite es plötzlich vom Dach.

Ein paar Leute riefen »Ah« und »Oh« und freuten sich über die künstlichen Schneeflocken.

Jackson, der Elektriker, schleppte eine Feuerschale um die Ecke, ein Freund von ihm kam mit einer Schubkarre und Holzscheiten hinterher.

»Wie ich sehe, habt ihr für alles gesorgt«, hörte Tara Emery sagen.

Diese Stimme.

Sie bekam eine Gänsehaut.

Sie könnte ihm ewig lauschen.

Hach.

O nein!

Hoffentlich hatte sie eben nicht geseufzt? Tara schaute sich um, aber niemand schien etwas bemerkt zu haben. Ein Glück. Sie machte sich eine geistige Notiz, dass sie Emerys Nähe an diesem Abend um jeden Preis vermeiden musste – Alkohol floss sicher reichlich, es war Spaß und lockere Stimmung angesagt. Sie wollte nicht Gefahr laufen, Dummheiten zu begehen. Um jeden Preis, wiederholte sie daher erneut stumm und konnte den Blick doch nicht von ihm abwenden.

Emery trat in die Mitte der Terrasse, er trug einen dicken Wollpullover mit Rollkragen zu einer dunklen Hose und schwarzen Boots. An ihm sah wirklich alles gut aus. Eine Jacke oder Mütze hielt er offenbar nicht für notwendig, obwohl es klirrend kalt war. Sein Atem hinterließ kleine weiße Wölkchen in der Luft.

Plötzlich lächelte er.

Halleluja!

Hatten eben die Engel gesungen?

Taras Herz klopfte schneller.

»Es freut mich, dass so viele von euch gekommen sind«, hörte sie ihn sagen, und endlich fing sie wieder an zu atmen. Sie hatte die Luft bis eben angehalten, die Spannung war förmlich greifbar. Nicht nur für sie.

Erleichterung durchflutete sie, als sie begriff, was er eben von sich gegeben hatte. Etwas Freundliches. Emery hatte das Fest nicht beendet, ehe es angefangen hatte. Allein dafür könnte sie ihn küssen.

Äh, nein. Natürlich nicht. Im übertragenen Sinne nur. Vielleicht glaubte sie es ja selbst, wenn sie es sich oft genug vorsagte.

»...aber bitte, bedankt euch nicht bei mir, sondern bei der lieben Tara«, fuhr Emery fort, und Taras Mund klappte auf.

Was war mit ihm los? Hatte er Drogen genommen? Oder vielleicht war sie ja doch bewusstlos zusammengebrochen und träumte, dass er sie hier vor allen lobte? Das passte mal wieder nicht zusammen.

Tara schaffte es – das hoffte sie zumindest –, ihre Fassung zu bewahren, und lächelte tapfer, obwohl sie sich unwohl fühlte, im

Rampenlicht zu stehen. Natürlich war die Feier ihre Leistung, aber dass das so betont wurde, bereitete ihr nicht direkt Unbehagen, aber es war für ihren Geschmack doch ein Quäntchen zu viel Aufmerksamkeit. Tara blieb lieber im Hintergrund, wie sie jetzt wieder einmal feststellen musste. Erwartete er, dass sie etwas sagte? Tara wusste nicht, was, also schwieg sie und starrte Emery an.

Und tatsächlich fuhr er fort.

O Mann, er sah so gut aus.

Nicht nur das, er hatte diese gewisse Ausstrahlung, die alle beinahe schon ehrfürchtig zu ihm aufblicken ließen. Er war ein richtiger Mann, durch und durch, ohne dass er es nötig hatte, Holzstämme durch die Gegend zu werfen. Emery bestach durch Köpfchen, aber auch durch sein Aussehen.

Verdammt. Es war eine gefährliche Mischung. Tara hielt ihre Hände vor dem Bauch verschränkt, weil sie nicht wusste, was sie sonst damit tun sollte, während sie Emerys kleiner Rede weiter lauschte.

»Ich finde es ganz fantastisch, was Tara mit euer aller Hilfe auf die Beine gestellt hat, und wünsche uns einen schönen Abend! Danke, dass ihr so zahlreich erschienen seid, das bedeutet mir viel – und Tara auch. Gibt es auch etwas zum Anstoßen?«, fragte er und schaute in die Runde. Der Anflug eines Grinsens umspielte seine Mundwinkel.

Ach du grüne Neune.

Er war noch viel anziehender, wenn er freundlich dreinblickte. Was war in ihn gefahren? Wieso war er plötzlich so ... fröhlich?

Tara hatte keine Erklärung, aber sie spürte, dass die Blicke der anderen gerade auf ihr ruhten. Ach ja, Punsch, das war ihr Stichwort. Wenn es rein ums Organisatorische ging, hatte sie kein Problem damit, vor anderen zu reden: »Hallo Leute«, fing sie an und räusperte sich. »Es gibt natürlich Punsch, zwei Sorten sogar:

einmal mit Calvados und einmal ohne. Die zwei Pötte hole ich sofort. Aber wir haben natürlich auch Bier. Dank der lieben Kelly, die es uns geliefert hat. Wo ist sie überhaupt?« Tara schaute sich um und entdeckte die Wirtin neben der Feuerschale. Sie hob ihre Hand und winkte lächelnd. »Ach da, also, dank unserer wundervollen Kelly haben wir das beste Ale der Küste. Die Würstchen brutzeln auf dem Grill, das Popcorn ist sicher auch bald so weit. Danke, dass ihr alle hier seid. Ich wünsche euch einen großartigen Abend!«

Tara merkte, wie heiß ihre Wangen geworden waren. Sie war keine große Rednerin und hatte bestimmt die Hälfte von dem vergessen, was sie hatte sagen wollen. »Bin gleich mit dem Punsch wieder da«, murmelte sie verlegen und huschte ins Haus, um die Töpfe zu holen.

EINES MUSSTE MAN TARA LASSEN, die Frau wusste, wie man Feiern organisierte. Obwohl Emery es nie für möglich gehalten hätte, kam sogar bei ihm so etwas wie Weihnachtsstimmung auf. Er stand mit einer Tasse Punsch neben der Hütte und lauschte dem Chor, der gerade »Stille Nacht« zum Besten gab.

Die Wirtin des Mousehole Inn trat an seine Seite. »Und, wie gefällt Ihnen Ihre eigene Party?«, hörte er sie fragen.

Die Frau war sympathisch, ohne aufdringlich zu sein. Er war in der letzten Zeit oft genug zum Essen bei ihr gewesen, dass er guten Gewissens sagen konnte, dass Kelly so etwas wie ein vertrautes Gesicht für ihn geworden war. Das war es dann aber auch schon. Zwischen ihnen gab es keinen Funken, auch nicht von ihrer Seite. Kelly war freundlich, und man konnte mit ihr reden, aber auf einer Ebene, die man nur als platonisch beschreiben konnte. Es war angenehm, mit ihr zu plaudern. »Es ist erstaunlich ... festlich«, gab er zu und trank noch einen Schluck.

Kelly schenkte ihm ein wissendes Lächeln. »Verstehe. So was in der Art habe ich mir schon gedacht, Mr Swan.«

»Ach, ja? Wieso?« Okay, blöde Frage. Kelly dürfte von allen am besten wissen, dass er das Gegenteil eines Partylöwen war. Er ließ sich nie, aber auch wirklich nie im Pub blicken, wenn etwas los war. »Und bitte, nenn mich Emery.«

Kelly wirkte für einen Moment überrascht, dann nickte sie. »Gern, Emery.«

»Also verrätst du mir, was du eben meintest?«

Kelly trank einen Schluck und umfasste die Punschtasse danach wieder mit beiden Händen. »Als Tara gestern völlig aufgelöst zu mir kam, hat sie ein bisschen was erzählt. Es ist stressig, so ein Event oder eigentlich gleich zwei zu planen.«

Emery horchte auf. Sie war zu ihr gekommen? Darüber wollte er mehr erfahren. Der Chor machte gerade eine Pause, und Emery erhaschte einen Blick auf Tara, die jedes einzelne Mitglied herzlich umarmte und ein paar warme Worte fand. »Davon verstehe ich nichts.«

Kelly trat näher, um ihm etwas zuzuflüstern. »Und dafür versteht Tara nichts vom Kochen. Aber psst, sag ihr nicht, dass ich es dir verraten habe. Ich erwähne es auch nur, weil ich hoffe, dass mein Bruder ihr helfen konnte.«

Bruder, so, so. Wer war der Kerl? Emery guckte sich um, aber es waren so viele Menschen hier, es könnte beinahe jeder sein. »Das musst du mir genauer erklären.«

Kelly zuckte die Schultern. »Brady hilft mir in der Küche aus. Als er von ihrem Dilemma gehört hat, hat er Hilfe angeboten. Brady hat Tara gestern einen Crash-Kurs erteilt.«

Emery hob eine Braue, während er begriff, was sie ihm damit sagen wollte. »Diese Frau ist unglaublich. Sie hat einen Auftrag, der beinhaltet, das Menü zu kochen, obwohl sie gar nicht weiß, wie sie das hinkriegen soll.«

Warum verriet Kelly ihm Taras Geheimnis? Emery versuchte, weder wütend zu werden noch in Lachen auszubrechen. Tara war wirklich eine wie keine.

»Bitte sag ihr nicht, dass ich gepetzt habe. Sie gibt ihr Bestes, und, na ja, ich habe sie in mein Herz geschlossen. Ich möchte nur nicht, dass du glaubst, sie hängt bei mir im Pub ab, anstatt zu arbeiten.«

Aha, daher wehte der Wind. Endlich verstand er, warum sie ihm davon erzählte. Außerdem begriff er noch etwas: Er wollte nicht, dass dieser Brady sich um Taras Kochkünste kümmerte. »Wo ist denn dein Bruder?«

Kelly zeigte auf einen dunkelblonden Typen, der ebenso gut einem Surfer-Film entsprungen sein könnte. Er unterhielt sich mit Barb vom Café und lachte gerade herzhaft über einen Scherz, den sie gemacht hatte. Der Kerl war attraktiv. Stand Tara auf Sonnyboys? Der Gedanke gefiel Emery nicht. »Das ist er, eigentlich nur auf der Durchreise, aber so lange ich keinen anderen Koch habe, muss er bleiben.« Sie grinste, und Emery merkte, dass Kelly leicht beschwipst war. Ein Lächeln und etwas mehr Leichtigkeit standen ihr gut, sie wirkte sonst oft sehr ernst. Vermutlich mochte er sie deshalb so gern. Emery begriff, dass sie auch von jemandem enttäuscht worden sein musste, aber er wollte nicht nachfragen. Wenn sie hätte reden wollen, hätte sie ja zu einer seiner mittlerweile legendären Therapiestunden kommen können.

»Ist nicht leicht mit dem Personal«, murmelte Emery abwesend und suchte Tara mit seinem Blick.

Sie lachte und unterhielt sich prächtig. Gerade wehten ein paar Wortfetzen zu ihm herüber. »Ich bin Irin, ich bin mit Alkohol im Blut geboren!«

Kelly grinste. »Das sagt sie jetzt, ich bin mir sicher, morgen sieht sie das anders. Sei nicht so streng mit ihr.«

Emerys Kopf schnellte herum. Hatte Tara mit Kelly über ihn gesprochen? »Streng?«

Sie antwortete mit einem wissenden Lächeln. »Tara ist sehr gewissenhaft, du hättest sie gestern sehen sollen. Sie hat sich – und meinem Bruder – keine Minute Ruhe gegönnt, bis sie kapiert hatte, worauf es ankommt. Sie reißt sich ein Bein für dieses Weihnachtsfest aus.«

Emery überlegte, wie er diesen Bruder von ihr fernhalten konnte. Da blieb nur eine Möglichkeit, er musste Tara selbst beim Kochen helfen, und nicht dieser Brady.

Vielleicht lag es am Punsch, vielleicht an etwas anderem, aber diese verdammte Eifersucht war da.

»Mein Bruder ist ein Schwerenöter«, erklärte Kelly. »Aber keine Sorge, er hält Tara nicht von der Arbeit ab.«

»Wieso nicht?«

»Erstens habe ich ihm verboten, sich an sie ranzumachen. Und zweitens habe ich Tara vor ihm gewarnt. Brady bricht die Herzen der Frauen schneller, als er ihre Namen lernt.«

»Ui, das ist aber ... interessant«.

Kelly zuckte die Schultern. »Ich liebe ihn, aber was Frauen betrifft, hat er echt eine Macke.«

»Tja ... was soll ich sagen?« Er lachte. »Von solchen Macken lebe ich.«

Jap. Er hatte wohl auch einen zu viel getrunken, wenn er schon anfing, solche Witze zu machen. Normalerweise passte Emery auf, dass er bei Sinnen blieb. Gerade hatte er aber einfach keine Lust mehr, immer überkorrekt zu sein. Nur für einen Abend wollte er einfach mal das Leben genießen, und wenn das hieß, dass er mit einer netten Frau ein paar Witze machte, dann war es okay für ihn.

~

Das Fest mit der Punschbude im Garten, Weihnachtsliedern vom örtlichen Chor und gegrillten Würstchen war ein voller Erfolg. Es hatte irgendwann doch noch angefangen, richtig zu schneien, es herrschte die perfekte Weihnachtsidylle.

Fast.

Emery stand allein am Rande der Feier und beobachtete das Treiben mit einem Schmunzeln. Viele der Leute hatten sich schon verabschiedet. Im Garten plauderte nur mehr der harte Kern miteinander. Nachdem das Bier und der Punsch alle gewesen waren, hatte jemand Gin und Whisky hervorgezaubert. Damit hielt sich Emery zurück, er klammerte sich immer noch an einer Tasse fest – die mittlerweile leer war. Er hatte auch nicht das Bedürfnis, etwas nachzufüllen. Im Gegenteil. Allmählich machte sich eine gewisse Bettschwere in ihm breit, aber er wollte nicht einfach gehen.

Tara war, im Gegensatz zu ihm, sturzbetrunken. Sie stand ein paar Meter weiter und erklärte zum gefühlt tausendsten Mal jedem, der es hören wollte: »Wir Iren vertragen superviel.«

Da hatte sie sich wohl getäuscht, denn Tara konnte kaum auf zwei Beinen stehen. Immer wieder schwankte sie bedenklich.

Tara war sogar süß, wenn sie sternhagelvoll war. Das unerklärliche Ziehen in seiner Magengrube ging Emery mittlerweile ganz schön auf den Keks.

Tara hatte nicht ein Wort mit ihm gewechselt an diesem Abend. Nicht eins!

Brady stellte sich neben ihn und schwieg. Kelly hatte ihm ihren Bruder vorhin vorgestellt, und Emery hatte nach einem kurzen Gespräch zugeben müssen, dass der Kerl in Ordnung zu sein schien. Das hatte er allerdings erst eingesehen, als Brady ihm von seiner neusten Flamme, einer Ballerina aus dem Nachbarort erzählt hatte, die ihn später abholen wollte, um eine heiße

Nacht mit Brady zu verbringen. Trotzdem würde Emery auf Nummer sicher gehen und Tara lieber selbst beim Weihnachtsmenü helfen. Um ehrlich zu sein, er hatte sogar richtig Lust darauf, endlich mal wieder in der Küche zu stehen. Früher hatte er gern gekocht. Seitdem war eine Menge passiert.

»Wo ist deine Ballerina denn nun?«, erkundigte Emery sich und fand es schön, dass er mit den meisten Leuten im Dorf – auch wenn er sie erst kurz kannte – mit einer gewissen Vertrautheit umgehen konnte, die für ihn nicht selbstverständlich war.

Brady lachte. »Auf dem Weg. Ich wollte mich nur verabschieden und bedanken, war ein tolles Fest.«

»Gern, bedanke dich lieber bei Tara«, erwiderte Emery.

»Ich bezweifle, dass sie sich daran morgen noch erinnern wird. Ich schätze, jemand muss sie ins Bett bringen.«

Du meinst doch nicht etwa mich?, wollte er sagen, hielt es aber gerade noch zurück.

Brady klopfte ihm auf die Schulter und nickte ihm zu. »Also, danke noch mal, und vielleicht trifft man sich ja mal wieder.«

Nachdem Brady gegangen war, sah Emery, wie Tara schwankte und sich kurz den Bauch hielt.

Oh, oh. Es ging schon los.

Emery wollte ihr die Peinlichkeit ersparen, sich vor allen übergeben zu müssen, und schritt ein. »Wenn ihr uns einen Moment entschuldigen würdet?«

Er schob Taras Arm unter seinen und hakte sie bei sich ein. Tara guckte zu ihm auf. Ihr Blick war glasig. Als sie ihn erkannte, lächelte sie selig. »Eeemmry«, lallte sie. »Da bist du ja.«

Emery schenkte den anderen ein entschuldigendes Lächeln. »Wir sind gleich wieder zurück.« Als er Tara ins Haus führte, sagte sie zunächst nichts, fing dann aber an zu protestieren.

»He, Moment mal, was soll das werden?«

»Na, was wohl? Ich bringe dich ins Bett.«

»Oh, wow, ins Bett mit dir zu gehen. Davon habe ich geträumt«, erwiderte sie und stolperte.

Gut, dass er sie auffangen konnte.

Obwohl es gemein war, hakte er nach. »Was hast du denn genau geträumt?«

Sie erreichten die Treppe, und er ahnte, dass es nicht ganz leicht werden würde, mit ihr bis ganz nach oben zu kommen. Kurz blieb er stehen. Tara legte sich einen Finger an die Lippen und lehnte sich gegen das Geländer. Emery stand vor ihr, er hielt sie fest. »Ich hab geträumt, dass wir knutschen, aber du bist ja immer so schlecht gelaunt ...«

Hmpf. Ja, ein Punkt für sie. Taras Beine knickten weg, und er musste sie noch einmal auffangen. »Okay kleine Lady, Zeit fürs Bett.«

»Ich bin nicht klein. Ich bin Irin, und uns liegt das Trinken im Blut.«

»Ja«, meinte er amüsiert. »Das sehe ich.«

Weil es keinen Zweck hatte, mit ihr zu Fuß gehen zu wollen, hob er sie kurzerhand in seine Arme und stapfte mit ihr in den ersten Stock. Er brachte sie nicht in sein Zimmer, aber in das nebenan – so konnte er hören, falls etwas sein sollte.

»Huch, wo bin ich?«, stieß sie hervor, als er sie sanft auf den Rücken ablegte. »Im Himmel? Es ist soooo schööön. Soooo weich.«

Kurz betrachtete er sie und fragte sich, ob er irgendwelche Sicherheitsvorkehrungen für sie treffen musste. Ein Eimer wäre keine schlechte Idee ... Den würde er gleich holen.

Er war schon halb aus dem Zimmer, als sie rief: »Geh nicht ...«

Emery hielt inne und drehte sich zu ihr. Sie hatte ihren Arm nach ihm ausgestreckt. »Bitte, bleib kurz bei mir«, murmelte sie auf einmal schläfrig.

Na gut, sagte er sich und setze sich zu ihr auf die Bettkante.

Tara hatte ihre Augen geschlossen. Er betrachtete ihre entspannten Züge, die kleine, gerade Nase und die langen, dunklen Wimpern.

Die Sehnsucht, sie zu berühren, wuchs mit jedem Atemzug.

Emery hob seine Hand und ließ sie wieder sinken. Er konnte es nicht tun, das wäre absolut falsch. Dann öffnete sie ihre Augen – er hatte gedacht, sie wäre bereits eingeschlafen – und ihre Blicke verhakten sich ineinander. Für einen Moment sehnte sich Emery danach, ihre weiche Haut noch einmal spüren zu dürfen. Er wünschte, dass ihr verschleierter Blick mit seiner Gegenwart und nicht mit ihrem übertriebenen Glühweinkonsum zu tun hätte. Aber das konnte nicht sein, denn sie hatte ihn heute den ganzen Tag überhaupt nicht beachtet. Er hatte ihren Kommentar eben nicht vergessen. »Wovon träumst du?«, flüsterte er, aber sie hatte die Lider bereits wieder geschlossen.

Mit einem Seufzen stand er auf, holte einen Eimer und ließ sie dann mit einem Glas Wasser und Aspirin auf dem Nachttisch allein. Er musste sich um die Gäste kümmern – und hier hatte er auch rein gar nichts mehr zu suchen.

13

Tara fühlte sich schrecklich, als sie am nächsten Morgen nach unten kam. Wobei man von Morgen nicht mehr wirklich sprechen konnte. Sie hatte bis ein Uhr geschlafen, und ihr war immer noch übel.

»O Gott«, stöhnte sie und hielt sich eine Hand an die Stirn, während sie sich mit der anderen am Geländer festklammerte. Wie war sie überhaupt in das Zimmer neben Emerys gekommen? Sie hatte einen Filmriss, und das war ihr richtig peinlich. Gleichzeitig fürchtete sie sich davor, was sie womöglich alles getan oder ausgeplaudert hatte.

Nein, sie würde sich doch erinnern, wenn sie sich Emery aus Versehen an den Hals geworfen hätte?

Ha, ha! Aus Versehen! Als ob!

Tara schloss kurz die Augen und atmete tief durch. Dann fasste sie all ihren Mut zusammen und setzte ihren Weg nach unten fort. Die Sonne schien, der Himmel war blau, das hatte sie zwar schon vorher bemerkt, aber erst jetzt nahm sie es richtig wahr, während sie die Küche betrat. Staubkörnchen funkelten im Licht. Es sah unerwartet aufgeräumt aus.

»Huch!«, entfuhr es ihr, als sie Emery am Küchentisch entdeckte. Er hatte einen Block und verschiedene Papiere vor sich liegen, daneben stand ein großer Pott mit Kaffee, das nahm sie jedenfalls an.

»Oh, Tara, hallo!«, erwiderte er. Seine Mimik verriet nicht, was er dachte, aber zumindest schaute er nicht grimmig oder böse. »Wie geht es dir?«

Sie verzog ihre Lippen und überlegte, wie sie es formulieren sollte, während sie sich gleichzeitig fragte, was gestern Abend wirklich alles passiert war. Hoffentlich hatte sie sich nicht danebenbenommen.

Bild- und Wortfetzen tauchten vor ihrem inneren Auge auf. *Ich kann so viel vertragen, ich bin Irin*, hatte sie so oder so ähnlich an die tausendmal jedem und allen erzählt, auch denen, die es nicht hören wollten.

Hitze flammte in ihren Wangen auf. »Es ging mir schon mal besser«, gab sie zu und schaute Emery stumm an.

Er lachte nicht, aber sie sah seine Mundwinkel zucken. Dann stand er auf, was Tara so sehr überraschte, dass sie einen Schritt rückwärts machte.

»Ich koche dir erst einmal einen Tee, um deinen Magen zu beruhigen«, erklärte er, und Taras Mund klappte auf.

Er wollte ihr Tee zubereiten? Wieso?

Was war mit dem grummeligen Emery passiert?

Sie hatte es schon vorher bemerkt, dass er sich allmählich öffnete und nicht mehr rund um die Uhr schlecht gelaunt war, aber das hier war der Gipfel der Freundlichkeit.

Das könnte bedeuten, dass sie sich gestern nicht komplett lächerlich gemacht hatte. Oder?

»Tee?«, wiederholte sie daher nur und hielt sich an der Stuhllehne fest. Ihre Knie fühlten sich ganz schön wackelig an.

»Setz dich«, forderte er sie auf, ohne sie dabei anzusehen. Er selbst schob seine Unterlagen zusammen und legte sie beiseite.

Mit geübten Handgriffen befüllte er den Wasserkessel, setzte ihn auf und stellte die Gasflamme an. »Earl Grey ist in Ordnung für dich?«

»J-ja?«

Jetzt wandte er sich ihr zu. »Ist das eine Frage?« Seine Augen funkelten belustigt.

Tara wurde ein wenig misstrauisch. »Okay, Emery, schieß los! Was habe ich gestern Peinliches getan?« Sie schaute ihn an und wusste auch ohne Spiegel, dass ihr Gesicht knallrot angelaufen war. Die Verlockung, sich mit ihren Händen Luft zuzufächeln, war riesengroß, aber sie ließ es sein und blieb stocksteif sitzen.

Er kramte eine Tasse aus dem Schrank, befüllte einen Filter mit losem Tee und hängte ihn dann in ein Kännchen. »Gar nichts«, war alles, was er erwiderte.

»Gar nichts? Das kann nicht sein«, widersprach sie.

»Wieso, was denkst du denn? Keine Sorge, du hast nicht vor allen gestrippt und dazu Jingle Bells gesungen.«

»Sehr witzig, Emery. Wirklich«, motzte Tara, aber sie musste bei der Vorstellung selbst schmunzeln.

Das Pfeifen des Kessels ertönte, und Emery goss Wasser in ihre Tasse, dann stellte er sie, zusammen mit einer Keksdose, vor Taras Nase. »Bediene dich«, kommentierte er leidenschaftslos, aber auf eine seltsame Weise freundlich.

Es waren auf jeden Fall neue Töne, die Emery anschlug, so viel konnte Tara sagen, auch wenn sie sie noch nicht ganz einordnen konnte.

»Na schön, ich ahne, dass ich aus dir nicht so viel herausbekomme«, murmelte sie, noch immer verlegen. »Deshalb frage ich vielleicht lieber nicht, wie ich in das Gästezimmer gekommen bin. Ich werde mich natürlich darum kümmern, dass die Bettwäsche gewaschen und alles für deine Familie wieder in Ordnung gebracht wird.«

Puh. Sie schwitzte schon wieder.

Vielleicht wäre das jetzt der Moment, an dem sie sich das übliche »Nie wieder Alkohol« schwören sollte, aber sie wusste, dass sie gar keinen Rausch brauchte, um sich zu blamieren. Das bekam sie normalerweise auch komplett nüchtern hin.

Letztlich war sie einfach froh, dass Emery nicht sauer war und sich sogar recht freundlich mit ihr unterhielt. Tatsächlich war es das erste Mal, dass er nicht Reißaus nahm oder komisch auf sie reagierte. Womöglich hatte sie gestern doch etwas gesagt oder getan, was dazu beigetragen hatte, ihr Verhältnis zu verbessern?

Verdammt. Wenn sie es nur wüsste!

Dunkel erinnerte sie sich daran, dass sie nicht alleine in dieses Bett gekommen war.

Tara schnappte quietschend nach Luft. Dann riss sie die Augen auf und starrte Emery an, der gerade genüsslich von seinem Kaffee nippte. Auch fiel ihr auf, dass er ihre letzte Aussage noch gar nicht kommentiert hatte.

»Du hast mich ins Bett gebracht?«, platzte es aus ihr hervor.

Emery setzte die Tasse ab und nickte. Ihre Blicke trafen sich, und Taras Atem stockte.

Es lag so viel Wärme in seinen Augen, dass ihr ganz schwummerig wurde. Was war das denn? Sie sah auch einen Funken Spott darin aufblitzen.

Also hatte sie doch etwas von sich gegeben oder getan, was seinen Stimmungsumschwung verursacht hatte.

Oje. Sie hatte ihm doch hoffentlich nicht gesagt, dass sie ihn unerlaubt heiß fand?

Tara studierte sein Gesicht und musste zugeben, dass es wenigstens nicht gelogen gewesen wäre. Er sah fantastisch aus. Heute trug er einen wollweißen Pulli mit Rollkragen zu einer dunklen Jeans. Seine Haare waren ein wenig zerzaust, und er hatte sich zur Abwechslung nicht rasiert. Hatte er vielleicht auch einen kleinen Kater?

»D-die Party war also gut?«, versuchte sie das Thema zu wechseln.

»Ich glaube, dass alle glücklich und zufrieden waren«, gab er mit einem kryptischen Lächeln zurück.

O Mann. Diese Lippen!

Sie riss sich von diesem sinnlichen Anblick los und schaute ihm wieder in die Augen. »Okay, na, das ist doch wunderbar. Ziel erfüllt. Ich werde gleich mit dem Aufräumen anfangen.«

Tara sprang auf. Ihr war ganz klar, dass sie hektisch und nervös auf ihn wirken musste, aber daran konnte sie nichts ändern. Sie würde sich schon wieder einkriegen, und Beschäftigung war dafür das beste Mittel. »Den Tee trinke ich nachher«, brabbelte sie und war schon auf dem Weg aus der Küche. Im Stechschritt durchquerte sie das Wohnzimmer zur Terrassentür.

Emery rief ihr etwas hinterher, aber sie konnte es nicht mehr hören. Tara riss die Glastür auf und atmete tief durch. Ein Schwall kalter Luft strömte ins Wohnzimmer. Sie zögerte nicht und setzte ihren Weg in den Garten fort, um zu sehen, was nach der Feier alles zu tun war, und um wieder Ordnung herzustellen, damit die Swans ihr Fest genießen konnten.

Etwas war anders, das merkte sie sofort, als sie den ersten Schritt hinausmachte. Davon ließ sie sich aber nicht abhalten und ging weiter.

Tara verlor das Gleichgewicht, weil sie mit ihren Turnschuhen keinen Halt fand, ruderte mit den Armen und stieß einen Laut der Überraschung aus.

Hinter sich hörte sie Emery rufen. »Tara, pass auf ...«

Aber es war zu spät.

Sie rutschte aus und fiel mit vollem Karacho auf ihren Allerwertesten. Der Aufprall sandte eine Welle des Schmerzes von ihrem Steißbein die Wirbelsäule hinauf. Tara fluchte und stöhnte. Schon war Emery bei ihr. Er hielt sich mit der einen

Hand am Türrahmen fest, mit der anderen half er ihr auf die Beine.

»Hast du dir wehgetan?«

Tara wollte sterben. Hier und jetzt sofort.

Wenn sie es gestern nicht geschafft hatte, sich komplett lächerlich zu machen, dann war es spätestens jetzt der Fall. Trotzdem ergriff sie Emerys Hand und ließ sich von ihm ins Haus zurückschieben. Sie spürte noch immer seine Energie, seine Präsenz. Er hatte kraftvolle Finger und eine angenehm weiche und warme Haut. Denk nicht daran, sagte sie sich und konzentrierte sich wieder auf den Schmerz in ihrem Hinterteil.

»Was zur Hölle?«, entfuhr es ihr.

»Blitzeis«, half ihr Emery auf die Sprünge. »Hast du gestern keine Nachrichten gehört, es wurde doch überall gemeldet, dass man aufpassen muss.«

»Ich dachte, wo die Sonne scheint ...«

»Es hat heute Morgen geregnet«, erklärte er ihr. Er lachte nicht, sondern wirkte besorgt. »Geht es oder willst du dich hinlegen?«

»Hör auf«, brummte sie. »Ich bin okay. Das Einzige, was verletzt ist, ist mein Stolz.«

Sie wich seinem Blick zunächst aus, aber konnte es dann doch nicht lassen, ihn unter halb gesenkten Lidern anzusehen. Emery betrachtete sie mit einer Mischung aus Neugier und Überraschung. Das wiederum irritierte Tara so sehr, dass sie nicht wusste, was sie sagen sollte.

Deshalb drehte sie sich um und schaute in den Garten, ging dieses Mal aber nicht hinaus. »Wer hat denn aufgeräumt?«, entfuhr es ihr, als sie begriff, dass gar nichts mehr zu tun war.

»Ein paar freundliche Helfer haben gestern noch mit angepackt, ehe sie gegangen sind. Niemand wollte nach dem schönen Fest Chaos hinterlassen. Ich muss schon sagen, Tara, dass die

Leute, die du angeheuert hast, wirklich Gold wert sind. Alle Achtung.«

Alle Achtung? Wer drückte sich denn heutzutage so aus.

Emery Swan, gab sie sich die Antwort im Geiste und musste grinsen. »Ich bin selbst fasziniert, damit hatte ich nicht gerechnet. Gleichzeitig ist es mir sehr peinlich, dass ich die Feier anscheinend schon vorzeitig verlassen habe ...«

Emery winkte ab. »Es ist wirklich kein Unglück geschehen, Tara. Niemand nimmt es dir übel, im Gegenteil, ich soll dir von allen liebe Grüße ausrichten. Kelly hat mir einen Tipp für dich gegeben, der lautet, dass du den heutigen Tag mit einer Bloody Mary beginnen sollst.«

Tara wurde schon beim Gedanken an Gin mit Tomatensaft schlecht. Oder machte man den mit Wodka? Egal, sie würde dieses Getränk keinesfalls anrühren. »Ich bleibe lieber beim Tee, danke.«

Emery zuckte mit den Achseln. »Gut, in Ordnung, dann würde ich dich jetzt mal ... das machen lassen, wonach dir der Sinn steht. Ich habe zu tun.«

Für eine Sekunde war Tara enttäuscht, dann begriff sie, dass er sich natürlich nicht den ganzen Tag freinehmen würde, um mit ihr zu plaudern. Das, was hier in den letzten Minuten geschehen war, überstieg jede bisher mit ihm geführte Konversation um gefühlte eine Million Prozent. Okay, sie übertrieb vielleicht ein bisschen, aber sie war einfach zu überrascht von seiner freundlichen Art. »Klar, mach das, ich habe auch genug zu erledigen.«

Er hatte sich bereits abgewandt, um zu gehen, blieb aber noch einmal stehen und drehte sich zu ihr um. »Vielleicht solltest du dir heute mal eine kleine Pause gönnen. Du hast wirklich viel erreicht.«

»Pause?«, wiederholte sie, als ob ihr die Bedeutung des Wortes fremd wäre. »Hast du mal auf die Uhr geschaut? Ich habe den halben Tag verpennt – die Zeit drängt. Ich muss mich um das Menü kümmern.«

Und um das Zimmer, das ich in der letzten Nacht in Unordnung gebracht habe, aber das behielt sie für sich. Sie wollte das Thema nicht erneut zur Sprache bringen, es war ihr auch so schon peinlich genug, dass Emery sie ins Bett gebracht hatte.

Wieder fragte sie sich, ob sie etwas ausgeplaudert hatte, das sie lieber hätte für sich behalten sollen. Sie traute sich nicht, ihn zu fragen.

Emery hob eine Braue. »Ich habe mit Kelly gesprochen.«

Tara begriff nicht, worauf er hinauswollte.

Er fuhr fort. »Sie hat mir von dir und Bradys Kochstunden erzählt.«

O. Mein. Gott.

Taras Magen sackte in ihre Kniekehlen. Sie würde Kelly umbringen. »O-kay«, antwortete Tara lang gezogen und hörte selbst, wie atemlos ihre Stimme klang.

Das war nicht gut. Gar nicht gut.

»Du kannst mich fragen, wenn du Hilfe brauchst«, erklärte er ihr daraufhin.

Tara blinzelte verwirrt und brachte kein Wort hervor. »Was?«, entfuhr es ihr schließlich.

Ein geheimnisvolles Lächeln umspielte seine Lippen. »Ich bin ein recht guter Koch, ohne mich selbst loben zu wollen. Also, wenn du einen Rat benötigst, du weißt ja, wo du mich findest.«

Dann drehte er sich um und ging mit langen federnden Schritten davon.

14

Es war längst dunkel geworden, Emerys Kopf rauchte. Er hatte den ganzen Tag damit zugebracht, Notizen für seinen neuen Ratgeber anzufertigen. Die Zettel lagen nun auf seinem Schreibtisch ausgebreitet, weil er noch immer an der Reihenfolge der Kapitel arbeitete. Ehe er mit dem Ausformulieren begann, brauchte er die vollständige Struktur des Buches. Damit haderte er nach wie vor, aber er war nicht unzufrieden. Im Gegenteil. In der kurzen Zeit hatte er eine Menge geschafft.

Emery stand auf, streckte sich und massierte sich kurz den verspannten Nacken. Dann trat er näher zum Fenster und schaute hinaus. Es hatte angefangen zu schneien. Eine gefährliche Mischung mit dem noch immer teilweise gefrorenen Boden. Zum Glück musste er nirgendwohin, und hoffentlich waren alle anderen Menschen auch so schlau, bei diesen Witterungsverhältnissen zu Hause zu bleiben.

Emery löschte das Licht und machte sich auf den Weg in die Küche. Er hatte Hunger. Viel hatte er heute nicht gegessen.

Wo Tara wohl steckte? Sie hatte ihn jedenfalls nicht aufgesucht, um ihn nach seinem fachmännischen Rat zu fragen. Vielleicht glaubte sie ihm nicht, oder sie hatte ihn nicht stören wollen. Er hatte sich mit seinem Hilfsangebot nicht selbst überrascht, aber war doch erstaunt, wie leicht es ihm über die Lippen gekommen war.

Seit sie ihm gestern Nacht »gebeichtet« hatte, dass sie heimlich von ihm träumte, brauchte er sich auch keine Sorgen mehr machen, dass sie ihn nicht leiden konnte. Er erinnerte sich an das Sprichwort, dass Betrunkene und Kinder immer die Wahrheit sagten. Es blieb die Frage, wie er Taras Aussage bewerten sollte. Emery bildete sich nicht ein, dass sie sich unsterblich in ihn verliebt hatte. Das Wort *träumen* konnte man so oder so interpretieren. Er fühlte sich auch auf eine gewisse Weise zu ihr hingezogen. Tara war anders, so erfrischend. Sie war wie ein Lichtstrahl nach einer Zeit in völliger Dunkelheit.

Hör auf, sonst fängst du noch bald an, Schmalzromane zu schreiben anstatt therapeutische Ratgeber, schimpfte er sich stumm. Emery seufzte leise und setzte seinen Weg fort.

In der Küche war Tara jedenfalls nicht. Enttäuschung machte sich in ihm breit. Er hatte gedacht, dass sie vielleicht zusammen essen könnten.

Was machte er hier eigentlich?

Hatte sie es ihm in den Wochen, die sie nun hier war, nicht gefühlte tausend Mal angeboten, und er hatte stets – schlecht gelaunt – abgelehnt?

Warum war er auf einmal so ... gefühlsduselig?

Wie immer, wenn er sich das in den letzten Tagen gefragt hatte, schob es Emery auf das bevorstehende Weihnachtsfest.

Er hörte ein Geräusch aus dem Keller und folgte ihm, froh über eine Ablenkung – obwohl er natürlich wusste, dass er kaum etwas Verzehrfertiges dort unten finden würde. Die Kellertür stand offen, und es brannte Licht. Er ging hinunter und fand Tara mit einem Block in der Hand im Vorratsraum. Sie kritzelte immer wieder etwas darauf, strich es dann wieder, brabbelte dabei vor sich hin und kratzte sich mit dem Stift an der Stirn. Er genoss es, sie einen Augenblick einfach zu beobachten.

Bis sie seine Anwesenheit spürte und sich ihm zuwandte, dauerte es einen wunderbaren Moment, in dem er einfach die Aussicht genießen konnte. »Emery!«, stieß sie sodann hervor, und ihre blassen Wangen bekamen wieder etwas Farbe. Tara hatte ganz offensichtlich einen üblen Kater, aber sie ließ sich davon nicht abhalten, ihre Pläne umzusetzen. Das mochte er an ihr. Wie so vieles.

»Was machst du hier unten?«, fragte er, weil er nicht wusste, was er sonst sagen sollte.

Woher kam diese Befangenheit auf einmal? Das war seltsam und gleichzeitig nervig. So kannte er sich nicht.

»Ich gehe durch, was ich alles dahabe, und mache mir einen Plan.«

»Plan wofür?« Er schaute sich kurz um, es glich hier unten mehr einem kleinen Tante-Emma-Laden als einem Vorratskeller. Für wie viele Menschen sollte das Menü vorgekocht werden? Einhundert? Diese Frage behielt er aber für sich, weil er wusste, dass er Tara mit Fragen dieser Art nur verunsichern oder gleich verärgern würde.

»Na, für das Menü!«, erklärte sie ihm, als wäre er ein Dreijähriger.

»Bist du sicher, dass meine Mutter alles vorgekocht haben möchte?«

Tara schaute ihn an, als wäre er verrückt geworden. »So haben wir es besprochen. Also, ich hatte es ihr vorgeschlagen, und sie hat gesagt, dass sie mir voll und ganz vertraut.«

Emerys Mutter kochte gern und oft selbst, obwohl sie sich eine Köchin leisten konnte. Deshalb wunderte es ihn ein bisschen, dass sie das Zepter gerade an Weihnachten aus der Hand geben wollte. Aber das verschwieg er. Vielleicht wollte sie an diesem Weihnachtsfest ja wirklich einfach mal entspannen und nichts tun. Bisher hatte er sich nie Gedanken über die Stunden gemacht, die so eine Festvorbereitung kostete. Wenn er Tara betrachtete, die heute sehr erschöpft aussah, dann musste es wirklich anstrengend sein. Er traf eine Entscheidung und ging auf sie zu.

Taras Augen weiteten sich, aber sie rührte sich nicht. Sanft nahm Emery ihr Block und Stift aus der Hand. »Ich verordne dir Feierabend«, erklärte er.

Taras Mund öffnete sich, und zwischen ihren Brauen bildete sich eine steile Falte. »Du ordnest ... was?«

»Spreche ich so undeutlich?«, neckte er sie.

»Nein, das nicht, aber ... Ich habe zu tun.«

Emery schüttelte den Kopf. »Unsinn, es schneit, der Wetterbericht sagt ein großes Chaos voraus. Wer weiß, ob es überhaupt jemand von London bis nach Cornwall schafft in den nächsten Tagen.« Er übertrieb absichtlich ein bisschen. Warum es ihm einen Heidenspaß machte, wusste er selbst nicht. Vielleicht, weil er sich dann nicht mit dem Zeitpunkt ihrer Abreise beschäftigen musste.

Daran hatte er bis eben nämlich überhaupt nicht gedacht. Wie lange wollte sie bleiben? Bis zum Achtundzwanzigsten? Er wusste es nicht, aber der Gedanke, dass sie womöglich bald schon abreiste, gefiel ihm nicht. Überhaupt nicht.

Wann war das denn passiert?

Er hatte sich nicht nur an sie gewöhnt, sondern schätzte ihre Nähe. Er schätzte sie mehr, als ihm bis eben klar gewesen war.

Sein Herz schlug schneller, und in seinem Magen machte sich ein flaues Gefühl breit. Ihm blieb wenig Zeit, darüber nachzudenken, als er Taras Reaktion auf seinen kleinen Wetterbericht bemerkte. Alle Farbe war aus Taras Gesicht gewichen. »Aber heute ist doch erst der einundzwanzigste«, stammelte sie.

Er wollte jetzt nicht darüber diskutieren, auch weil er noch immer irritiert von seinen eigenen Gedanken war. Kurzerhand schob er sie aus dem Keller nach oben. »Wie auch immer, Tara, für heute ist jedenfalls Schluss.«

Sie protestierte zwar ein wenig, aber oben angekommen ließ sie sich von ihm ins Wohnzimmer führen. »Wenn dein Hintern es aushalten kann, setzt du dich jetzt hier hin und schaust dir irgendwas im Fernsehen an.« Er überlegte kurz, dann erinnerte er sich. »Du hast doch was von diesem Film erwähnt, wie hieß er gleich? Wie wäre es damit?«

»Film«, wiederholte sie misstrauisch. »Du meinst Dirty Dancing? Aber, Emery, verstehe ich dich richtig, du möchtest, dass ich auf deinem Sofa sitze und einfach abhänge?«

Witzig, wie sie sich ausdrückte. Er nickte. »So ist es, und ich bringe dir Popcorn. Wäre zu schade, wenn diese Maschine nicht öfter benutzt würde.«

Er wartete nicht auf eine Antwort und verschwand für ein paar Minuten. Kurz darauf kehrte er mit drei Schüsseln Popcorn und zwei Flaschen Wasser, die er sich unter die Achseln geklemmt hatte, zurück. Dieses Höllengerät produzierte nur riesengroße Mengen, wie er zu spät festgestellt hatte. Spielte aber keine Rolle, den Rest konnte sie morgen immer noch wegschmeißen. In der Zwischenzeit hatte Tara alle Lichterketten im Wohnbereich »aktiviert« und sich mit einer Wolldecke aufs Sofa gekuschelt.

Er stellte seine Lieferung vor ihr ab. »So, da haben wir es. Hast du den Film gefunden?«

Tara schaute mit leuchtenden Augen zu ihm auf. »Ja, habe ich. Geht gleich los.«

»Wunderbar, dann viel Spaß und erhole dich gut.« Er wollte sich gerade abwenden, als er an ihrem Gesichtsausdruck erkannte, dass sie sich das anders vorgestellt hatte.

»Du willst nicht bleiben? Ich dachte ...« Sie brach mitten im Satz ab.

»Du dachtest, was?«, fragte er und merkte, wie sich sein Puls beschleunigte. Seine Handflächen waren seltsamerweise ein wenig feucht geworden.

Herrgott noch mal. Was war nur mit ihm los?

»Willst du den Film nicht gemeinsam mit mir anschauen? Oder hast du zu tun? Ich meine, ich will dich nicht von der Arbeit abhalten. Und auch nicht aufdringlich sein. Tut mir leid, Emery, ich rede mich mal wieder um Kopf und Kragen. Du willst ein einziges Mal nett sein, und dann versuche ich gleich ...«

»Tara«, unterbrach er ihren Redeschwall mit einer bestimmten Geste und seufzte leise.

»Ja?«, erwiderte sie mit glockenheller Stimme.

Es war absurd, wie hoffnungsvoll Tara klang. Er wollte sie nicht enttäuschen. Und das, obwohl er zu einhundert Prozent davon überzeugt war, dass er diesen verdammten Film hassen musste. Das wusste er auch, ohne ihn gesehen zu haben. Er war kein Romantiker und schon gar keiner, der auf Tanzfilme oder Musicals stand.

»Ich schaue mir den Film gern mit dir an«, hörte er sich selbst sagen und war versucht, sich mit der Hand vor die Stirn zu schlagen.

Er musste verrückt geworden sein.

»Wirklich?« Ihre Stimme klang eine ganze Oktave höher. Dann klatschte sie in die Hände wie ein Kind. »Schön, dann los, setz dich! Warte, ich rücke noch ein Stück. Komm, du kannst was von der Decke abhaben, dann ist es gemütlicher.«

Emery atmete hörbar aus und schaute von ihrem Gesicht zum Wollplaid und dann wieder in ihre Augen. Das wäre ganz und gar keine gute Idee. Schenkel an Schenkel mit ihr auf dem Sofa zu sitzen, würde ihn nur auf dumme Gedanken bringen.

»Mir ist nicht kalt«, kommentierte er und setzte sich an die Kante, so weit weg von ihr wie möglich. Weil er ihren irritierten Blick auf sich spürte, rückte er doch wieder ein Stück weiter in die

Mitte. Sie entspannte sich merklich. »Na schön, dann eben keine Decke. Hier, nimm dir wenigstens Popcorn.«

Da Widerspruch sowieso sinnlos war, ließ er sich von ihr eine Schüssel in die Hand drücken. »Du wirst sehen, der Film ist großartig. Er wird dir bestimmt gefallen. Und Patrick Swayze ist einfach fantastisch. Hach. Lehn dich zurück und entspann dich!«, plauderte sie so fröhlich vor sich hin, dass dieses komische Flattern in Emerys Magengrube überhaupt nicht mehr aufhörte.

Sie drückte auf ein paar Tasten der Fernbedienung, dann ging es los. Nach zehn Sekunden stellte sie die Lautstärke höher. »Man bekommt ja sonst gar nichts mit«, kommentierte sie, und Emery enthielt sich eines Kommentars, dass jetzt das halbe Dorf jeden Dialog mitbekam, der auf der Mattscheibe gehalten wurde.

Während er sich zurücklehnte und sich immer mal wieder etwas Popcorn in den Mund stopfte, überlegte er, wie lange so ein Film wohl dauern konnte. Schon der Anfang war so albern, dass er sich zurückhalten musste, sich nicht über die Naivität der Hauptdarstellerin auszulassen.

»Ist sie nicht fabelhaft?«, frohlockte Tara in seine Richtung und schubste ihn mit der Schulter an, als wären sie alte Kumpels und nicht, ja, was eigentlich?

Emery wollte nicht darüber nachdenken, was oder wer Tara für ihn war. Er wusste nur, dass er es liebte, sie glücklich und fröhlich zu sehen. Dafür hielt er sogar diesen lächerlichen Tanzstreifen aus.

»O, Emery, hast du es gehört? Genial! Ich habe eine Wassermelone getragen, haha. Ich liebe diese Szene.«

Er konnte ein Augenrollen nicht unterdrücken, musste dann aber doch schmunzeln. »Ja, sehr einfallsreich, muss ich schon sagen.«

Tara warf ihm einen zweifelnden Blick zu, konzentrierte sich anschließend aber wieder auf den Film. Für eine Weile schauten sie schweigend, ab und zu kommentierte Tara etwas, gefolgt von einigen genüsslichen Seufzern und Jauchzern. »Hier, das ist die Szene mit dem Tanzbereich. Verstehst du jetzt, was ich meine?«

Emery verstand ganz und gar nicht. Der einzige Zusammenhang, den er herstellen konnte, war der, dass er gern seinen Arm um ihre Schultern gelegt hätte. Eine seltsame Stimmung hatte ihn ergriffen, und er konnte nichts dagegen tun. »M-mh«, machte er daher nur. »Klar, ich verstehe.«

Und dann kam die Szene, in der sich die Protagonisten näherkamen.

Tara tätschelte seinen Oberschenkel. »Mann, das ist so romantisch, oder? Ich schmelze dahin. O Emery.«

Tara klang, als wäre sie selbst ein Teil der Handlung. Aus einem Impuls heraus ergriff er ihre Finger und verschränkte sie mit seinen.

Tara stieß ein weiteres kleines »O« aus, schaute ihn an und strahlte noch mehr. Sie sagte nichts, sondern rückte ein Stück an ihn heran und richtete ihren Blick wieder auf den Film.

Sie roch so gut. Einfach herrlich. Er genoss es, mit ihr hier zu sitzen, so konnte er selbst diesen Film aushalten. Am Ende fieberte er sogar ein wenig mit, aber das würde er nur unter Folterandrohungen zugeben.

»Hey, mein Baby gehört zu mir«, forderte Johnny Castle alias Patrick Swayze gerade auf dem Bildschirm, und Tara drückte Emerys Hand so fest, dass er glaubte, bald keine Finger mehr zu haben.

»Ich liebe es, ich liebe es so sehr!«, murmelte sie ergriffen und schniefte.

Weinte sie etwa?

Emery wagte einen Blick. Tatsächlich.

Tara wischte sich ein paar Tränen mit der freien Hand aus dem Gesicht und lächelte selig dabei.

Als der Abspann lief, nachdem Baby und Johnny ihr Happy

End gefunden hatten, breitete sich eine angespannte Stille zwischen Emery und Tara aus. Er sah, wie sie auf die ineinander verschränkten Hände schaute, und Emery ließ ihre Hand los. Tara räusperte sich. »Tja, das war's. Und? Hat es dir gefallen?«

Merkwürdig, dass sich die eben noch so vertraute Stimmung aufgelöst und einer Art von Nervosität gewichen war.

»Ich, ähm«, fing er an, aber wusste nicht, wie er es formulieren konnte, ohne sie vor den Kopf zu stoßen. »...bin kein großer Romantiker.«

Ihr Lächeln verblasste. »Du magst den Film nicht?«

»Doch doch. Aber ...«

Tara winkte ab. »Schon okay. Ich bin auch dumm. Hätte ich mir denken können, dass jemand wie du keine Liebesfilme mag.«

»Jemand wie ich?«

»Trennungstherapeut? Du musst Beziehungen und romantische Liebesgeschichten mit Happy End doch hassen!«

Emery dachte kurz darüber nach, und dann wurde ihm zum ersten Mal in seinem Leben klar, dass er eine Lüge lebte. Er erzählte jedem und allen, dass er glücklich getrennt war. Dass seine Scheidung so reibungslos und perfekt gelaufen war, weil sie richtig und friedvoll miteinander kommuniziert hatten. Er hatte nie auch nur ein Sterbenswörtchen darüber verloren, wie kaputt er sich auch Jahre danach gefühlt hatte. Wie tief ihn das alles getroffen hatte. Er hatte Virginia geheiratet, weil er daran geglaubt hatte, dass es für immer sein würde.

Das war vorbei, und er liebte sie schon lange nicht mehr, aber der Schmerz über ihren Verrat saß tief.

Überraschenderweise fühlt es sich heute nicht mehr ganz so schlimm an wie vor einigen Wochen. Diese Erkenntnis ließ ihn nach Luft schnappen.

Emery sprang auf und schubste dabei eine Popcornschüssel um, die halb gefüllt war. Das salzige Zeug verteilte sich überall auf dem Teppich. »Mist«, stieß er hervor.

Tara stand ebenfalls auf und legte die Decke beiseite. »Ich mach das schon, kein Problem«, erklärte sie in höflich beschwingtem Tonfall, den er ihr nicht abnahm.

Er wollte ihr so viel sagen, vor allem, dass er die Zeit mit ihr sehr genossen hatte, Kitschfilm hin oder her. Aber kein Wort kam über seine Lippen. Stumm starrte er sie an.

Tara rührte sich ebenfalls nicht von der Stelle. Ihre Blicke verhakten sich ineinander.

Sein Kopf war wie leer gefegt. Dafür schlug sein Herz umso schneller. Ihr Duft hing ihm in der Nase. Das Gefühl der Sehnsucht wurde so übermächtig, dass er sich nicht mehr länger dagegen wehren konnte. Wehren wollte.

Emery trat näher, legte ihr eine Hand in den Nacken und schaute ihr tief in die Augen. Er sagte kein Wort, aber als sie sich an ihn schmiegte und ihren Kopf ein wenig nach hinten bog, entschlüpfte seinen Lippen ein Laut, der einem Stöhnen glich. Ohne seinem Verstand auch nur eine Chance zu lassen, einzuschreiten, beugte Emery sich zu ihr und verschloss ihren Mund mit seinem.

Es war ein zärtlicher, beinahe vorsichtiger Kuss, der schon in der Sekunde, in der Haut auf Haut traf, ein Feuerwerk in ihm entzündete. Alles, woran er denken konnte, war Tara. Er wollte sie. Er wollte sie so sehr. Er brauchte sie.

Tara vergrub ihre Hände in seinen Haaren, zog ihn noch weiter zu sich heran. Als er ihre Zunge an seinen Lippen spürte, die Einlass begehrte, stöhnte er tief und kehlig und hielt Taras Körper fester. Er hatte keine Ahnung, wie lange dieser Kuss andauerte, aber er wollte mehr davon. So viel mehr.

Irgendwann lösten sie sich voneinander. Schwer atmend und verwirrt.

Was machst du mit mir?, schoss es ihm durch den Kopf, aber er konnte nicht sprechen. Seine Beine fühlten sich wie Gummi an, während ein anderes Körperteil steinhart war.

Sie starrten einander an, als hätten sie sich jetzt gerade zum ersten Mal gesehen. Tara hatte ihre Augen weit aufgerissen. Ihr Blick war verhangen, die Lippen ein wenig geschwollen, die Wangen gerötet. Ihr Brustkorb hob und senkte sich so schnell wie sein eigener.

Was tun wir hier, schien ihr Blick zu sagen.

Sie bereut es, dachte er und rührte sich nicht.

In der gleichen Sekunde machten sie beide einen Schritt rückwärts. »Entschuldigung«, stammelten sie unisono.

Emery wusste nicht, wo ihm der Kopf stand. Was er sagen oder tun sollte.

Aber der kurze Anflug von Reue in ihren Augen genügte, um ihn so weit klar denken zu lassen, dass er nicht noch einmal über sie herfiel. Egal, wie sehr er es wollte.

Emery rang um Beherrschung und straffte sich. In diesem Augenblick hielt er es für das Beste, so zu tun, als sei nichts passiert. Ihr schien es ähnlich zu gehen.

»Ich hole einen Staubsauger«, erklärte sie. Ihre Stimme klang heiser. Dann schlängelte sie sich an ihm vorbei und hastete aus dem Wohnzimmer.

Emery stieß die Luft aus und fuhr sich mit beiden Händen über das Gesicht. »Was für ein Desaster«, murmelte er.

Obwohl es klüger wäre, wünschte er sich nicht, es wäre nie passiert. Dafür war es zu schön gewesen. Viel zu schön.

TARAS HÄNDE ZITTERTEN, während sie mit dem Staubsauger über den Flur lief. Wie sollte sie Emery nur unter die Augen treten, ohne vor Scham im Erdboden zu versinken?

Sie hatten sich geküsst.

O. Mein. Gott.

Wie fantastisch sich das angefühlt hatte.

Nein, nein, nein, rief sie sich zur Vernunft.

Sie konnte das nicht tun. Sie durfte es nicht.

Schlimm genug, dass er der Sohn ihrer Auftraggeberin war. Emery lebte in London, sie in New York. Davon mal abgesehen war er garantiert nicht auf der Suche nach einer Partnerin. Vielleicht würde er mit ihr ins Bett gehen, ja, dazu wäre er womöglich bereit.

Aber Tara hatte mehr als einmal bewiesen, was für ein schlechtes Händchen sie bei ihrer Männerauswahl hatte. Und Emery wäre von allen der Unpassendste.

Sie hatten keinerlei Gemeinsamkeiten.

Er mochte nicht mal Dirty Dancing.

Okay, das sollte vielleicht kein ausschlaggebender Punkt sein, aber an irgendeinem Strohhalm musste sie sich festklammern, sonst würde sie sich ihm gleich wieder an den Hals werfen.

Glücklicherweise bestand dabei derzeit kein Risiko mehr, denn das Wohnzimmer war verlassen, als sie mit dem Staubsauger zurückkehrte.

Enttäuschung spülte über sie hinweg.

Natürlich hatte ein Teil von ihr gehofft, dass er noch da wäre, dass er sie erneut in seine Arme reißen und sie leidenschaftlich küssen würde.

Ein sehr dummer Teil, den sie leider nicht zum Verstummen bringen konnte.

Tara seufzte leise und machte sich an die Arbeit. Emery hatte bereits das Gröbste beseitigt, die Schüsseln und Wasserflaschen waren fort. Wie er.

Sie zog das Kabel aus dem Gerät, drückte den Stecker in die Dose und fing an zu saugen. Das laute Geräusch und die monotonen Bewegungen halfen ihr dabei, sich zu beruhigen. Aber vergessen konnte sie es nicht, was eben zwischen ihnen passiert war.

War es eine romantische Laune gewesen?

Sie wurde nicht schlau aus Emery.

Er war ein Widerspruch auf zwei Beinen. Einmal so und einmal so.

Schlag ihn dir aus dem Kopf, sagte sie sich und meinte es ernst.

Wenn sie sich in ihn verliebte, würde sie am Ende nur eines davontragen, und das war ein gebrochenes Herz.

Das konnte sie in ihrer derzeitigen Lage noch weniger gebrauchen als Pest oder Cholera. Nein. Dieser Kuss war nicht passiert. Sie würde ihn aus ihrem Gedächtnis streichen und nie mehr ein Wort darüber verlieren. Zurück zur Tagesordnung – so lautete ihr Mantra.

Genau.

Obwohl dieser Plan absolut vernünftig und der einzig richtige war, fühlte sie sich kein Stück besser, als sie den Staubsauger nach getaner Arbeit wegräumte.

Sehnsucht brannte in ihren Eingeweiden, als sie die Treppen nach oben nahm, um in ihre Kammer unter dem Dach zurückzukehren. Sie hatte das Gästezimmer am Mittag wieder hergerichtet, und das war auch klug. Nicht auszudenken, wenn sie heute eine weitere Nacht Wand an Wand neben ihm hätte verbringen müssen. Volltrunken und quasi bewusstlos war eine Sache. Aber heute war sie nüchtern und noch immer elektrisiert von seinen Berührungen.

Nein, in seiner Nähe könnte sie für nichts garantieren. Morgen, bei Tageslicht, würde das wieder anders aussehen. Ein paar Stunden Ruhe und Einsamkeit in der eisigen Dachkammer würden sie zur Vernunft bringen.

15

Schnee. Schnee. Überall nur Schnee. Ein Blick aus dem Fenster des Arbeitszimmers war kaum möglich, weil die dicken Flocken sogar an den Scheiben klebten. Emery rollte seinen Drehstuhl zurück und spielte mit dem Kugelschreiber.

»Ich bin ein elender Feigling«, murmelte er, genervt von sich selbst.

Sein Handy brummte und ersparte ihm damit weitere Gedanken über sein persönliches Versagen. Er schaute aufs Display. Es war seine Mutter. Die hatte ihm gerade noch gefehlt.

»Hallo Mum«, beantwortete er, ein Stöhnen unterdrückend.

»Hallo Darling«, begrüßte sie ihn. »Wie ist die Lage bei euch in Cornwall?«

Er wusste nicht so recht, was er ihr darauf antworten sollte. Die Wahrheit würde nur Besorgnis erwecken, und das wollte er vermeiden. »Ähm, es schneit?«, meinte er ausweichend.

Das schien nicht die richtige Antwort gewesen zu sein. Er hörte, wie seine Mutter am anderen Ende einen schrillen Laut ausstieß. »Was für ein Desaster!«, schimpft sie, als hätte sie nur darauf gewartet, ihren Unmut verkünden zu dürfen.

»Ja? Warum?«, wagte er sich zu fragen.

»Warum? Warum? Das sage ich dir gleich, mein Lieber. Ich hatte heute einen Kurierdienst beauftragt, die Geschenke zu dir liefern zu lassen. Du weißt ja, die Kinder glauben an den Weihnachtsmann. Aber dass das klappt, kann ich ja wohl vergessen! Das sagt jedenfalls der Kurierdienst. Sie meinen, die Straßenverhältnisse wären zu prekär. Ich bin geliefert. Absolut geliefert. Meine Enkelkinder werden mich für den Rest ihres Lebens hassen, wenn sie keine Geschenke bekommen! Wie soll ich die Pakete nur nach Cornwall bringen lassen?«

Emery runzelte die Stirn. Hatte sie noch keinen Gedanken daran verschwendet, dass, wenn der Kurierservice nicht durchkam, sie womöglich auch nicht bis nach Trewane Manor gelangten? Er behielt das jedoch für sich, er wollte ihre angespannte Stimmung nicht noch mehr aufheizen.

»Passt nichts mehr in euer Auto?«, schlug er stattdessen vor.

»Den Geländewagen hat doch Tara. Wir fahren mit dem Roadster, was, glaubst du, passt bei dem winzigen Ding in den Kofferraum? Richtig, Emery, höchstens zwei kleine Reisetaschen. Und Jill hat selbst das Auto voll – außerdem sitzen die Kinder da ja mit drin. Nein, das geht nicht. Ich bin geliefert, ich bin die schlechteste Oma der Welt«, jammerte sie weiter, und er hörte, dass es nicht gespielt war. Die Sache mit den Geschenken nahm sie ziemlich mit.

»Ihr könntet ja in London feiern«, wandte er vorsichtig ein.

»In London?«, wiederholte Mum, als hätte er ihr aufgetragen, ein Ticket mit dem Devil-Express in die Hölle zu buchen. »Das geht nicht, Emery. Das weißt du auch. Wir freuen uns alle so sehr auf Cornwall und auf dich. Wir ändern unsere Pläne nicht. Ich brauche nur noch eine Lösung für die Geschenke. Wie kommt dieser blöde Kurierdienst nur auf die Idee, meinen Auftrag zu stornieren? So kurzfristig bekomme ich doch keinen Ersatz!«

»Okay, Mama«, meinte er nur und furchte die Stirn. Wenn er

der Push-Nachricht der Wetter-App seines Handys glauben konnte, war das heutige Schneechaos erst der Auftakt des Wintertreibens, das ganz Europa für die kommenden Tage in Atem halten sollte. »Wenn ich etwas tun kann, sag Bescheid«, fügte er an, obwohl er wusste, dass es nur eine Floskel war. Aber alles andere kam ihm noch sinnloser vor.

»Wir freuen uns auf jeden Fall sehr, bald bei dir zu sein. Hoffentlich zieht dieses vermaledeite Tief schnell weiter. Kann ja nicht sein, dass es übermorgen noch immer so wild ausschaut. Stell dir vor, in London ist der Schnee schon knietief. Nichts geht mehr. *Rien ne va plus*. Also sowas! Aber erzähl mal, wie sieht es bei dir aus? Ist das Haus hübsch geschmückt? Wie laufen die Therapiestunden?«

Emery stand auf und verließ sein Arbeitszimmer, dabei erzählte er ihr, dass alles in bester Ordnung sei. Als er im Flur Geschirrgeklapper aus der Küche hörte, wimmelte Emery seine Mutter kurz angebunden ab, um nach Tara zu sehen.

Kurz zögerte er. Er wusste einfach nicht, was er zu ihr sagen sollte. Nach dem gestrigen Abend war er ihr heute den ganzen Tag aus dem Weg gegangen. Albern. Kindisch.

So fühlte er sich auch. Nicht wie ein Kind, mehr wie ein Teenager, der seine Hormone nicht unter Kontrolle hatte.

Als er die Küche erreicht hatte, hielt er inne. Emery lehnte sich mit verschränkten Armen gegen den Türrahmen und beobachtete Tara. Hier sah es aus wie auf einem Schlachtfeld. Tara hatte eine fleckige Schürze umgebunden, und ihr Gesicht war gerötet. Vor ihr lag ein gerupfter Truthahn.

»Brauchst du Hilfe?«, fragte er in die Stille.

Sie hob ihren Blick und neigte den Kopf zur Seite. »Ich finde es einfach eklig, ich möchte da nicht reinfassen.«

»Aber wie soll die Füllung sonst hineinkommen? Denkst du nicht, es ist ein bisschen früh für den Vogel?«

Tara verzog ihre Lippen. »Meinst du? Dann stopfe ich ihn

wieder in den Kühlschrank. Ist mir sowieso lieber. Ich dachte, was ich fertig habe, habe ich fertig.«

Er konnte sich ein Schmunzeln nicht verkneifen. »Und, was hast du sonst gezaubert?«

Sie schenkte ihm einen bösen Blick. Dass sie den tatsächlich auch draufhatte, überraschte ihn beinahe. »Du machst dich über mich lustig.«

»Nur ein bisschen.«

Tara nahm ein Geschirrhandtuch und warf es nach ihm. »Du bist gemein.«

»Erzähle mir etwas über mich, was ich noch nicht weiß.«

»O Mann«, stöhnte sie und ließ den Truthahn in einen Bräter fallen. »Ich hasse das Ding.«

»Das arme Tier soll doch nicht umsonst gestorben sein. Wo ist denn die Füllung? Ich erledige das für dich, damit du deinen Frieden finden kannst.«

»Würdest du das wirklich für mich machen?« Sie schaute ihn hoffnungsvoll an, und sofort vollführte sein Herz einen Sprung.

Albern war das.

Emery räusperte sich und nickte. »Gib schon her!« Er trat an den Wasserhahn und wusch sich die Hände, dann holte er eine Schürze aus dem Schrank und band sie sich um.

Tara kicherte. »Steht dir.«

Er zuckte die Schultern. »Ich bin nicht besonders eitel. Ich kann damit leben, schräg auszusehen.«

»Das habe ich doch gar nicht gesagt! Wenn jemand so aussieht wie du, hat er das auch gar nicht nötig – also eitel zu sein, meine ich.«

Was sollte das nun wieder bedeuten? Er sagte nichts, sondern ließ sich die Füllung von ihr zeigen, gab zu den Trockenfrüchten noch ein paar Gewürze, Kräuter und Brotwürfel dazu, dann befüllte er den Truthahn. Er mochte diese Arbeit auch nicht gern, aber es ekelte ihn auch nicht groß davor.

Dann würzte er die Haut und schob das Ding in den Ofen. Mit Deckel zunächst.

»Was meinst du, wie lange braucht er?«, wollte Tara wissen und schaute auf die Uhr.

»Kommt auf die Temperatur an.«

»Ach ja, stimmt. Ich schaue mal in meine Notizen.« Erst jetzt fiel ihm auf, dass sie einen ganzen Stapel an Blättern auf dem Küchentisch ausgebreitet hatte. Man konnte es bei dem Chaos leicht übersehen. Die Küche sah aus, als wäre eine Bombe darin explodiert und im Anschluss eine Horde Elefanten darüber hinweggetrampelt.

»Wo ist der Rest?«, wollte er wissen.

»Welcher Rest?«

Dann begriff er, dass sie das alles nur für die Zubereitung der Füllung benutzt hatte. Gute Nacht, Weihnachtsmenü, überlegte er amüsiert. Sie konnte wirklich nicht kochen. »Ich habe Hunger«, meinte er nach einem Moment.

Tara warf ihm einen seltsamen Blick zu.

»Keine Angst, ich will nicht, dass du für mich kochst. Lass uns mal sehen, was wir dahaben.« Er zog die Tür des Kühlschranks auf. Dann hatte er eine Idee und ging in den Keller. Nach ein paar Minuten kehrte er mit Gemüsefond, Zwiebeln, Paprika, Pilzen, Weißwein, Käse und Rundkornreis zurück.

»Magst du Risotto?«, wollte er von Tara wissen, während er einen Topf aus dem Schrank holte und ihn auf dem Herd platzierte. Er zündete ein paar Kerzen an und stellte sie auf das Fensterbrett, warum, wusste er selbst nicht so genau. Irgendwie hatte er das Bedürfnis, es ihnen – während der Sturm draußen toste – schön zu machen. Das hatte natürlich überhaupt nichts mit Tara zu tun, sondern mit dem Wunsch, es für sich selbst gemütlich zu haben. So etwas hatte er in den letzten Jahren viel zu selten getan. Er hatte nur gearbeitet und sich in seinem eigenen Schmerz vergraben. Das wollte er jetzt nicht mehr. Es war genug.

»Ich?«, hörte er Tara jetzt hinter sich.

»Ja, du, es sei denn, du möchtest nicht mit mir essen. Aber ich fürchte, das Wetter ist zu schlecht, um ins Pub zu gehen. Du könntest also genauso gut mit mir vorliebnehmen ...«

Oder allein essen, aber das sagte er nicht. Das klang zu sehr nach einer Drohung, und zu einem Dinner zwingen würde er sie bestimmt nicht. Was Emery jedoch bemerkte, war, dass er sich wünschte, sie würde zusagen. Das hier war kein Date oder so etwas. Sie waren einfach zwei Leute, die eingeschneit waren. Sonst nichts.

Lügner, sagte das Stimmchen in seinem Kopf.

»Du willst für mich kochen?«, fragte sie ungläubig. Ihrem Gesichtsausdruck nach zu urteilen, hatte sie mit vielem gerechnet, aber nicht damit.

»Ein wenig Eigennutz ist natürlich auch dabei«, erklärte er möglichst gelassen, obwohl er eine gewisse Nervosität in sich verspürte, die ihn verunsicherte. Sie sollte nicht denken, dass er sich an sie ranmachen wollte.

O Mann, wann war das eigentlich so kompliziert geworden? Emery kramte ein Schneidebrett hervor und begann, eine Zwiebel zu schälen.

»Okay, klar, dann bin ich dabei. Aber keinen Alkohol für mich, sorry.«

Emery grinste. »Der Wein ist für das Risotto, keine Angst. Ich habe nicht vor, dich betrunken oder gefügig zu machen.«

Ups.

Das hätte er vielleicht nicht sagen sollen. Er hatte nicht nachgedacht. Wie peinlich. Was musste sie jetzt von ihm denken?

Taras angespanntes Kichern verriet ihm, dass sie nicht wusste, was sie davon halten sollte, es aber anscheinend nicht persönlich nahm. Zum Glück. Emery atmete erleichtert aus. »Kann ich was helfen?«, fragte Tara fröhlich und schaltete das Radio an. Aus den Lautsprechern dudelte »Last Christmas« von

Wham, und sie begann mitzusingen. »Dieses Jahr schenkte ich mein Herz jemand ganz besonderem …«, trällerte sie, und fast wünschte er sich, dass sie den Liedtext auch genauso meinte, was natürlich albern war.

Sie hatte eine angenehme Stimme, klar und klangvoll. In dem Fall konnte er sogar einen schmalzigen Weihnachtssong ertragen, was ihn wunderte, aber nicht weiter überraschte. Es war ganz offenbar so, dass alles, was im Zusammenhang mit Tara stand, neuerdings in die Kategorie »Gefällt mir« fiel. Auch das wollte er jetzt lieber nicht näher analysieren.

»Du sorgst für die Unterhaltung und ich für das Essen«, neckte er sie stattdessen und machte sich an das Risotto.

Irgendwann fragte er Tara: »Und du bist sicher, dass du kein Glas Wein möchtest?«

Sie nickte. »Todsicher! Nach dem, was du bisher von mir erlebt hast, musst du mich ja sowieso für eine schlimme Schnapsdrossel halten.«

Das tat er nicht, und er wollte ihr auch nichts aufdrängen. »Alles gut, Tara, das denke ich wirklich nicht von dir«, erwiderte er ruhig und goss sich selbst ein halbes Glas ein. Er wandte sich dem Gasherd zu, dann rührte er mit dem Holzlöffel im Topf, um die Reiskörner mit den Zwiebeln und dem Knoblauch anzuschwitzen.

»Es duftet köstlich«, meinte sie, um dann sofort wieder in den aktuellen Song aus dem Radiolautsprecher einzustimmen: »White Christmas« von Bing Crosby.

»Wie passend!«, kommentierte Emery sarkastisch und zeigte auf die Fensterscheiben. Man konnte nichts erkennen. Gar nichts. Außer Schnee natürlich. Der Wind pfiff ums Haus und rüttelte am alten Gemäuer. Niemand würde bei diesem Wetter auch nur seinen Hund vor die Tür schicken.

Seltsamerweise war er nicht unglücklich darüber. Emery nippte erneut von seinem Wein.

Die Musik wurde gerade für die Sieben-Uhr-Nachrichten unterbrochen. Beim Wetterbericht sprang Tara von ihrem Stuhl auf und stöhnte. »Nicht im Ernst!«

»...sollten Sie unter allen Umständen zu Hause bleiben. Hoffentlich haben Sie genügend Vorräte angelegt, es soll auch in den nächsten Tagen weiter extremen Schneefall mit heftigen Böen um die einhundert Meilen geben ... Das wird wohl für viele ein ganz besonderes Weihnachtsfest werden ...«

Tara nahm Emery das Weinglas aus der Hand und trank einen tiefen Schluck. »Tut mir leid«, meinte sie schuldbewusst und gab es ihm zurück. »Das brauchte ich jetzt. Ich stehe unter Schock!«

Emery schaute sie an und brach in Gelächter aus.

»Ja, amüsiere du dich nur. Ich kann nicht glauben, dass das wirklich passiert.« Dann ließ sie sich auf einen Stuhl sinken und vergrub das Gesicht zwischen ihren Händen. »Ich brauche diesen Auftrag so sehr! Es kann doch nicht sein, dass ich mir ein Bein ausreiße und dann sieht es niemand? Ich meine, hast du dich mal umgesehen? Was ich geleistet habe, ist großartig! Es ist richtig toll geworden. Ich bin so stolz darauf. Wenn deine Familie hier nicht ankommt, werden sie es nicht sehen können – dann bin ich am Arsch.«

Emery umfasste ihr Handgelenk und zog sie wieder auf die Beine. Es war ein sanfter Griff, beinahe eine zärtliche Geste. Tara befeuchtete sich ihre Lippen. Er sah, dass Tränen in ihren Augen schimmerten. »Bin ich niemand?«, versuchte er ihre Laune mit einem Scherz aufzubessern. Außerdem bekam sie ihr Honorar doch trotzdem. Er merkte, dass es bei ihrem kleinen Ausbruch um mehr ging als das, was sie sagte, wagte aber nicht nachzufragen.

Sie schniefte und hielt die Tränen wacker zurück. »Nein, aber du *hasst* Weihnachten!«

Dem konnte er nicht einmal widersprechen.

Emery wunderte sich selbst, aber so schlimm fand er den Gedanken an das bevorstehende Fest heute gar nicht mehr. Das lag natürlich an ihrer Anwesenheit. Und das konnte er ihr nicht erzählen, sonst würde sie nur auf falsche Ideen kommen. Oder auf die richtigen. Er wusste es selbst nicht. Sein Blick heftete sich schon wieder auf ihre sinnlichen Lippen und erschwerte ihm das Denken zusätzlich.

Zu gern würde er sie noch einmal küssen.

Aber nein.

Das war unmöglich. Das konnte er nicht tun. Sie in dieser Situation auszunutzen, wäre alles andere als fair. So ein Typ war er nicht. Auch wenn er es vielleicht gern wäre, denn das Verlangen, sie zu spüren, in seinen Armen zu halten, war riesengroß. Stärker als alles, was er je zuvor erlebt hatte.

Er ließ Tara los und widmete sich wieder dem Kochtopf mit dem Risotto, obwohl er selbst gar nicht so genau wahrnahm, was er da überhaupt machte. Alles, woran er denken konnte, war sie. Tara, mit ihren weichen Lippen, den strahlenden Augen und den sanften Kurven. »Wenn man nicht aufpasst, ist es ruiniert.« Seine Stimme klang belegt, und ihm war warm geworden. Was stimmte nur nicht mit ihm? Normalerweise hatte er kein Problem damit, sich zu kontrollieren. In ihrer Gegenwart schien das alles nicht mehr zu funktionieren. Das machte ihn fertig.

Aber es ließ ihn sich auch lebendig fühlen. So lebendig wie schon lange nicht mehr.

»Und übrigens, ich hasse Weihnachten nicht«, brummte er dann, weil er das Bedürfnis hatte, sich auf irgendeine Weise zu erklären.

Das schien ihre Stimmung ein wenig aufzuhellen, denn sie pikste ihn mit ihrem Finger in die Seite. »Netter Versuch, Emery. Danke.« Ihre Stimme klang sanft und tatsächlich ein wenig hoffnungsvoller, aber er hörte auch einen gewissen Schmerz heraus, von dem er wissen wollte, woher er kam.

Eine Antwort hatte er auch hier nicht parat.

Danke, hatte sie gesagt.

Fünf Buchstaben, die aus ihrem Mund wie ein Versprechen auf mehr klangen.

Er war dämlich. Verfiel auf einmal in unangebrachte Sentimentalitäten. Er musste sich zusammenreißen, und genau das würde er jetzt tun, ehe er sich vollkommen lächerlich machte. »Essen wir erst einmal, danach sieht die Welt gleich anders aus...«, krächzte er, ohne ihr ins Gesicht zu sehen. Er hatte Angst, sie könnte sonst erkennen, was wirklich in ihm vor sich ging.

Emery holte zwei Teller aus dem Schrank und füllte zwei Portionen auf, dann streute er etwas Parmesan und Petersilie darüber und brachte alles hinüber ins Esszimmer, wo er den Lichtschalter mit dem Ellenbogen betätigte, und der Kronleuchter begann zu funkeln.

Hier stand natürlich auch eine geschmückte Tanne. Tara eilte an ihm vorbei und knipste gefühlte hundert Lichterketten und LED-Kerzen an, was in Windeseile eine wirklich zauberhafte Stimmung verbreitete.

»Ist es nicht wundervoll?«, schwärmte sie mit diesem ganz gewissen Glitzern in den Augen, das dieses komische Flattern in seiner Magengrube verstärkte. Er stand vor dem Tisch, als Tara mit zwei Gläsern Wein zurückkehrte.

Befangen setzte er sich und wünschte ihr einen guten Appetit. Es war lange her, dass er hier gesessen hatte. Und an Virginia wollte er jetzt nicht denken. Seltsamerweise tat es heute nicht mehr so weh wie sonst, wenn alte Erinnerungen hochkamen.

Seine Ex-Frau schien auf einmal keine Rolle mehr für ihn zu spielen. Ja, da war noch etwas Bitterkeit in ihm, aber nicht mehr dieser tief sitzende, alles umfassende Schmerz, wie er ihn von den letzten Jahren kannte. Die Erkenntnis traf ihn so heftig und schnell, dass er für eine Sekunde erstarrte.

»Was ist los?«, wollte Tara wissen. »Stimmt etwas nicht?«

Emery entspannte sich und lächelte. Dann hob er sein Glas und prostete ihr zu. »Es ist alles genau so, wie es sein soll. Guten Appetit, ich hoffe, es schmeckt dir.«

Tara stieß mit ihm an und erwiderte sein Lächeln. Wie immer, wenn sie das tat, kam es ihm so vor, als ginge die Sonne auf. Die Glassteinchen im Kronleuchter leuchteten mit dem Strahlen ihrer Augen um die Wette.

Nachdem Tara zum ersten Mal von seinem Risotto gekostet hatte, schloss sie die Augen und lehnte sich stöhnend im Stuhl zurück. »Heilige Scheiße«, stieß sie mit vollem Mund hervor, und Emery musste lachen. »Wieso schreibst du diese blöden Ratgeber, wenn du *so* kochen kannst?«

Obwohl er sich beleidigt fühlen müsste, weil sie über seine Tätigkeit als Therapeut herzog, tat er es nicht, sondern genoss ihr Lob und ihre Anerkennung. Er liebte es, wie natürlich sie sich verhielt. Unverstellt und echt. »Dann verstehe ich dich richtig, dass man es essen kann?«, hakte er schmunzelnd nach.

Tara öffnete die Augen und beugte sich ein wenig zu ihm herüber. »Das ist das Beste, was ich seit Langem, nein, was ich seit Jahren gegessen habe. Also ja! Du darfst wieder für mich kochen.« Es klang wie ein Witz, aber als sich ihre Blicke ineinander verhakten, wusste er, dass sie es ernst meinte.

Sein Herz ging auf, und er trank verlegen einen weiteren Schluck Wein. Es tat gut, auch einmal etwas Nettes zu hören, obwohl er sich selbst immer für einen Mann gehalten hatte, der nicht ständig nach Bestätigung lechzte. Aber so eine Unterhaltung wie mit Tara hatte er schon lange nicht mehr geführt. Noch nie vielleicht.

Überhaupt war Tara mit keiner anderen zu vergleichen, die er bisher kennengelernt hatte.

Mit dem Unterschied, dass das hier keine Verabredung war.

Gut, dass er sich daran erinnerte.

Es war einfach, das zu vergessen, wenn sie in seiner Nähe

war. Taras Anwesenheit tat ihm gut. Sehr sogar. Aber er behielt es für sich, auch weil er gar nicht wüsste, wie er es formulieren sollte.

Nachdem sie eine weitere Portion verdrückt hatte, rieb sich Tara über den Bauch. »Gott, du hältst mich jetzt für total verfressen, oder? Die Damen, mit denen du sonst ausgehst, knabbern bestimmt nur an einem Salatblatt.«

Er kniff die Brauen zusammen. »Ich weiß jetzt nicht, ob ich das als Beleidigung verstehen soll, oder wie meinst du das?«

Tara schob die Teller zusammen. »Sollst du nicht, Emery. Es ist keine Beleidigung. Bestimmt nicht.« Mehr sagte sie dazu trotzdem nicht, sondern wechselte, ohne mit der Wimper zu zucken, das Thema. »Du hast gekocht, und ich mache den Abwasch, das ist nur fair.« Damit verschwand sie aus dem Esszimmer und ließ ihn ratlos zurück.

Tara summte leise »Rudolf the Red-Nosed Reindeer« vor sich hin, während sie die Küche aufräumte. Emery musste noch drüben im Esszimmer sein, von dort aus gab es nur den Weg hier durch, und er war nicht an ihr vorbeigekommen – außer er hatte sich unsichtbar gemacht oder war durchs Fenster geflüchtet. Sie ging jedenfalls nicht davon aus, dass er sich in den Schnee gestürzt hatte. Trotzdem fragte sie sich, warum er da drüben so lange allein herumhockte. War ihm ihre Nähe schon nach einem Essen zu viel geworden? Sie hatte eigentlich das Gefühl gehabt, dass es ganz gut zwischen ihnen gelaufen war.

Ha!

Eine Untertreibung.

Tatsächlich war es ihr so vorgekommen, als ob es geknistert hätte. Das mochte an der romantischen Beleuchtung und dem draußen tosenden Sturm liegen – da konnte man sich ja gern was einbilden. Aber das glaubte sie nicht. Tara war sich fast sicher, dass sie es nicht nur geträumt hatte. Dieses Prickeln. Die gegenseitige Anziehung. Es war überaus real.

Sie seufzte und wollte nicht weiter daran denken, denn das Essen war vorbei. Und so etwas wie den Kuss würden sie garantiert nicht wiederholen.

Leider.

Ja. Sie war dumm, es zu bedauern, obwohl ihr klar war, dass eine Neuauflage sie in tiefe Schwierigkeiten stürzen könnte. Tara war leider noch nie gut darin gewesen, Versuchungen zu widerstehen. Von daher war es vielleicht besser, dass er drüben saß und sich nicht in ihrer Nähe aufhielt. Möglicherweise hatte er es auch gespürt und behielt einfach einen kühlen Kopf – weil er eben keine Wiederholung wollte.

Der Gedanke ernüchterte sie ein wenig.

Die Spülmaschine lief bereits. Den Rest, ein paar Töpfe, Plastikschalen und Pfannen, stapelte sie auf der Arbeitsfläche und wischte dann den Tisch ab. Schlagartig wurde es zappenduster – bis auf die Kerzen auf dem Fensterbrett. »Scheiße, was habe ich jetzt wieder angerichtet?«, fluchte sie.

»Tara, bist du okay?«, hörte sie Emerys dunkle Stimme, und dann bog er auch schon um die Ecke.

»Ich habe nichts gemacht«, rechtfertigte sie sich und hob abwehrend beide Hände.

Emery lachte. »Das weiß ich doch. Sieht nach einem Stromausfall aus. Ich habe mich schon gefragt, wie lange es bei diesem Wetter dauern würde, bis das passiert.«

»Stromausfall?«, wiederholte sie lakonisch.

»Scheint so.« Emery machte sich offenbar nichts daraus, er sah beinahe schon gelangweilt aus. Er schaute in den Backofen, wo der Truthahn bis eben vor sich hin geschmort hatte. Dann zuckte er mit den Schultern und wandte sich ihr wieder zu.

»Wie gut, dass die Lichterketten batteriebetrieben sind«,

meinte Tara betrübt und dachte darüber nach, wie lange so ein Stromausfall wohl dauern konnte.

»Ja«, meinte er mit einem leisen Seufzen. »Wie gut.«

Tara rieb sich die Stirn. »Was machen wir denn jetzt?«

»Ich schätze, wir können nichts anderes tun, als abzuwarten. Hast du Angst?«

»Angst? Wovor denn?«

»Keine Ahnung, manchmal habt ihr Frauen doch ...«

Sie legte ihm eine Hand auf den Mund und brachte ihn damit zum Schweigen. »Sag jetzt bloß nichts Falsches, Emery Swan.« Sofort riss sie ihre Finger zurück, als hätte sie sich an ihm verbrannt. Das war absolut daneben, überlegte sie peinlich berührt. Ich überschreite ständig Grenzen, das muss aufhören.

Leider dachte sie schon wieder an den gestrigen Kuss. Wie ständig und immerzu.

Ob es ihm auch so ging?

Seine Augen waren dunkel, der flackernde Schein der Kerzenflammen spiegelte sich darin wider. Ach du meine Güte, dachte Tara. Mein Herz ploppt mir gleich aus dem Brustkorb, wenn er mich so ansieht wie jetzt.

Sag was, flehte sie stumm.

Oder küss mich!

Sie würde auf keinen Fall den ersten Schritt machen. Aber sie wünschte sich, dass er es tat.

Gerade waren ihr die Konsequenzen herzlich egal.

Komme, was wolle.

Das hier war echt.

Tara befeuchtete sich die Lippen mit der Zunge, und Emery atmete geräuschvoll aus. »Du machst mich wahnsinnig«, knurrte er. Mit einem Schritt war er bei ihr, riss sie in seine Arme und presste seinen Mund auf ihren, um sie tief und leidenschaftlich zu küssen. Sie schmolz dahin und ergab sich ihrer Lust für diesen Mann.

Ihr heißer Atem vermischte sich mit seinem, während ihre Zungen miteinander tanzten. Emerys Hände glitten an ihrer Wirbelsäule entlang und lösten ein sehnsüchtiges Kribbeln in ihrem Unterleib aus, das Tara durch Mark und Bein ging. Beinahe verzweifelt klammerte sie sich an ihm fest und legte alles in diesen Kuss.

Emery schien es zu spüren, denn er verstärkte den Druck auf ihre Kehrseite. Kurz löste er sich von ihr, dann hörte sie ihn schimpfen. »Ach, was soll's.« Sie verstand erst nicht, was er meinte, dann fegte er die Töpfe, Schüsseln und Pfannen mit einer Bewegung von der Arbeitsfläche. Einiges landete in der Spüle, der Rest scheppterte auf den Küchenboden.

»Sorry«, murmelte er, dann hob er Tara mit dem Hintern auf die Arbeitsfläche, drängte sich gegen sie und küsste sie erneut hingebungsvoll.

Tara zog ihn am Pullover noch dichter an sich heran, öffnete ihre Schenkel und ließ ihn dazwischenstehen. Sie wünschte sich, das hier würde niemals enden. Seine Küsse waren heiß und leidenschaftlich. Als er seine Hände an ihrem Rücken unter den Pulli gleiten ließ, stöhnte Tara auf und legte den Kopf in den Nacken. Sofort bedeckte er ihren Hals mit seinen Lippen. Er hinterließ eine brennende Spur aus sehnsüchtigem Verlangen auf ihrer Haut, während Tara sich wünschte, sie könnten sich endlich diese störenden Klamotten vom Leib reißen. Sie wollte ihn. Sie wollte ihn mit Haut und Haaren. Jetzt. An Ort und Stelle. Ihm schien es genauso zu gehen. Jetzt strichen seine Finger sanft über die Körbchen ihres Büstenhalters. Sofort richteten sich Taras Brustwarzen auf. Eine Gänsehaut überzog ihren Körper, während sie lustvoll erschauderte. »Komm her«, wisperte sie und zog seinen Kopf wieder zu ihren Lippen. »Ich will dich schmecken.«

Er ließ sich nicht zweimal darum bitten, sondern gab ihr, wonach sie verlangte. Emery nahm sich ausgiebig Zeit, machte sie damit umso mehr verrückt, während seine Daumen mit ihren Nippeln spielten. Verlangen brannte in ihrer Mitte, sie rückte ein wenig enger an ihn heran und spürte seine Erektion durch den Stoff seiner Jeans. Sie drückte sich hart gegen ihre intimste Stelle. »Viel zu viel Kleidung«, stöhnte sie zwischen zwei Küssen und hoffte, er würde endlich etwas dagegen unternehmen.

Tara verlor die Geduld. Sie legte selbst Hand an, zerrte ihm den Pullover über den Kopf und warf ihn achtlos auf den Boden. Endlich. Sie ließ ihre Finger über seine ausgeprägten Rückenmuskeln gleiten, während sie ihn erneut küsste. Dieser Moment sollte niemals enden, es fühlte sich fantastisch an. So richtig. So einzigartig. Noch nie hatte sie jemanden so begehrt, wie sie Emery Swan in sich spüren wollte.

»Ich will dich«, hauchte sie dicht an seinem Ohr und biss dann in sein Ohrläppchen.

Er stieß ein tiefes Grollen aus, hob sie in seine Arme und stürmte mit ihr aus der Küche. Zuerst wollte Tara protestieren, dass sie viel zu schwer wäre, aber da er nicht umgefallen war und sie wirklich, wirklich mit ihm schlafen wollte, hielt sie die Klappe und ließ sich von ihm tragen. Sie schlang ihre Schenkel um seine Taille und legte die Arme um ihn. Mit langen, schnellen Schritten trug er sie in sein Schlafzimmer. Beinahe zärtlich bettete er sie auf die Matratze und legte sich daneben. Er strich ihr eine Strähne aus dem Gesicht, sein Blick war verhangen und dunkel vor Lust.

»Du bist wundervoll«, flüsterte er, dann küsste er jedes ihrer Augenlider und begann endlich damit, sie auszuziehen. Dabei ließ er sich viel Zeit, bedeckte jeden Zentimeter ihrer Haut mit elektrisierenden Küssen, die ihr Verlangen in unermessliche Höhe trieb. Irgendwann lag sie nur noch in Unterwäsche bekleidet auf seinem Bett, erst dann widmete er sich ihrem BH. Emery ließ seine Hände unter ihren Rücken gleiten und öffnete den Verschluss so gekonnt, als würde er den ganzen Tag nichts anderes tun. Was darauf folgte, ließ Tara lustvoll aufschreien. Er saugte erst an einer und dann an der zweiten Brustwarze. Er blies darüber, so dass sie sich unter dem heißen Lufthauch seines Atems aufrichteten. Anschließend nahm er sie wieder spielerisch zwischen seine Lippen, während seine Finger über Taras Venushügel wanderten. Das sanfte Streicheln brachte sie beinahe um den Verstand.

»Heilige Mutter Gottes«, stöhnte Tara, als er den Druck auf ihre intimste Stelle erhöhte.

Emerys heiseres Lachen erklang, dann streifte er ihr endlich das verdammte Höschen von den Hüften.

»Wunderschön«, murmelte er, bedeckte ihren Bauch mit einer Spur aus heißen Küssen und setzte seine Erkundungsreise fort. Immer tiefer, immer weiter. Er spreizte ihre Schenkel, schob seine Hände unter ihren Hintern, um sie genau dort zu halten, wo er sie haben wollte.

Tara stöhnte auf, als sie den Druck seiner Zunge auf ihrer Klitoris spürte. Verdammt, dieser Mann wusste, wie er eine Frau um den Verstand brachte. Sie vergrub ihre Hände in seinem Haar und schloss die Augen, weil die köstliche Qual kaum zu ertragen war. Ihr Körper stand in Flammen. Sie brannte lichterloh, konnte weder denken noch sprechen und doch stieß sie immer wieder unzusammenhängende Worte aus. Vielleicht bettelte sie sogar nach Erlösung und gleichzeitig darum, dass es niemals enden sollte.

»Emery«, stöhnte sie erneut, als sie spürte, wie sich der Höhepunkt rasend schnell in ihr aufbaute. Sie hielt es keine Sekunde länger aus. »Hör nicht auf«, flehte sie, und ihre Hüften zuckten unkontrolliert unter seinen Liebkosungen.

Der Orgasmus fegte erbarmungslos über Tara hinweg, sie konnte nichts tun, als sich zu ergeben. Dagegen war der Wintersturm, der vor dem Haus tobte, ein laues Lüftchen. Sie wusste nicht mehr, wo sie war oder wie sie hieß. Sie schrie auf und klammerte sich an Emery fest, während sie unter ihm erzitterte.

Erst als sie matt und regungslos liegen blieb, schien er zufrieden. Emery bettete sich lächelnd neben Tara und strich ihr dabei zärtlich mit seinen Fingerknöcheln über die Wange.

»Das war ...« Ihr fehlten die Worte.

»Sch«, machte er nur und legte ihr den Zeigefinger an die Lippen. »Nicht zerreden.«

Das war gut, sehr gut sogar, denn ihr Gehirn war nicht in der Lage, auch nur einen vollständigen Satz zu formen, der in irgendeiner Weise einen Sinn ergeben hätte. Emery streichelte liebevoll und federleicht über ihren Bauch und um ihren Bauchnabel herum. Er schien es nicht eilig zu haben, sich um seine eigene Erfüllung zu kümmern.

Erst jetzt begriff Tara, dass er noch nicht einmal seine Hose ausgezogen hatte. Shit. Da hatte sie unter seinen gekonnten Zungenschlägen buchstäblich alles vergessen. Alles. Wahnsinn. Allein die Erinnerung an die Ekstase, die er ihr bereitet hatte, löste ein neuerliches Ziehen in ihrem Unterleib aus. Unfassbar, sie wollte ihn schon wieder ... und dieses Mal richtig.

Tara lächelte und richtete sich auf. Sie sah Emery tief in die Augen, erkannte sein Verlangen und auch eine zärtliche Wärme darin, die so unvergleichlich und besonders war, dass sich ihr Herz noch ein Stückchen mehr für ihn öffnete. Sie wollte jetzt nicht darüber nachdenken, was das bedeuten könnte, deshalb küsste sie Emery und drückte ihn sanft, aber bestimmt auf den Rücken.

»Wie du mir, so ich dir ...«, flüsterte sie mit einem heiseren Glucksen und erkundete seinen Körper. Sie küsste jeden Millimeter seiner Haut, leckte über seinen Bauch, schmeckte das Salz und seine Männlichkeit. Tara strich über die mächtige Ausbuchtung seiner Jeans, und Emery stöhnte kehlig.

»Verdammt«, fluchte er und hob ihr seine Hüfte entgegen. Es

gefiel ihr, wie erregt er war. Es gefiel ihr sehr, denn es zeigte ihr, dass er die Leidenschaft, die er ihr gespendet hatte, selbst sehr genossen hatte und sein Verlangen dadurch nur gesteigert wurde. Tara knöpfte seine Hose auf, zog sie samt Briefs von seinen Hüften und warf sie auf den Boden. Seine Erektion ragte imposant in die Höhe. Tara umfasste sie mit ihren Händen und ließ sie sanft auf und ab gleiten. Seine Haut war warm, samtig und trocken. Er beobachtete sie dabei, seine Lippen waren geöffnet, um besser Luft zu bekommen. Sein Brustkorb hob und senkte sich schnell. Er stöhnte leise, und das Ziehen in ihrer Mitte verstärkte sich. Tara beugte sich nach vorn und umschloss seine Männlichkeit mit ihrem Mund, leckte darüber und nahm ihn in sich auf.

Emery stieß einen nicht jugendfreien Fluch aus, den sie von seinen Lippen so nicht erwartet hätte. Als sie anfing, mit seinen Hoden zu spielen, sie sanft zu streicheln und die Bewegungen ihres Mundes um seinen Schwanz zu intensivieren, schob er sie kraftvoll und bestimmt von sich. »Scheiße, Tara, willst du mich fertigmachen? Um ein Haar wäre ich gekommen ... Das willst du sicher nicht ... nicht so«, keuchte er und wirkte beinahe alarmiert.

Hatte es ihm noch nie eine Frau mit dem Mund besorgt? Sie fand es selbstverständlich, dass sie sich bei ihm auf die ein oder andere Weise revanchierte, sie genoss es sogar. An seiner Reaktion merkte sie, dass er das vielleicht anders sah. »Was ist los?«, wollte sie von ihm wissen. »Gefällt es dir nicht?«

»Himmel, Tara, ob es mir gefällt? Und wie! Aber ich will nicht, dass es so endet. Noch nicht. Und jetzt komm her«, er zog sie auf seine Brust und küsste sie tief und innig, bis sie vergessen hatte, was sie erwidern wollte. Mit einer kraftvollen Bewegung drehte er sie so auf den Rücken, dass er wieder die Oberhand gewann. Sie mochte dieses kleine Spiel zwischen ihnen. Sie mochte es sehr.

Emery lag auf ihr und betrachtete sie für einen Augenblick. »Ich will mit dir schlafen, Tara, aber ich will dich zu nichts drängen ...«

Löblich, dass er sich darüber Gedanken machte, aber völlig unbegründet. »Wenn du mich nicht gleich vögelst, werde ich es tun, und dann sei dir sicher, höre ich erst auf, wenn du gekommen bist ...«, warnte sie ihn und wusste, dass ihre Augen lüstern funkelten.

Emerys Pupillen weiteten sich ein wenig. Dann ließ er seine Finger zwischen ihre Schenkel gleiten. »So feucht, so bereit für mich ... O Tara, ich kann es nicht mehr länger aushalten.«

»Ich nehme die Pille«, erklärte sie ohne Umschweife. »Und es ist lange her, seit ich das letzte Mal ...« Sie sprach den Satz nicht zu Ende, es war peinlich genug zu erwähnen, dass sie seit Ewigkeiten keinen Sex mehr gehabt hatte.

»Ich auch nicht ...«, flüsterte er mit belegter Stimme, und dann drang er mit einer Bewegung in sie ein, legte den Kopf in den Nacken und biss die Zähne zusammen. »Tara!«

Allein die Art, wie er ihren Namen stöhnte, brachte sie um den Verstand. Sie legte ihre Beine um seine Hüften und reckte sich ihm entgegen. Endlich begann er, sich langsam in ihr zu bewegen. Beinahe vorsichtig, als ob er sich selbst nicht traute, loszulassen.

O wie köstlich war diese Qual. Tara krallte ihre Nägel in seinen Rücken und bettelte um mehr. »Du bist wunderbar«, hauchte er in ihr Ohr und beschleunigte das Tempo.

Was für ein fantastischer Liebhaber. Was für ein fantastischer Mann, war der letzte Gedanke, ehe sich alles in wilder Lust auflöste.

Ihre Körper waren nach kurzer Zeit schweißbedeckt, sie atmeten beide schwer. Immer wieder seufzte sie seinen Namen, hörte, wie er ihren flüsterte. Es war kaum auszuhalten, die süße Folter, die sie einander bereiteten.

»Mehr«, bettelte sie, und er gab ihr, wonach sie verlangte. Taras Nervenenden waren zum Zerreißen gespannt. Sie sah an seinem angestrengten Gesichtsausdruck, dass es ihn größte Mühe kostete, sich zurückzuhalten. »Lass los«, hauchte sie und bog sich ihm entgegen. »Für mich, Emery, für mich!« Und dann brach der Höhepunkt über ihr zusammen. Tara öffnete ihre Augen und verlor sich in seinen. Sie kamen gleichzeitig. Er versteifte sich und hielt sie eng umschlungen, während er sich in ihr verströmte und seine Lust herausbrüllte.

Erst nach einer gefühlten Ewigkeit kamen sie beide wieder zu Atem. Emery rollte sich von ihr und zog sie in seine Arme. Er breitete die Decke über ihnen aus und küsste ihre Schläfe. »Ist alles in Ordnung, brauchst du etwas?«

»Ich brauche nichts - nur dich.« Das war die Wahrheit und nichts als das. Aber vermutlich begriff er nicht das volle Ausmaß dessen, was sie eben von sich gegeben hatte. Sie konnte es auch nicht fassen, aber sie hatte sich in ihn verliebt.

Die Erkenntnis traf sie wie ein Schock. Dabei hatte sie sich so fest vorgenommen, dass es nicht passierte – nun war es zu spät.

Tara wollte nicht darüber nachdenken, nicht jetzt und auch nicht in einer Stunde oder morgen. Sie würde im Moment leben, alles andere war ohnehin sinnlos.

»Ich brauche nichts«, wiederholte sie träge. »Nichts außer dir. Halt mich einfach fest.«

Und das tat er. Er zog sie noch etwas fester in seine Arme. Um sie herum tobte der Schneesturm. Auf dem Kaminsims flackerten LED-Kerzen, und die Lichterkette am Tannenbaum brannte. Es gab nur noch sie beide. Es fühlte sich perfekt an. Aber in ihrem Leben hatte es selten lange gedauert, bis nach dem Glück der große Fall kam. Sie hoffte, dass es dieses Mal anders sein würde.

16

Der Schneesturm toste ums Haus. Man konnte vom Fenster aus nicht bis zum Meer sehen, alles, was man erkennen konnte, waren dicke Schneeflocken. Emery stand am Herd – wenigstens der funktionierte noch, da er mit Gas betrieben war. Den Truthahn hatte er vorhin hinaus in die Kälte gestellt. Er war weder fertig, noch glaubte Emery daran, dass der Strom in naher Zukunft zurückkäme, um den Backofen wieder anzuschalten. Vielleicht hätte er das Ding gleich entsorgen sollen, aber er wollte Taras Werk nicht einfach wegwerfen. Stattdessen war er gerade dabei, Frühstück für sich und Tara zu machen. Es gab Pancakes und Rührei mit Speck. Dank der vielen Vorräte würden sie wenigstens nicht hungern müssen, egal, wie lange dieses Unwetter andauerte. Er war nicht traurig darüber, im Gegenteil. Er begrüßte jede Stunde, die er mit ihr allein verbringen konnte. An das Danach verbot er sich zu denken. Alles zu seiner Zeit.

Er hörte Taras leise Schritte näherkommen, und seine Mundwinkel bogen sich wie von selbst nach oben. »Guten Morgen«, gab er von sich und wandte sich ihr zu.

Sie hatte sich ebenfalls angezogen, für alles andere war es zu kalt im Haus. Die Heizung funktionierte zwar, aber Trewane Manor war nicht so gut isoliert, dass es nicht hier und da doch ein wenig kühl wäre.

»Guten Morgen«, erwiderte sie mit einem schüchternen Lächeln.

Es war seltsam, aber das Ziehen in seiner Magengrube verstärkte sich. Was war das denn? Sehnsucht? Das ergab überhaupt keinen Sinn, er hatte sie nicht nur in der Nacht geliebt, sondern auch heute Morgen. Tara war noch einmal eingeschlafen, und er war nach unten gegangen, um Frühstück zu machen. Er hatte einen Bärenhunger, aber das erklärte nicht das Gefühl in seiner Magengrube, wenn sie ihn so anschaute wie jetzt.

Emery dachte nicht weiter darüber nach, sondern ging zu ihr und küsste sie. Er hielt sie in seinen Armen. Als er spürte, wie sie unter seinen Liebkosungen dahinschmolz, vertiefte er den Kuss. Sie waren beide atemlos, als er sich irgendwann von ihr löste.

Emery war überrascht von dem Ausmaß, in dem er sie begehrte. Es kam ihm beinahe so vor, als ob seine Manie mit jeder Minute zunahm.

»Hast du Hunger?«, fragte er mit belegter Stimme, weil er nicht wusste, was er sonst sagen sollte. Das, was in seinem Kopf vor sich ging, konnte er ihr unmöglich erzählen.

Sie würde ihn für verrückt erklären – er begriff es ja selbst nicht.

»Du hast Frühstück gemacht?« Sie schaute an ihm vorbei zum Herd. »Wow, das sieht fantastisch aus. Rührei, Pancakes und Speck?«

»Das mögt ihr Amerikaner doch.«

Es hatte wie ein Witz klingen sollen, aber Tara schaute pikiert. In der nächsten Sekunde lächelte sie wieder, und er glaubte, dass er sich getäuscht hatte.

Sie hatten bisher nicht über die letzte Nacht gesprochen,

sondern sich am Morgen, anstatt zu reden, noch einmal geliebt. Mit Tara war der Sex – und alles andere auch – besonders, neu und einzigartig.

Er umarmte sie und knabberte an ihrer Unterlippe. »Ich könnte dich fressen, weißt du das?«, murmelte er und spürte neue Lust in sich aufsteigen.

Natürlich mochte er die Körperlichkeit mit ihr, aber die Besessenheit, mit der er Tara begehrte, grenzte an Wahnsinn.

Hoffentlich dauerte dieser Schneesturm für immer. Der Gedanke kam so unvermittelt und klar, dass er sich selbst ein wenig erschreckte.

Natürlich musste das Unwetter einmal enden – nur wie es dann mit ihnen weiterging, vermochte er nicht zu sagen. Er wusste selbst nicht, was er wollte.

Lebe im Jetzt, sagte er sich. Alles andere hatte ohnehin keinen Sinn.

Außerdem hatte er Angst vor Taras Reaktion, wenn er eine mögliche Zukunft ansprach. Wollte er die überhaupt?

Er hatte keine Ahnung, aber eines war sicher. Er konnte sich nicht vorstellen, wie es sein würde, wenn er sie nicht mehr wiedersah.

Nach dem Frühstück kuschelten sie sich mit einer Decke vor den Kamin. Es war seltsam still im Haus. Es knackte hier und da, der Lärm des Sturms von draußen war umso deutlicher zu hören.

Emery hatte einen Arm um Tara gelegt, sie schmiegte sich an ihn. Sie liebte, wie er roch, wie es sich anfühlte, von ihm gehalten zu werden. Tara hatte die Augen geschlossen und nahm das Gefühl von Nähe und Vertrautheit tief in sich auf. Doch in den hintersten Ecken ihres Verstandes lauerte die Frage nach dem, was nach dem Unwetter kam.

Ihre eigene Unsicherheit und die Erfahrungen mit anderen Männern aus der Vergangenheit schürten Zweifel in ihr, die sie jetzt nicht aufkommen lassen wollte. Tara verdrängte sie so schnell, wie sie aufgetaucht waren. Es war viel zu früh, um an eine gemeinsame Zukunft zu denken, sagte sie sich stattdessen.

»Was ist los?«, wollte er von ihr wissen.

»Wieso? Was meinst du?«

Er drückte ihr einen Kuss auf den Scheitel. »Du hast geseufzt, es hörte sich irgendwie ... traurig an. Vermisst du deine Familie? Mir fällt auf, dass ich das noch nie gefragt habe.«

Hinter Taras Augen brannten Tränen. Nicht, weil sie von Schmerz erfüllt war, es waren Tränen der Rührung. Emerys einfühlsame Frage und der Klang seiner Stimme erfüllten sie mit so viel Liebe, dass ihr warm ums Herz wurde. Sie lächelte und schluckte den Kloß in ihrem Hals weg. Sie bedeutete ihm etwas, das merkte sie jetzt ganz deutlich. Alles andere war nicht mehr wichtig. Deshalb entschied sie sich dafür, einfach auf das Gute zu vertrauen. Dass sie auch einmal im Leben das Glück hatte, einen Mann zu treffen, der es ernst mit ihr meinte. Emery hatte keinen Grund, ihr etwas vorzuspielen. Er musste kein Interesse heucheln, aber er hatte trotzdem nach ihrer Familie gefragt, was nur heißen konnte, dass es ihn wirklich interessierte.

»Die Geschichte ist nicht lang«, antwortete sie wahrheitsgemäß und ohne Bitterkeit. »Meine Mutter ist mit ihrem Freund auf einer Weltreise – ansonsten gibt es da niemanden. Ja, meine Freundinnen, das schon, aber die sind alle über Weihnachten unterwegs.«

»Dann bedauerst du es nicht, dass du vermutlich mit mir vorliebnehmen musst? Ich meine, es sind ja noch zwei Tage Zeit, aber ...« Er sprach nicht weiter.

Tara wusste nicht, was in ihm vorging, aber sie dachte an ihren Flug, der nun garantiert verschoben oder annulliert wurde. Traurig war sie nicht darüber, aber sie wollte auch nicht den Weg einschlagen, in den das Gespräch sich unvermeidlich bewegen würde, wenn sie auf diese Frage näher einging.

»Ich bin gern mit dir zusammen«, sagte sie, und es kam ihr leicht über die Lippen, weil sie nicht versuchte, etwas in seine Feststellung hineinzuinterpretieren, was vielleicht gar nicht da war. Sie fragte nicht, ob es ihm genauso ging, sie war nicht auf Komplimente aus. Stattdessen lenkte sie das Gespräch auf ein anderes Thema, das sie für unverfänglicher hielt. »Erzähl mir doch mal von deiner Arbeit, ich weiß noch gar nichts darüber.« Sie zögerte kurz. Dann fuhr sie fort. »Wie kommt man dazu, dass man Leute bei Trennungen unterstützt?«

Sie merkte, dass er sich ein wenig verspannte, während er mit seinen Fingern kleine Kreise auf die Decke malte. Eine Geste der Verlegenheit?

Nein, das schien ihr nicht passend zu sein. Aber auf einmal war Emery weit weg mit seinen Gedanken. Die Pause dauerte nun schon eine Weile an, und sie glaubte, womöglich gar keine Antwort mehr auf ihre Frage zu bekommen, als er sich räusperte und zu erzählen begann. »Ich denke, es liegt auf der Hand. Ich bin selbst geschieden. Mir war es damals unglaublich wichtig, dass man sich zwar trennt, aber sich nicht gegenseitig mit Dreck beschmeißt. Ich fand die Möglichkeit, Trennungen gesittet zu vollziehen, spannend und heilsam, auch für andere. Ich bin kein Typ für einen Rosenkrieg, denn wozu lohnt es sich zu kämpfen, wenn sowieso alles vorbei ist? Deshalb rate ich auch jedem davon ab und unterstütze meine Klienten in einer respektvollen Kommunikation.«

Obwohl sie nachzuvollziehen versuchte, was er damit meinte, kamen Tara seine Ausführungen mechanisch vor. Nicht unecht, aber doch so, als ob er etwas zurückhielte.

Sie wusste nicht so recht, was sie darauf erwidern sollte. Also sprach sie einfach das aus, was ihr als erstes in den Sinn kam. »Für eine große Liebe sollte man kämpfen. Man kann doch nicht einfach aufgeben, nur weil man mal ein paar Probleme hat!«

Sie hörte, wie er ein- und dann wieder ausatmete, als hielte er eine Antwort zurück. Tara spürte, dass da mehr war. Sie merkte auch, dass er nicht mit ihr darüber reden wollte.

»Glaubst du nicht mehr an die Liebe?«, platzte es aus ihr hervor.

Sie rechnete beinahe mit einem Wutausbruch oder mit eisiger Kälte – weil sie eine Grenze überschritt. Tara erinnerte sich an die ersten Tage mit Emery, mit seiner Verschlossenheit und grummeligen Art. Heute war ihr noch bewusster als damals, dass Emery ein Mann mit tiefen seelischen Wunden war. Vielleicht hätte sie die Klappe halten sollen.

Aber nein. Die Frage war wichtig für sie. Deshalb richtete sie sich auf und schaute ihn an.

Der Ausdruck auf seinem Gesicht war eine Mischung aus Bitterkeit und Kummer, um seinen Mund lagen tiefe Falten. Im nächsten Augenblick verzogen sich seine Lippen zu einem wehmütigen Lächeln. »In meinem Beruf wird man schnell zum Realisten«, war alles, was er dazu sagte. Er legte ihr eine Hand in den Nacken und streichelte sie mit dem Daumen.

Diese zärtliche Geste passte nicht zu seinen spöttischen Worten, aber es machte ihr klar, dass Emery dieses Thema nicht weiter vertiefen wollte. Und wenn Tara ehrlich war, dann wollte sie das auch nicht. Sie wollte die Zeit mit ihm genießen, die Nähe und auch das Gefühl von Verbundenheit, so lange es eben dauerte. Tara legte ihre Finger über seine und neigte ihren Kopf ein wenig. Vielleicht konnte sie ihm zeigen, dass es doch noch Hoffnung gab. Sie konnte und wollte nicht glauben, dass er das wirklich ernst meinte. Sie rückte näher an ihn heran und blickte ihm tief in die Augen.

Verlangen blitzte darin auf. Sie freute sich darüber, und ihr Körper reagierte in eindeutiger Weise auf das Signal. »Möglicherweise haben wir auch erst mal genug geredet«, murmelte sie, schloss die Augen und näherte sich seinen Lippen. Sein heißer Atem streifte ihren Mund, und Tara liebte es zu wissen, dass er sie genauso begehrte wie sie ihn.

In dem Moment, als sie sich dem zärtlichen Kuss hingab, löste sich jeder noch so kleine Zweifel in ihr in Rauch auf. Das hier war echt. Es ging tiefer als alles, was sie bisher mit einem Mann erlebt hatte, und sie hoffte, dass sie sich nicht täuschte und er genauso für sie empfand.

17

Als sie am Fünfundzwanzigsten die Augen aufschlugen, war etwas anders. Tara blinzelte verschlafen und merkte, was es war. Diese Stille nach den stürmischen Tagen war seltsam. Es schneite nur noch leicht, und es war heller draußen. Emery lag neben ihr auf dem Bauch, sein Brustkorb hob und senkte sich in tiefen und gleichmäßigen Zügen. Sein Gesicht war entspannt, auf seinem Mund war sogar die Andeutung eines Lächelns zu erkennen.

Wie sehr sie ihn ins Herz geschlossen hatte. Ein nicht definierbares Gefühl legte sich auf ihre Brust. Tara legte sich eine Hand darauf, während sie den schlafenden Emery einen Moment betrachtete. Bartstoppeln waren auf seinen kantigen Wangen zu sehen. Die Versuchung, die Linie seines kräftigen Kiefers nachzuziehen, war groß. Aber sie wollte ihn nicht wecken.

In der letzten Nacht hatten sie sich stundenlang unterhalten. In der Dunkelheit war es einfacher, über das, was einen tief bewegte, zu sprechen. Sie hatte den Eindruck, dass er sich ihr mehr und mehr öffnete. Emery hatte erzählt, wie und warum seine Ehe zerbrochen war. Tara hatte auch davor schon gewusst, dass seine Wunden nur oberflächlich verheilt waren. Aber jetzt war sie davon überzeugt, dass ihm die Nähe zu ihr half. Denn ihr ging es genauso. All die Enttäuschungen aus vergangenen Erfahrungen mit dem männlichen Geschlecht heilten in seiner Nähe, weil Emery anders war.

Sogar der Sex fühlte sich besonders an. Er war viel besser, weil sie mit ganzem Herzen dabei war. Es war unnötig, sich länger etwas vorzumachen. Sie hatte sich mit Haut und Haaren in ihn verliebt und konnte sich nicht vorstellen, dass es bei ihm anders war. Alles mit ihm fühlte sich natürlich und leicht an. Obwohl sie sehr verschieden waren, passten sie auf ihre Weise perfekt zueinander. Emery mochte vielleicht anfangs kühl und beherrscht gewirkt haben, aber in den letzten Tagen hatte er sie immer häufiger hinter diese Fassade blicken lassen, die er nur errichtet hatte, weil ihn seine Ex-Frau hintergangen hatte. Sie konnte das gut verstehen, besser als die meisten Menschen, weil sie wusste, wie es sich anfühlte, verletzt zu werden. Aber Tara glaubte auch, dass Emery verstanden hatte, dass sie anders war. Dass es mit ihr nicht so sein musste. Weil sie es ehrlich meinte.

Ausgesprochen hatte sie das natürlich nicht. Es war leicht in ihrem Kopf, aber sobald sie ihre Lippen öffnete, kam kein Wort von dem heraus, was sie tief in ihrem Herzen spürte. In ihrem Körper.

Alles zu seiner Zeit, sie musste es nicht überstürzen.

Heute wollte sie ihn zur Abwechslung mit dem Frühstück überraschen. In den letzten Tagen hatte er das Kochen übernommen. Er sollte nicht glauben, dass sie eine Frau war, die nichts selbst hinbekam. Außerdem wollte sie ihm eine Freude machen. Tara schlüpfte leise aus dem Bett, das hieß, sie versuchte es, aber Emerys Finger schlossen sich um ihr Handgelenk. »Wo willst du hin?«, murmelte er verschlafen.

»O nein, ich wollte dich nicht aufwecken.«

»Du kannst mich nicht verlassen«, brummte er, noch gar nicht richtig wach. »Bleib hier bei mir.«

Ihr Herz ging auf. Sie lächelte und drückte ihm einen Kuss auf die nackte Schulter und atmete dabei tief ein. Sein einzigartiger Duft war betörend. Süchtig machend.

»Ich wollte dir ein Frühstück zaubern. Frohe Weihnachten«, murmelte sie.

Emery zog sie in seine Arme, dabei drehte er sich auf den Rücken. »Frohe Weihnachten, Tara«, erwiderte er. »Willst du wirklich gehen?«

»Nur in die Küche, du Dummerchen«, neckte sie ihn und war gleichzeitig unglaublich glücklich über seine Worte. Es bestätige sie in dem, was sie selbst schon gespürt hatte. Ihm ging es genauso. Sie bedeutete ihm etwas. Es war mehr als nur Sex.

»Ich weiß nicht, ob ich das verantworten kann«, neckte er sie. »Du bist die ungeschlagene Küchenchaos-Königin.«

Tara schnappte nach Luft. »Also, das ist ja wohl die Höhe. Gleich gehe ich meinen Kochlöffel holen und ziehe dir die Ohren lang.« Spielerisch zog sie an seinem Ohrläppchen und küsste ihn dann.

Emery ließ sich nicht lange darum bitten und erwiderte ihre Liebkosungen. Seine Hände strichen über ihren Rücken. Sie liebte es, ihm so nahe zu sein. Sie bekam nicht genug von ihm. Trotzdem löste sie sich irgendwann aus seiner Umarmung, obwohl die Versuchung groß war, einfach im Bett zu bleiben.

»Raus aus den Federn ...«, rief sie atemlos. »Ehe ich es mir anders überlege und über dich herfalle.«

Emerys Blick war verhangen, von Verlangen getrübt. »Über mich herfallen klingt doch super, warum willst du ...?«

»Schau aus dem Fenster«, unterbrach sie ihn. »Der Sturm ist vorbei, es ist Weihnachten, ich will dir auch mein Geschenk geben.«

Erst jetzt begriff sie, dass sich mit dem Ende des Schneesturms vieles verändern könnte. Ein wenig befangen war sie nun doch, das musste sie zugeben. Tara löste sich von ihm und hoffte, dass er es nicht mitbekam. Nicht selbst spürte.

Sie huschte ins Bad, machte sich kurz frisch und zog sich an. Emery folgte, er rieb sich verschlafen über das Gesicht und zog sie wieder in seine Arme. »Ich bin froh, dass du hier bist«, murmelte er an ihrem Hals und knabberte an ihrem Ohrläppchen.

Taras Körper reagierte mit einer Gänsehaut. Sie hielt sich an ihm fest und genoss den kurzen Moment der innigen Nähe. Sie wollte keine Furcht in sich aufkommen lassen, aber es war zu spät. Sie war da. Sie hatte Angst vor dem, was das Ende des Sturms mit sich bringen könnte.

»Ich koche wenigstens schon einmal Kaffee«, redete sie sich heraus und gab ihm einen keuschen Kuss auf den Mund.

»Na gut, du scheinst es ja gar nicht abwarten zu können ...« Es lag kein trauriger Unterton in seiner Stimme, aber Tara glaubte, dass sich auch in ihm etwas verändert hatte.

Sie wagte es nicht, ihm noch einmal ins Gesicht zu sehen, weil sie Angst vor dem hatte, was sie darin lesen könnte, und verschwand nach unten.

Es hatte in den letzten Tagen keine Schwüre, keine Versprechen oder Liebesbekundungen gegeben. Dennoch wünschte sie sich, dass es eine gemeinsame Zukunft mit Emery geben könnte. Sie hoffte, dass sie sich nicht täuschte.

EMERY BLICKTE TARA NACHDENKLICH HINTERHER, als sie aus dem Bad verschwand. Während er die Zähne mit kleinen, kreisenden Bewegungen putzte, fragte er sich, warum sie eben so seltsam gewesen war.

Vielleicht war es ja nichts, sagte er sich und wusch sich noch das Gesicht. Er zog sich ein paar Klamotten über und ging nach unten. Tara klapperte in der Küche herum, der Duft von Kaffee breitete sich bis in den Flur aus. Als er die Küche betrat und sie ihn mit einem strahlenden Lächeln begrüßte, waren die Gedanken von eben schnell vergessen. Nein, er musste sich etwas eingebildet haben. Emery streckte ihr seine Hand hin. »Komm mit, ich habe was für dich.«

Ihre Augen weiteten sich vor Erstaunen. »W-was?«

Lächelnd ging er auf sie zu und zog sie mit sich ins Wohnzimmer. Heimlich war er in der Nacht wieder nach unten gegangen, um sein kleines Präsent für sie unter den Baum zu legen, das er neulich in Truro gekauft hatte. Damals hatte er sich noch für verrückt erklärt, heute war er froh, dass er dem Impuls nachgegeben hatte. Es war nichts Großes, nur eine Kleinigkeit, aber er war glücklich, dass er nicht mit leeren Händen dastand, obwohl er sicher war, dass sie nichts erwartet hatte.

Das war das Besondere an Tara.

Sie war es so gewohnt, alles immerzu an andere zu verteilen, dass sie sich selbst oft vergaß. Eine Eigenschaft, die er an ihr schätzte, die ihm aber auch zeigte, dass sie in ihrem Leben viele Enttäuschungen hatte einstecken müssen.

»Was hast du vor?«, wollte sie von ihm wissen, während er sie ins Wohnzimmer führte.

Vor dem Baum blieben sie stehen, er hob sein Geschenk auf und reichte es ihr. »Frohe Weihnachten«, wünschte er ihr und hörte selbst, wie belegt seine Stimme klang.

Gott. Wurde er auf einmal sentimental?

Emery räusperte sich und zwang sich zu einem spöttischen Lächeln. »Ich dachte, das kannst du vielleicht gebrauchen.«

Es sollte nicht so aussehen, als ob es ihm viel bedeutete.

Warum eigentlich nicht?, fragte er sich im nächsten Moment. Dann begriff er, dass es seine eigene Unsicherheit darüber war, wie sie zu ihm stand.

Jetzt war kein guter Zeitpunkt, um über Gefühle zur reden. Er wusste auch gar nicht, wie er formulieren sollte, was in ihm vor sich ging. Deshalb wartete er ab und ließ sie auspacken.

»Für mich?«, war alles, was sie mit funkelnden Augen wissen wollte, während sie erst die Schleife löste und dann das Papier aufriss. »O mein Gott, wie schön ist der denn?«

Er hatte einen Kalender für sie gekauft, einen mit vielen Seiten, der auch als Auftragsbuch fungieren könnte – das hatte er jedenfalls gedacht, als er im Laden gestanden hatte. Dass er mit seiner Idee richtig lag, zeigte ihm das Strahlen auf ihrem Gesicht.

»Gefällt er dir?«, fragte er, weil er nicht wusste, was er sonst sagen sollte.

Tara fiel ihm um den Hals und küsste ihn stürmisch. »Und ob! Danke! Das rührt mich!« Und dann schniefte sie und trat einen Schritt zurück. »Entschuldige«, murmelte sie verlegen und wandte sich ab. »Ich bin sonst nicht so ... Oder doch. Ich bin einfach ein emotionaler Mensch.« Sie lachte, aber er hörte ihre Unsicherheit heraus.

Emery trat zu ihr und umarmte sie. »Es ist nur ein Kalender«, brummte er und wusste selbst, wie dämlich es klang.

Kurz musste er an diesen Film denken, Dirty Dancing, und daran, wie unbeholfen sich manche Dialoge angehört hatten. Nun war sein Gerede auch nicht besser.

War es das, was alle Leute meinten, wenn sie von alberner Verliebtheit sprachen?

Vielleicht.

Für ihn war es neu.

Und es war auch ein wenig lästig, wenn man nicht mehr wusste, was man sagen oder tun konnte, ohne lächerlich zu wirken – oder gemein – oder belanglos.

Puh.

Emery hielt Tara einfach fest und sagte gar nichts, weil er gerade von seinen eigenen Emotionen überwältigt wurde. Es war nur ein Kalender, sagte er sich und wusste gleichzeitig, dass es gar nicht um das Geschenk ging, sondern darum, dass er sie liebte.

Der Gedanke schockierte ihn so sehr, dass er sie losließ und einen Schritt rückwärtsging.

Heiliger Strohsack.

Er liebte sie!

Tara schien sich gefasst zu haben, sie legte den Kalender zur Seite. Er beobachtete sie dabei, wie sie ein Paket unter dem Baum hervorzog und es ihm reichte. »Das ist für dich.«

»Ich habe mich schon gewundert, wie die Sachen hierhergekommen sind, obwohl der Kurierdienst ja nicht durchkam.«

Taras Augen funkelten, und allmählich beruhigte sich Emerys Herzschlag. »Hier, ich hoffe, du magst es.«

»Das wäre doch nicht nötig gewesen«, erklärte er ein wenig steif.

Er fühlte sich befangen.

Verletzlich.

Was, wenn sie seine Gefühle nicht erwiderte?

Oder wenn er sich täuschte?

Die letzten Tage waren herrlich gewesen, aber auch nicht das wahre Leben.

Sie hatten wie in einer Blase gelebt.

Einer Traumwelt.

Er räusperte sich, weil sich in seinem Kopf alles drehte. Tatsächlich zitterten seine Finger ein wenig, als er das Papier aufriss. Nicht wegen des Geschenks natürlich. Das Gefühlschaos, das in ihm toste, war der Grund.

»Ein Pullover?«, fragte er, hob eine Braue und schaute Tara überrascht an.

»Ich hoffe, du magst Rentiere«, verkündete sie stolz und wirkte so glücklich, dass er gar nicht anders konnte – obwohl er diese Weihnachtspullover schrecklich peinlich fand.

»Ich liebe Rentiere«, log er, zog sich seinen eigenen Pullover aus und den neuen über. »Und, steht er mir?«

Tara klatschte begeistert in die Hände. »Er passt noch besser, als ich es mir vorgestellt habe.«

Emery ging nicht weiter darauf ein, auch, weil er zu durcheinander war. »Lass uns frühstücken und dann einen Spaziergang machen, was hältst du davon?«

»Das klingt fantastisch. Etwas frische Luft wird uns guttun.«

Nach dem Frühstück brach die Sonne durch die Wolken, der Schneefall hatte aufgehört. Die ersten Räumfahrzeuge waren unterwegs, während Emery sich mit Tara bis zum Strand durchkämpfte, wo die Wellen sanft ans Ufer schwappten. Eiskristalle funkelten im gleißenden Licht wie Millionen von Diamanten. Die weiße Winterwelt glitzerte wie aus einer anderen Dimension. Magisch. Rein. Wie ein Neuanfang.

Emery hatte seinen Arm um Taras Schultern gelegt, während sie langsam umherschlenderten. »Wie es hier wohl im Sommer ist?«, fragte sich Tara irgendwann. »Bestimmt fantastisch!«

»Na ja, ein paar Touristen gibt es hier schon«, meinte Emery.

Sie lachte. »Das ist so typisch du. Bist du wirklich so ein Eremit?«

Emery dachte kurz darüber nach. Früher war er nicht so gewesen. Aber nach der Trennung hatte er Raum für sich gebraucht. Auch, weil er niemanden mit seiner düsteren Stimmung hatte belasten wollen. Und so waren aus Wochen Monate und ein paar Jahre geworden, in denen er Menschen gemieden hatte. »Vielleicht«, war daher alles, was er darauf erwiderte.

Er war nie jemand gewesen, der ständig Leute um sich herum gebraucht hatte. Doch er musste zugeben, dass es ihm kürzlich sehr gutgetan hatte, mit den Einwohnern aus dem Dorf zu arbeiten. Und Taras Nähe hatte Wünsche in ihm geweckt, von denen er bis vor Kurzem gar nicht gewusst hatte, dass sie in ihm schlummerten. Er traute sich jedoch nicht, das auszusprechen. Nicht an diesem Ort. Später, nahm er sich vor.

Sie setzten ihren Spaziergang fort. Hier und da begegneten sie Bekannten und Patienten. Niemand schien überrascht zu sein, dass Emery und Tara Arm in Arm durch das Dorf schlenderten. Man wünschte sich frohe Weihnachten, plauderte kurz, und dann ging man getrennte Wege.

Er mochte es, dass die Einwohner Rücksicht auf sein Privatleben nahmen, herzlich waren, aber nicht grenzüberschreitend. »Dir ist schon klar, dass sich nun die Gerüchte ausbreiten, du und ich wären ein Paar«, scherzte er, während sie an einem alten Haus vorbeikamen, in dessen Erdgeschoss offensichtlich eine Gewerbefläche frei war. In den Fenstern hingen Schilder mit der Aufschrift in Rot: »Zu vermieten.«

Vor seinem inneren Auge blitzte ein Bild auf. Er hier mit seinen Patienten, ein Leben in Cornwall, ohne den Stress und Trubel Londons. In der nächsten Sekunde merkte er, dass Tara nicht weitergegangen, sondern einen Meter hinter ihm stehen geblieben war. »Was ist?«, fragte er und überlegte, ob sie etwas gesagt und er nicht geantwortet hatte. Manchmal konnte das passieren, wenn er sich in seiner Gedankenwelt verlor.

Emery schaute sie mit gerunzelter Stirn an.

Tara war blass geworden. Dann setzte sie ein Lächeln auf, das ihre Augen nicht erreichte. »Klar, der Dorffunk läuft bestimmt auf Hochtouren«, sagte sie und wich seinem Blick aus. Dann blies sie in ihre Hände. »Es ist doch ganz schön kalt, sollen wir vielleicht zurückgehen?«

Emery wusste nicht, was er falsch gemacht hatte, ob es überhaupt an ihm lag. Manchmal – sehr oft – waren die Gedanken von Frauen ein Mysterium für ihn, das er nicht lösen konnte. »Wenn ich etwas Falsches gesagt oder getan habe, dann tut es mir leid«, meinte er und trat an sie heran.

Tara lächelte noch immer, aber es wirkte gezwungen. Traurig. Emery begriff nicht, warum sie nicht ehrlich zu ihm war. »Hast du nicht«, beteuerte sie auch noch und gab sich auf einmal betont lässig. »Komm, wer zuerst am Ende der Straße ist.« Und schon rannte sie los.

Emery blickte ihr ein wenig nachdenklich hinterher, gab dann mit einem Seufzen auf und verfolgte sie.

18

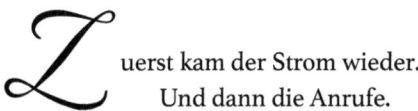uerst kam der Strom wieder.
Und dann die Anrufe.

Seit dem Spaziergang heute Morgen hatte sich eine Menge verändert.

Zwischen Emery und ihr hatte sich eine neue Befangenheit ausgebreitet, die sie nicht zu überwinden vermochten. Tara saß neben ihm auf dem Sofa, er hatte seine Nase in ein Fachbuch vergraben, sie scrollte auf dem Handy und las ihre E-Mails. Von der Airline hatte sie eine Nachricht bekommen, dass der Flug annulliert worden war und sie mit einer weiteren E-Mail einen Gutschein für ein neues Ticket erhalten würde, den sie nach Wunsch einsetzen konnte, sofern entsprechende freie Plätze vorhanden wären. Dann checkte sie ihren Kontostand und die Auftragslage – beides sah mau aus.

»Was machst du da?«, wollte Emery von ihr wissen.

Weil sie nicht mit ihm über ihre prekäre Lage reden wollte, scherzte sie. »Ich habe bei Tinder geschaut, ob sich in den letzten Tagen etwas Neues ergeben hat.«

Vielleicht hatte sie ihn ein wenig testen und aus der Reserve locken wollen, aber das – sie sah es an seinem versteinerten Gesichtsausdruck – war misslungen. Gründlich.

»Und, hat sich was Neues ergeben?« Seine Stimme klang dumpf. »Auf mich musst du keine Rücksicht nehmen.« Er stand auf und legte sein Buch weg.

»Emery«, fing sie an, aber sie wusste nicht, was sie sagen sollte.

Verdammt, warum war das so schwer?

Sie traute sich nicht, über ihre Gefühle, ihre Sorgen mit ihm zu sprechen. Obwohl sie sich im Bett wortlos verstanden, blind, so war es außerhalb des Schlafzimmers anders.

Sie waren einfach zu verschieden.

Der Moment, in dem Tara begriff, dass es zwischen ihnen womöglich doch nicht so funktionierte, wie sie es sich in den trauten Stunden während des Schneesturms ausgemalt hatte, war wie ein Schlag in die Magengrube. Ihr blieb die Luft weg, sie konnte weder atmen noch denken. Emery verstand es wohl als Aufforderung, sie allein zu lassen, denn er verließ das Wohnzimmer, ohne sie noch einmal anzusehen. Während er in seinem Arbeitszimmer verschwand, rief er ihr über die Schulter zu: »Ich bin hier, falls du mich suchst.«

Tara blieb fassungslos und unsagbar traurig zurück. Dabei war sie selbst schuld, aber ihren Witz hatte er doch unmöglich ernst nehmen können?

Verdammt.

Sie musste das klarstellen – sie hatte ja nicht einmal ein Tinder-Konto. Aber was sollte eine lahme Erklärung bringen? Während sie immer wieder hin und her überlegte, kam sie nur zu dem einen Ergebnis: dass sie schreckliche Angst davor hatte, ihm ihre Gefühle zu offenbaren, weil sie fürchtete, dass er sie nicht im gleichen Maß erwiderte.

Ja, die letzten Tage waren fantastisch gewesen, voller Liebe und Zärtlichkeit. Aber waren Männer nicht hinlänglich dafür bekannt, dass sie Meister darin waren, Liebe und Sex voneinander zu trennen? Dass er nett zu ihr war, hieß noch lange nicht, dass er auch wirklich etwas außer Lust für sie empfand. Darin zumindest bestand kein Zweifel für sie.

Aber das reichte nicht für eine Beziehung.

Ja, es war so. Obwohl Tara sich vorgenommen hatte, sich keine Hoffnungen auf mehr zu machen, war es doch passiert. Natürlich. So war sie nun mal.

Tara war keine Frau für ein paar Nächte, war sie nie gewesen. Aber offenbar hatte sich auch nichts daran geändert, dass sie ihr Herz an die falschen Männer verschenkte.

Nein, sagte sie sich und stand auf.

Sie musste mit ihm sprechen. Ihm die Wahrheit sagen.

O Gott.

Allein der Gedanke daran ließ es ihr heiß und kalt werden.

Es war einfach, ihm im Taumel der Leidenschaft ins Ohr zu flüstern, wie sehr sie ihn begehrte und brauchte, aber eine völlig andere, ihm ins Gesicht zu sagen, dass sie sich in ihn verliebt hatte.

Trotzdem. Es musste sein.

Wenn sie ihre Chance jetzt nicht ergriff, würde sie sich das ein Leben lang vorwerfen, denn so viel war klar. Emery Swan war kein Mann, den man einfach vergaß.

Obwohl sie nur wenig Zeit miteinander verbracht hatten, wusste Tara, dass sie entweder ihn oder keinen wollte.

Fraglich war allerdings, ob es ihm ebenso erging wie ihr.

Das würde sie bald herausfinden.

EMERY WAR NIEDERGESCHLAGEN. **Zu Tode betrübt.**

Er saß in seinem Arbeitszimmer und starrte die Decke an. Ins Nichts.

Natürlich war ihm klar, dass Tara nicht in seinem Beisein auf Männerfang im Internet ging, trotzdem hatte ihr scherzhafter Kommentar Panik in ihm ausgelöst. Mehr als das.

Er hatte nicht gelogen, als er neulich zu ihr gesagt hatte, dass er nicht mehr an die Liebe glaubte.

Seine Gefühle für Tara waren echt. Aber es stimmte auch, dass er davon überzeugt war, dass es kein Happy End für ihn gab. Leute, die davon träumten, auf Wolke sieben anzukommen und dort bleiben zu können, waren naiv.

Er hatte erlebt, wie es war, wenn man auf den Boden der Tatsachen zurückgeholt wurde.

Das würde er kein zweites Mal aushalten.

Emery wollte gerade aufstehen und das Gespräch mit Tara suchen, als er zwei Autos in die Auffahrt abbiegen sah.

»Ach du Schreck«, murmelte er.

Seine Familie hatte in London offenbar auf gepackten Koffern gesessen. Sie mussten sofort ins Auto gesprungen sein, als sich die Straßenverhältnisse verbessert hatten. »Auch das noch.«

Emery stand auf und straffte sich. Er würde später mit Tara reden müssen, in Ruhe.

Jetzt musste er erst einmal seine Eltern und seine Schwester samt Kindern und Ehemann begrüßen.

Tara hatte die Haustür schon geöffnet, als er dazukam.

Bedelia umarmte sie gerade herzlich. »Zum Glück ist euch nichts passiert. Wir haben uns Sorgen gemacht, als wir im Fernsehen gehört haben, dass sogar der Strom ausgefallen ist. Aber ihr seht ganz munter aus«, schloss seine Mutter ihre Bestandsaufnahme und umarmte dann ihren Sohn.

Emery freute sich natürlich, sie alle zu sehen, aber der Zeitpunkt hätte nicht blöder sein können. Nachdem er seine Lieben umarmt, begrüßt und sie Tara vorgestellt hatte, wurden die Koffer ins Haus geschleppt. Die Geschenke waren in

London geblieben und heute Morgen bereits ausgepackt worden. Die Kinder erzählten ihm immer wieder von dem Wunder, das der Weihnachtsmann im Sturm vollbracht hatte. Emery musste schmunzeln. Jills und Peters Kinder, die neunjährige Melody, der fünfjährige Barry und Finley, der Mittlere, belagerten ihn sofort und ließen ihm keine ruhige Minute. Emery musste Pferd spielen, wie er es immer tat, wenn sie sich trafen.

»Nächstes Jahr wünsche ich mir Knieschoner«, brummte er grinsend, als er nicht mehr konnte, nachdem er gefühlt einhundert Runden mit den Kleinen durchs Wohnzimmer gedreht hatte.

Jill lachte. »Du musst das nicht machen, Emery.«

Emery schaute sich um, aber er konnte Tara nirgends entdecken. Auch seine Mutter war nicht zu sehen. »Sagt mal ...« Er hob Melody von seinem Rücken, stand auf und rieb sich die Knie. »Habt ihr keinen Hunger? Soll ich nicht mal sehen, ob sich was zaubern lässt?«

Peter und sein Vater Zacharias, der aber von allen Zac gerufen wurde, saßen vor dem Kamin und gönnten sich den guten Whisky. »Du willst kochen?«, staunte sein Vater.

Emery ging nicht darauf ein, drückte Jill aber sanft in den Sessel zurück. »Du bleibst schön sitzen, ich bin mir sicher, du hast sonst genug zu tun. Ihr seid Gäste. Klar?«

Jill lächelte ihm dankbar zu. Obwohl sie nicht erschöpft auf ihn wirkte, so war ihm doch bewusst, dass sie den Hauptteil der Kindererziehung übernahm, weil Peter selten zu Hause war. Sein Job forderte viel von ihm. Emery verbot sich den Gedanken daran, wie sein Leben hätte verlaufen können, wenn seine Ehe nicht gescheitert wäre. Für die Kindererziehung hätte er sich ebenso verantwortlich gesehen wie seine Frau – aber die hatte keine Kinder haben wollen. Jedenfalls nicht mit ihm.

Die altbekannte Bitterkeit stieg in ihm auf, aber er schluckte sie gleich wieder hinunter und lächelte Jill an. »Kann ich dir auch einen Drink bringen?«

»Bitte, Bruderherz, spiel nicht den Butler. Wir können uns schon selbst helfen, aber gegen ein Abendessen hätte ich wirklich nichts einzuwenden. Sollte die Eventmanagerin das nicht vorbereiten?«

»Tara heißt sie«, verbesserte Emery seine Schwester.

Ihre Augen weiteten sich ein wenig vor Erstaunen, dann bogen sich ihre Mundwinkel nach oben, als ob sie etwas begriff, was sie vorher so nicht gesehen hatte. »Tara, ach ja«, war alles, was Jill mit diesem besonderen Lächeln von sich gab, das Emery wissen ließ, dass sie ihn durchschaut hatte.

Emery war weder für Fragen noch sonst etwas zum Thema Tara bereit, deshalb floh er vor Jills möglicher Inquisition. Er hätte auch gar nicht gewusst, was er ihr sagen sollte. Außer vielleicht: Es ist kompliziert.

Emery marschierte zur Küche, wo er seine Mutter im Gespräch mit Tara vorfand. Sie saßen am Küchentisch und tranken Tee. Als er den Raum betrat, verstummten sie.

O nein. Sie hatten doch hoffentlich nicht über ihn geredet?

»Emery, da bist du ja«, war alles, was seine Mutter sagte, und dann führte sie die Tasse zu ihren Lippen, um damenhaft vom Earl Grey zu nippen.

Emery wusste nicht, wie er sich verhalten sollte. Er wollte zu Tara gehen, sie in seine Arme ziehen und ihr sagen, dass alles gut war. Er wollte sie küssen. Sehnte sich nach ihrer Nähe.

Aber er wusste nicht, ob Tara es auch wollte. Sie hatten nichts geklärt.

Gerade wich sie seinem Blick aus. Versuchte nicht einmal, Kontakt mit ihm aufzunehmen.

Das sagte alles, was er wissen musste.

Warum konnte er nicht aus seiner Haut? Er wollte etwas erklären. Tun. Aber nichts kam über seine Lippen.

Weil du Tara nicht vertraust. Was, wenn sie dich wie Virginia sitzen lässt? Was, wenn sie es nicht ernst mit dir meint? Viele Alternativen hatte sie in den letzten Tagen ja nicht, überlegte er.

Diese Gedanken genügten, um seine Zweifel über die Sehnsucht siegen zu lassen. »Wenn es euch recht ist, schaue ich mal, was ich zum Abendessen auf den Tisch bringen kann. Du wirst ja sicher verstehen, Mum, dass die Umstände der letzten Tage nach etwas Improvisation verlangen ...«

Bedelia winkte mit einem breiten Lächeln ab. »Aber natürlich, Tara hat mir schon alles erzählt. Wichtig ist nur, dass ihr diesen Sturm unbeschadet überstanden habt.«

Emery schaute Tara an, aber die starrte nur weiter in ihren Tee.

Etwas in ihm bekam einen Knacks. Er straffte sich und tat es als unbedeutend ab. »Der Truthahn wird nicht zu retten sein, aber es gibt etwas anderes, was ich auf die Schnelle zaubern kann.«

Ohne auf eine Antwort oder Reaktion zu warten, wandte Emery sich ab und ging in den Vorratskeller, um nachzusehen, ob alle Zutaten für ein Gemüsecurry im Haus waren. Für die Kinder gab es Nudeln mit Tomatensoße, er wusste, dass die Kleinen nicht für exotische Gerichte zu haben waren.

Niemand bot ihm Hilfe an – außer Jill, die deckte den Tisch. Tara war von seiner Mutter in Beschlag genommen worden, das vermutete er jedenfalls. Er hatte sie kurz im Flur gehört, ehe sie nach oben gegangen waren, um sich die Zimmer anzuschauen.

Später würde er sich Tara schnappen und mit ihr reden – nur was genau er sagen wollte, wusste er noch nicht.

~

EINE DREIVIERTELSTUNDE später saßen sie alle rund um den großen Esstisch, die Erwachsenen hatten Rotwein in ihren

Gläsern, die Kinder Saft. Tara fühlte sich fehl am Platz – das hier war ein Familienessen. Sie war zwar von allen willkommen geheißen worden, und mehrfach hatte Bedelia betont, wie schön es wäre, wenn sie mit ihnen den Abend verbringen würde. Aber in Tara sah es anders aus. Sie kam sich wie ein Störfaktor vor. Emery hatte Tara zwar allen vorgestellt, aber es war unpersönlich und steif gewesen.

Das wäre Emerys Gelegenheit gewesen, ihr zu zeigen, dass sie ihm etwas bedeutete.

Nun wusste sie, was sie wissen musste. Er hatte gegen den Sex mit ihr zwar nichts einzuwenden gehabt, aber das war alles gewesen, was er von ihr gewollt hatte.

Tara hatte ihre Hände auf dem Schoß ineinander verschränkt, während Emery sein Weinglas erhob und ganz offensichtlich eine kleine Rede halten wollte.

Vielleicht …. Hoffnung keimte in ihr auf. Sie hielt den Atem an.

Emery räusperte sich. »Schön, dass ihr alle da seid. Auch, wenn das Fest ein wenig anders verläuft, als es geplant war, so sitzen wir gesund und munter beisammen, das ist doch die Hauptsache. Ich wünsche euch noch einmal frohe Weihnachten und freue mich, dass ihr gekommen seid. Auf die Familie. Und nun lasst es euch schmecken, ich hoffe, ihr mögt das Curry.« Dann wandte er sich an die Kids. »Und hoffentlich sind die Nudeln auch lecker.«

Es war rührend zu sehen, wie Emery mit Jills Kindern umging. Er wäre sicher ein großartiger Vater, schoss es Tara wehmütig durch den Kopf.

Das Entzücken im Gesicht seiner Mutter überstrahlte noch immer alles. Sie war ganz offensichtlich überglücklich, hier mit allen Familienmitgliedern bei ihrem Sohn zu sein. »Das hat er zuletzt …« Bedelia sprach den Satz nicht zu Ende. Sie und ihre

Tochter Jill wechselten einen Blick, den Tara nicht sofort interpretieren konnte.

Sie fühlte sich unwohl. Tara hob ihren Kopf und sah zu Emery hinüber. Ihre Blicke trafen sich, Emery wandte sich ab.

Emery verleugnete sie. Ihr Herz wurde schwer.

Vor seiner Familie tat er so, als hätten sie sich in den letzten Tagen nicht rund um die Uhr begehrt, geliebt und wie ein Paar zusammengelebt. Taras Blase zerplatzte endgültig. Aber statt etwas zu sagen, tat sie so, als sei alles in bester Ordnung.

Sie plauderte mit Bedelia, mit Jill und auch mit Peter und Zac – nur nicht mit Emery. Ihn konnte sie nun nicht mehr ansehen. Sie wollte nur noch eines: weg von hier.

Aber heute würde ihr das nicht mehr gelingen, sie konnte ja schlecht vom Abendessen aufspringen, um sich ein Uber zu rufen. Vermutlich gab es die in Cornwall nicht einmal.

Nein. Tara rief sich zur Ruhe.

Emery sollte nicht erfahren, wie sehr er sie verletzt hatte. Sie lächelte tapfer, auch wenn es sich falsch anfühlte und sie lieber heulen würde.

Anstatt für sich selbst und ihre Wünsche einzustehen, spielte sie ein Spiel, das ihr nicht lag. Aber sie war zu verletzt, um anders handeln zu können.

Emery hatte selbst genügend Gelegenheit gehabt, etwas zu sagen, etwas zu tun. Stattdessen ignorierte er sie.

Tara atmete erleichtert auf, als das Essen für beendet erklärt wurde, weil die Kinder ins Bett mussten und ungeduldig wurden. Tara stand auf und begann damit, Teller aufeinanderzustapeln.

»Lass das bitte«, murrte Emery. »Ich mache das schon.«

Sie wagte einen Blick in sein Gesicht. Seine Kiefer waren angespannt, seine Augen strahlten nicht. Die Kälte, die von ihm ausging, ließ sie erschaudern. Sie fühlte sich auf einmal klein. Ungeliebt. Einsam.

Tara straffte ihre Schultern. »Na schön, aufdrängen werde ich mich nicht.«

Für eine Sekunde sagte Emery nichts, die anderen schienen es entweder nicht bemerkt zu haben, oder sie verstanden nicht, dass dieser Satz so viel mehr betraf als nur den Abwasch.

»Dann wünsche ich allerseits eine gute Nacht.« Tara schaute sich in der Runde um, nahm höflichkeitshalber doch ein paar Teller mit und verschwand.

Emery folgte ihr nicht.

Und so löste sich auch der letzte Funken Hoffnung in Tara auf, während sie die Stufen nach oben zur Kammer unter dem Dach nahm. Ihre Beine fühlten sich an, als hätte jemand schwere Gewichte daran befestigt. Sogar das Atmen fiel ihr schwer.

Sie warf sich heulend aufs Bett und ließ all ihren Frust und Kummer heraus. Nach einer Weile schnappte sie sich ihr Handy und buchte einen neuen Flug. Wie sie zum Flughafen kommen sollte, würde sie morgen herausfinden.

Nein.

Declan, schoss es ihr durch den Kopf. Ihn könnte sie fragen. Sie hatten sich immer gut verstanden.

Tara suchte ihn unter ihren Kontakten und wählte seine Nummer.

19

Zögerlich nahm Emery die Stufen in den zweiten Stock. Hin und wieder knarrte eine Diele unter seinen Schritten. Er hatte sich verschiedene Sätze zurechtgelegt, aber als er Taras Zimmer erreichte, war sein Kopf wie leer gefegt. Er wollte gerade an der Tür klopfen, als er ein kokettes Lachen dahinter vernahm.

»...Declan, du alter Schwerenöter ... aber ja ... mach's gut ... ich freue mich ...«

Etwas in ihm krampfte sich zusammen.

Declan.

Der Typ war gut aussehend.

Flirtete sie mit ihm?

Vielleicht.

Emery wandte sich ab und wollte davongehen, als er sich erinnerte, dass er schon einmal die falschen Schlüsse gezogen hatte. Den gleichen Fehler wollte er nicht zweimal machen.

Er klopfte an die Tür. »Ich bin es. Emery.«

Wer sollte es sonst sein?, schoss es ihm durch den Kopf, und er schnitt sich selbst eine Grimasse. Seine Hände waren feucht, ihm war übel.

Tara öffnete die Tür und trat wieder zurück. Sie bat ihn nicht herein, und er respektierte, dass sie etwas Distanz halten wollte. Das zumindest konnte er deutlich spüren.

»Ich wollte mit dir reden«, erklärte er und merkte selbst, wie dünn seine Stimme klang.

Himmel, warum war das so schwierig?

»Ja?«, erwiderte sie. Ihre Arme hingen neben ihrem Körper, sie fühlte sich sichtlich unwohl.

Seine Unsicherheit brachte ihn um. Er wusste nicht, was er sagen oder tun sollte.

Sein Herz sagte ihm, dass er sie in seine Arme reißen und sie küssen sollte. Sein Kopf riet ihm zur Vorsicht.

»Ich, ähm, wollte fragen, welche Pläne du jetzt hast.«

Tara hob eine Braue. Für einen Moment sagte niemand etwas. Sein Herz schlug immer schneller.

»Wie meinst du das?«, erkundigte sie sich schließlich.

»Na ja, der Sturm ist vorbei ... Weihnachten auch.«

Gott, Emery, du bist so erbärmlich.

Er wollte ihr vertrauen.

Aber er konnte es nicht.

Sich ihr *an*vertrauen.

Sein Herz würde es nicht aushalten, noch einmal gebrochen zu werden. So viel zumindest war klar, und seine Furcht davor, endgültig zu zerbrechen, ließ ihn schweigen.

Er schluckte. Seine Kehle war eng. So verdammt eng.

Taras Blick war kühl. Distanziert. »Keine Sorge, Emery. Ich werde dir nicht zur Last fallen oder dich anflehen, mir irgendwelche Gefühle zu gestehen. Du hast mir doch selbst gesagt, dass du nicht mehr an Liebe glaubst. Ich bin vielleicht naiv, aber nicht dumm. Mir ist klar, dass du nichts Ernstes gesucht hast, und ich ... ich auch nicht.«

Emery konnte nichts sagen. Er war erstarrt. Sie hatte es nicht ernst gemeint. Womöglich war sie froh, ihn los zu sein. Ihn, der immer zu viel grübelte und zu selten lachte.

»In Ordnung«, murmelte er steif. »Das ... wollte ich nur klären.«

»Wunderbar«, war alles, was sie tonlos erwiderte.

»Dann lasse ich dich jetzt zur Ruhe kommen. Gute Nacht. Und ... danke für die letzten Tage.«

Er wollte nichts mehr hören, sich nur verkriechen. Er hatte sich etwas eingebildet. Etwas erträumt.

Das überraschte ihn von allem am meisten. Er hatte nicht gedacht, dass er überhaupt dazu fähig wäre.

Verdammte Gefühlsduselei, schimpfte er stumm und hastete nach unten. Er schloss seine Zimmertür hinter sich und rutschte am Holz nach unten, wo er auf dem Teppich sitzen blieb.

Er fand keinen Schlaf in dieser Nacht. Wusste nicht, wohin mit sich und seinen Gedanken. Am nächsten Morgen verließ er sein Zimmer nicht, bis er mitbekam, wie Tara mit ihrem Gepäck von Declan abgeholt wurde.

Deshalb also hatte sie ihn angerufen.

Sie wusste, wie man einen Mann um den Finger wickelte.

Bei ihm hatte sie es auch geschafft. Dafür hatte sie nur ein paar Mal nett lächeln und freundliche Worte ihm gegenüber aussprechen müssen. Er war sofort in die Falle getappt.

Weil er dumm war.

Erbärmlich.

Und wieder allein.

Wie gut, dass wenigstens dieses verdammte Weihnachtsfest vorbei war. Fast zumindest.

Seine Familie würde bis Neujahr bleiben, so lange musste er sich zusammenreißen. Erst danach würde er seine Wunden lecken können. *The show must go on.* Es musste weitergehen, irgendwie ging es doch immer weiter.

Emery sah, wie Declans Lieferwagen davonfuhr und ignorierte das Brennen hinter seinen Lidern. Es würde vergehen, wie alles andere auch.

Er hatte schon Schlimmeres überstanden.

⁓

IN DEN DARAUFFOLGENDEN Tagen fühlte sich Emery wie Falschgeld. Er verrichtete die tägliche Routine, ging einmal am Tag draußen am Meer spazieren, verbrachte Zeit mit seiner Familie und spielte den fröhlichen Onkel. Aber die nötige innere Ruhe und sein Gleichgewicht fand er nicht wieder. Das alles war mit Tara aus Cornwall verschwunden.

Er vermisste sie.

Er vermisste sie mehr, als er sich jemals hätte vorstellen können.

Aber wenn sie etwas für ihn empfunden hätte, wäre sie nicht gegangen.

Das musste er akzeptieren. Verstehen. Damit klarkommen.

Sein Kopf hatte damit keine Probleme. Aber sein Herz?

Der ganze Brustraum war ein einziger, dumpfer Schmerz.

Emery atmete aus und hörte erst jetzt, dass ihn jemand rief. Er blickte auf und entdeckte Phil, der mit dem Werkzeugkasten vor seinem Auto stand. »Hey, Doc, wie geht's?«

Emery kam näher und nickte ihm zu. »Sehr gut, und selbst?«

Phil beugte sich zu Emery und sprach leiser. »Sie können sich nicht vorstellen, wie gut es wieder läuft, seit ich verstanden habe, dass dieses Zeug da aus dem Buch, also, dass es gar nicht das ist, was meine June wirklich wollte. Im Nachhinein verstehe ich selbst nicht, warum ich das nicht kapiert habe. Ich meine, wer will denn bitte unterdrückt werden? Meine June jedenfalls nicht, aber puh, na ja, ohne Ihre Hilfe hätte ich es nicht begriffen. Danke, Doc!«

Phil grinste bis über beide Ohren und wirkte beinahe wie ein verliebter Junge auf ihn. Obwohl Emery sich für ihn freute, empfand er selbst ein pochendes Gefühl der Leere in sich. »Es tut gut, das zu hören«, erklärte er an Phil gewandt und wünschte sich doch nur eines – das Gespräch beenden und weitergehen zu können. Vielleicht war Cornwall doch nicht der richtige Ort für ihn.

»Sagen Sie, wie geht es Tara? Hab sie die letzten Tage gar nicht gesehen.«

»Hat Declan gar nichts gesagt?«, platzte es aus Emery hervor, was nicht typisch für ihn war.

»Declan?«

Emery räusperte sich. Er war davon ausgegangen, dass es alle im Dorf wussten. »Sie ist abgereist.«

Phil sog die Luft ein. »Nein! Im Ernst? Das gibt's doch nicht! Ich wundere mich, denn es gibt so viele Leute, die mit ihr sprechen wollen, weil sie sie nach der gelungenen Weihnachtsfeier engagieren wollen, aber ihr Handy ist ausgeschaltet. Na ja, und stören wollten wir Sie auch nicht, Doc, wo doch jetzt die ganze Familie da ist ...«

Gut, wenigstens das schien sich herumgesprochen zu haben.

»Wir haben Taras Website natürlich gefunden, aber eine E-Mail schien so unpersönlich. Aber wenn sie abgereist ist? Dabei hätte sie hier so viele Aufträge – für Partys, Geburtstage und auch für unser Dorffest. Moira meinte, dass Tara das noch viel besser hinbekommen würde, als wir es in der Vergangenheit gemacht haben ...«

Emery hörte gar nicht mehr zu. Irgendwann sagte er: »Tut mir leid, Phil, ich muss weiter ...«

»Natürlich, klar, dann bestellen Sie Tara schöne Grüße, und sagen Sie Bescheid, wann sie wiederkommt.«

Emery schaute Phil stumm an, nickte und ging dann mit den Händen in den Manteltaschen davon. Er brachte es nicht über sich auszusprechen, dass sie nie mehr wiederkommen würde. Jedenfalls nicht zu ihm.

Der Gedanke tat auch heute noch so weh wie am Tag, an dem sie abgereist war.

Niedergeschlagen trat er wenig später über die Schwelle von Trewane Manor und hätte beinahe Jill über den Haufen gerannt, die gerade ein paar bunte Girlanden aufhängte. »Was machst du da?«, wollte er von ihr wissen.

»Morgen ist Silvester, was denkst du denn?«

O Mann. Daran hatte er noch gar nicht gedacht.

Jill rieb sich das Kinn und starrte ihn nachdenklich an. »Du siehst schlecht aus.«

»Danke, Schwesterherz. Netter hättest du es nicht formulieren können.«

Jill ließ die Girlande sinken. »Was ist denn los?«

Er zuckte die Achseln. »Gar nichts.«

»Verkauf mich nicht für blöd, Emery Swan. Du schleichst herum wie ein Geist. Zuletzt hast du so ausgesehen, nachdem dich Virginia verlassen hat.«

Tja. Seine Schwester hatte eben doch eine sehr gute Auffassungsgabe, aber Emery hatte keine Lust, ihr von Tara zu erzählen.

Was sollte das auch bringen. »Du hast recht. Aber so mies wie jetzt habe ich mich selbst nach der Trennung von Virginia nicht gefühlt.«

Es stimmte.

Damals war er am Boden zerstört gewesen. Niedergeschlagen. Gekränkt. Besiegt.

Das war kein Vergleich zu dem, was jetzt in ihm vor sich ging.

Nichts.

Da war nichts als Leere und Einsamkeit.

Jill trat näher und legte ihm eine Hand auf die Schulter.

»Emery, jeder Blinde kapiert, dass du dich in Tara verguckt hast. Was ist vorgefallen, dass sie abgereist ist?«

»Nichts.«

»Nichts?«, wiederholte Jill ungläubig.

Er seufzte. »Ich weiß, es klingt seltsam, aber wir haben uns nicht gestritten oder sowas. Aber sie ist verschwunden, sobald sie die erstbeste Gelegenheit dazu hatte, oder siehst du sie hier irgendwo? Also tut es doch nichts zur Sache, ob ich was für sie übrighabe oder nicht.«

Jill schüttelte den Kopf. »Tara war nicht gut drauf, als sie abgereist ist. Sie hat kaum ein Wort verloren, ich meine, ich kenne sie ja nicht, aber mir war klar, dass etwas in der Luft lag, und jetzt, wo ich dich so sehe, kapiere ich es.«

»Ach ja? Dann erklär es mir«, bat Emery sie. »So habe ich mich bei Virginia nie gefühlt.«

»Dann weißt du wohl erst jetzt, was wirklich Liebe ist.«

Liebe.

Er schnaubte. »Blöd, wenn es nur einem so geht.«

»Glaubst du das?«

»Sie ist nicht mehr hier, oder?«, wiederholte er das Offensichtliche. Die Bitterkeit in seinem Tonfall war nicht zu überhören, aber es war mehr als das. Viel mehr.

Jill schüttelte erneut den Kopf. »Ihr Männer kapiert doch gar nichts, oder? Wir wollen, dass ihr um uns kämpft! Hast du ihr gesagt, was du für sie empfindest?«

»Spinnst du? Nein!«

»Dachte ich es mir doch. Himmel, Emery, du bist so klug und doch so dumm.«

»Was soll das jetzt wieder heißen?«

»Du glaubst nicht, dass sie dich lieben könnte, deshalb hast du ihr deine Gefühle verschwiegen?«

»So in etwa.«

»Wie gesagt, ich kenne Tara nicht – aber ich habe gleich

gemerkt, dass da was knistert. Ihr seid euch doch schon nähergekommen?«

»Woher weißt du ...?«

»Ich habe Augen im Kopf, und ich rieche das Drama, wenn es in der Luft liegt. Bei euch beiden gab es eine Menge Schwingungen. Ihr solltet euch mal unterhalten.«

»Wie soll das gehen? Sie lebt in New York.«

»Was bist du denn? Ein Baum? Du hast Beine – du kannst dich bewegen. Zur Not sogar umziehen. Du hängst doch nicht an London?«

»Stopp. So weit sind wir noch lange nicht. Was macht dich so sicher, dass Tara mich auch liebt?«

Ein Lächeln breitete sich auf Jills Gesicht aus. »Du liebst sie, na also!«

Emery schnaubte.

Jill fuhr fort. »Wenn du sie nicht fragst, wirst du es nicht erfahren, mein Bester.«

»Soll ich sie vielleicht anrufen?«

»Meine Güte, gerade kommst du mir vor wie mein viertes Kind. Kauf dir ein Ticket, triff sie.«

»Einfach so?«

»Zufällig weiß ich von Mum, wo Tara morgen Abend feiern wird.«

»Wo?«

»Komm mit, ich erzähle es dir.« Jill hakte sich bei Emery unter und führte ihn in die Küche. »Aber ehe ich dir das alles verrate, gebe ich dir ein wenig Nachhilfe in Sachen Frauen ... und wie wir ticken.«

20

Tara fand es erstaunlich, wie einsam man sich mitten in der pulsierenden Großstadt unter Millionen von Menschen fühlen konnte. Es war eine bitterkalte Nacht, alle um sie herum schienen fröhlich zu sein. Es wurde gelacht, gefeiert und getrunken. Sie selbst hielt sich schon seit Stunden an einem Getränk fest – sie war sowieso nur ihren Freundinnen zuliebe mit zum Times Square gekommen, um hier den großen Countdown mitzuerleben. Eigentlich war das ein Event, das hauptsächlich Touristen besuchten, aber die drei machten sich immer wieder einen Spaß daraus, auf den traditionellen *Balldrop* hinzufiebern. Dabei setzte sich um Mitternacht ein fünf Tonnen schwerer Kristallball mit dreieinhalb Metern Durchmesser an einer Stange über dem Broadway in Bewegung und erstrahlte zum neuen Jahr unter einem Konfettiregen. Der Bürgermeister leitete die Schwingung des Balls per Knopfdruck ein. Bis dahin würde es nicht mehr lange dauern. Ein Glück. Tara fühlte sich erschöpft. Jedes Lächeln kostete sie Kraft, die sie nicht hatte. Ihren Freundinnen wollte sie weismachen, dass das am Jetlag lag, aber insgeheim wusste sie, dass das nicht stimmte. New York fühlte sich nicht mehr nach dem Zuhause an, das es einmal für sie gewesen war. Heute kam sie sich in den Menschenmassen vor, als würde man sie langsam und qualvoll erdrücken. Beim Blick in den Himmel konnte sie keine Sterne entdecken, die Luft war nicht frisch und klar, sie war nur klirrend kalt und trotzdem miefig. Über die Geräuschkulisse wollte sie gar nicht erst nachdenken, in ihren Ohren klingelte es jetzt schon. Tara sehnte sich nach der Stille und Ruhe Cornwalls – und nicht nur nach der. Auch nach Emery, aber sie verbot sich jeden Gedanken an ihn. Seit ihrer Abreise hatte sie keinen Mucks von ihm gehört – und sie hatte sich auch nicht bei ihm gemeldet. Es tat weh, aber sie würde darüber hinwegkommen. Wie immer.

Mit der kurzen Affäre hatte sie nur wieder bewiesen, dass sie ein schlechtes Händchen mit Männern hatte. Sie hatte weder Maya noch Rosalie von Emery erzählt. Es war zu schmerzhaft. Außerdem war es sowieso vorbei.

Zum wiederholten Mal schaute sie auf ihre Uhr – noch eine Viertelstunde bis Mitternacht. Danach konnte sie endlich abhauen und sich unter der Decke vergraben, während die beiden weiterzogen, um das neue Jahr zu feiern.

Rosalie schubste sie mit dem Ellenbogen an. »Tara, schau mal.«

»Was ist?«, rief Tara über den Lärm in Rosalies Richtung und hob ihren Kopf an.

Was sie auf den leuchtenden Anzeigetafeln las, ließ ihren Mund offen stehen.

»Tara. Wo bist du?«, stand in großen Buchstaben darauf.

Es konnte unmöglich sie sein, die gemeint war.

Um sie herum fingen die Leute an, nach Tara zu rufen. Es dauerte nicht einmal eine Minute, als der ganze Times Square nach Tara verlangte.

Maya schob Tara ein Stück nach vorne. »Du bist gemeint.«

»Hä? Was? Nein! Und wenn, wo soll ich denn hingehen?«

Plötzlich tauchte ein männliches Gesicht auf den Bildschirmen auf.

Emery.

Taras Knie wurden weich.

Er hatte ein Mikro in der Hand und stand ganz offensichtlich in der Mitte der Straße. Um ihn herum war Platz, Sicherheitskräfte sorgten dafür, dass er nicht überrannt wurde – oder was auch immer. Tara konnte nicht klar denken.

Was machte er hier?

»Tara«, rief er ins Mikrofon und die Menge verstummte binnen Sekunden.

Sie erschauderte.

Verdammt.

Der Klang seiner Stimme, wie er ihren Namen sagte, genügte, um ihr Herz wie wild pochen zu lassen. Sie bekam kaum noch Luft.

»Tara, ich weiß, das ist eine etwas unkonventionelle Art, mit dir in Verbindung zu treten.« Er schmunzelte.

O. Mein. Gott.

Wie fantastisch er aussah.

Sehnsucht breitete sich in ihr aus.

Sie hatte ihn so vermisst.

Sie wollte zu ihm rennen, konnte sich aber nicht rühren.

Er fuhr fort. »Dein Handy war ausgeschaltet, und da musste ich zu drastischeren Mitteln greifen, um sicherzugehen, dass du mich auch anhörst.«

Einige lachten, andere seufzten.

»Weil der Jahreswechsel naht und ich wirklich loswerden will, was ich auf dem Herzen habe, fasse ich mich kurz, den Rest würde ich dir gern persönlich erklären, wenn du mit mir sprichst. Ich hoffe es, Tara, ich wünsche es mir. Aber das Allerwichtigste zuerst. Ich liebe dich, Tara O'Leary. Ich wusste es schon eine Weile, aber ich war zu feige, es dir zu sagen. Jetzt bin ich hier, weil ich wissen will, ob du dir vielleicht ein Leben mit mir vorstellen kannst. Ich hoffe es. Tara, wo bist du?«

Emery schaute sich um. Die Menge teilte sich, und auf einmal war der Weg für sie frei.

Ihre Blicke trafen sich. Nur für eine Sekunde rührte sich niemand von ihnen. Dann machte es Klick.

Alles was Tara zuvor belastet und beschwert hatte, fiel von ihr ab.

Ihre Beine verselbstständigten sich, sie rannte los.

Emery schmiss das Mikrofon weg und kam ebenfalls auf sie zu.

Er breitete seine Arme aus, und sie warf sich hinein. Während sie sich stürmisch küssten, nahmen sie nur am Rande den Jubel der Umstehenden wahr.

Emerys Hände legten sich um ihr Gesicht. »Du bist es wirklich.«

»Ja«, hauchte sie atemlos. Glücklich. Auch ein wenig überrumpelt.

»Ich liebe dich. Ich weiß, es ist verrückt, weil wir uns erst so kurz kennen, aber ich musste es dir sagen, weil ich ohne dich nicht leben kann.«

Ihr Herz ging auf, weitete sich vor Liebe für diesen wunderbaren Mann. »Ich liebe dich, Emery«, wisperte sie an seinen Lippen und küsste ihn noch einmal.

Er verschränkte seine Hände mit ihren und zog sie ein Stück zur Seite. Die Menge kümmerte sich schnell wieder um etwas anderes, und so hatten sie inmitten von Tausenden doch so etwas wie Zeit für sich.

Irgendwann merkten sie, dass die Leute um sie herum runterzählten, ehe das neue Jahr eingeläutet wurde. »Fünf... vier... drei... zwei... eins... Happy New Year!«, jubelten alle um sie herum.

»Frohes neues Jahr, mein Herz«, wünschte Emery und hielt sie eng umschlungen. »Ich liebe dich.«

»Ich liebe dich auch. Frohes neues Jahr, Emery. Danke, dass du gekommen bist, ich habe fast nicht mehr daran geglaubt!«

»Lass uns von hier verschwinden.«

»Kommst du mit zu mir?«

»Ich hatte gehofft, dass du das sagen würdest.« Sein Lächeln ließ Tausende Schmetterlinge in ihrem Bauch auffliegen.

»Nie im Leben hätte ich damit gerechnet, dich heute zu sehen.«

»Ich hoffe, die Überraschung ist mir gelungen.«

»Und wie!« Sie lachte und tanzte mit ihm im Kreis. »Du bist also doch ein Romantiker!«

Emery küsste sie. »Bei dir möchte ich einer sein. Aber ich glaube, bei den Hebefiguren kann ich mit Patrick Swayze nicht mithalten, ich würde uns beide umbringen.«

Tara kicherte und kam aus dem Strahlen gar nicht mehr heraus. »Ich will mein Leben nicht nach einem Film gestalten, sondern unsere eigene Geschichte schreiben.«

»Das hast du schön gesagt.« Er hob ihre Finger an seinen Mund und küsste jeden einzelnen Knöchel ihres Handrückens.

Sie sprangen in eines der berühmten gelben Taxis, mit dem ihre Geschichte dank Bedelia begonnen hatte, und fuhren auf und davon – in ein gemeinsames Leben. Wo auch immer das sein würde, war Tara egal. Solange er an ihrer Seite war, hatte sie alles, was sie sich wünschte, und sie wusste, ihm ging es genauso.

EPILOG

Der Schnee hatte sich in diesem Winter besonders lange gehalten. Aber allmählich gewann der Frühling die Oberhand über die frostigen Nächte und kühlen Tage. Nur noch vereinzelte Schneehäufchen zierten die Landschaft in Cornwall. Tara trat mit Emery aus dem Cottage und betrachtete ihr neues Firmenlogo auf dem Messingschild: *Sparkle Confetti Events*, Inhaberin Tara O'Leary.

Ein laues Lüftchen wehte ihnen um die Nase, die Sonne strahlte von einem blauen Himmel. Sie hörten das Meer zwar nicht rauschen, aber man konnte es riechen. So klar und rein, wie es nur an diesem Ort sein konnte.

Emery verschränkte seine Finger mit ihren. »Komm, oder willst du deine eigene Party verpassen?«, neckte er sie und küsste sie auf die Stirn.

Tara lachte. »Das wäre ja was, oder? Außerdem ist es deine Party, mein Lieber.«

Emery küsste sie. »Können wir uns darauf einigen, dass es unsere ist?«

»Das ist mir sowieso am liebsten.«

Hand in Hand schlenderten sie durchs Dorf. Das erste Grün machte sich an den Sträuchern bemerkbar, einige Möwen kreisten am Himmel. Es war magisch, wie die Wellen gegen die Klippen rollten, man hörte es bis hierher zum Herrenhaus, das sie gerade erreicht hatten.

Taras Auftragsbuch war innerhalb weniger Wochen für die Sommermonate vollkommen ausgefüllt – es hatten sich sogar Kunden aus Truro bei ihr angemeldet, die sich über die Mundpropaganda der liebenswerten Dörfler hier eingefunden hatten. Sie war einfach die geborene Eventmanagerin und hatte sich jetzt auf Familienfeiern und besondere Events spezialisiert. Die ein oder andere Hochzeit war auch dabei. »Manchmal kann ich mein Glück gar nicht fassen«, sagte sie zu Emery, ehe sie ins Haus gingen.

»Wie meinst du das? Weil du mich kennengelernt hast?«, neckte er sie und nahm ihr den Mantel ab.

Tara gab ihm einen spielerischen Klaps auf den Oberarm, dann drückte sie ihm einen Kuss auf die Lippen. »Das auch, mein Schatz, das auch. Aber ich habe eben daran gedacht, wie schnell sich das alles entwickelt hat. Dass ich in Cornwall nicht nur die Liebe meines Lebens, sondern auch mein berufliches Glück finden würde, hätte ich mir im November nie und nimmer erträumen lassen. Aber, mein Liebling, heute geht's nicht um mich, sondern um dein neues Buch. Die Gäste kommen gleich, wir müssen uns umziehen.«

»Oh, dabei helfe ich dir sehr gern«, hörte sie Emery mit diesem gewissen anzüglichen Unterton sagen, der ihr das Blut in die Wangen – und andere Körperregionen – trieb.

»Dafür haben wir jetzt keine Zeit mehr«, gab sie gespielt streng zurück und huschte ins Badezimmer, um sich frisch zu machen und in ihr Outfit – ein dunkelblaues Etuikleid mit pinkfarbenen Kussmündern darauf – zu schlüpfen.

Emery umarmte sie von hinten und küsste sie auf den

Nacken. »Ich liebe es, wie du dich anziehst, aber gerade bedauere ich sehr, dass du so schnell warst.«

»Du bist süß. Lass dir Zeit, ich muss unten noch nach dem Rechten sehen.«

Für die Feier des Tages hatte Tara Essen von einem Caterer aus dem Nachbarort bestellt, nach dem verpatzten Weihnachtsdinner wollte sie kein Risiko eingehen.

Sie war so stolz auf Emery. Er hatte in nur wenigen Wochen sein neues Buch geschrieben, die Veröffentlichung stand kurz bevor. Tara trat ins Wohnzimmer, wo einige Exemplare auf dem Tisch ausgestellt waren.

»103 Tipps, um deine Beziehung zu retten. Ein Beziehungs-Soforthilfe-Ratgeber«.

Seitdem der Verleger seinen ersten Entwurf in die Finger bekommen hatte, hatte das Telefon nicht mehr stillgestanden. Fernsehauftritte und Interviews reihten sich aneinander, neue Klienten rannten ihm förmlich die Bude ein. Tara konnte gar nicht in Worte fassen, wie sehr sie sich für ihn freute.

Zwei Stunden später wimmelte es auf Trewane Manor nur so vor Menschen. Alle waren gekommen. Nicht nur Emerys Familie, auch Taras Mutter hatte den weiten Weg über den Teich angetreten. Das erste gemeinsame Abendessen gestern war wunderbar gewesen, die Familien hatten sich auf Anhieb verstanden – Taras Mum, Lydia, war genauso liebenswert wie die Tochter.

Kelly, Brady, Greg, Declan und viele weitere Dorfbewohner – viele von ihnen Klienten und mittlerweile gute Bekannte – waren ebenfalls gekommen. Barbara hatte Pastys mitgebracht, und die lebensbejahende Bürgermeisterin Moira Mitchell schwebte förmlich durch den Raum und genoss es sehr, jetzt einen so prominenten Bewohner im Ort zu haben. Emery mochte die Frau, aber sie war auch ein wenig anstrengend.

»Emery, mein Lieber, ganz bezaubernd ist der Abend geworden«, wandte Moira sich an ihn.

»Vielen Dank, das habe ich – wie üblich – nicht mir, sondern der lieben Tara zu verdanken. Apropos, habe ich Ihnen jemals gedankt, dass Sie meine Charity-Stunden unterstützt haben?«

Kurz schaute Moira irritiert, dann lächelte sie. »Sehr gern, Emery, Sie wissen doch, wenn ich etwas für Sie tun kann, dann bin ich immer zur Stelle.«

Sie plauderten noch kurz, dann holte er Tara an seine Seite und schlug mit einem Gäbelchen an sein Glas.

»Ihr Lieben, zunächst bedanke ich mich, dass ihr so zahlreich erschienen seid. Ich freue mich sehr, dass ihr an diesem wichtigen Tag hergekommen seid. Heute ist nicht nur der Veröffentlichungstag meines neuen Buches, er markiert für mich auch so etwas wie einen Neuanfang. Wie einige von euch vielleicht wissen, habe ich mir als Experte für Trennungen einen Namen gemacht. Ich will nicht sagen, dass das alles falsch war, aber einen ganz entscheidenden Punkt hatte ich bei meiner Arbeit bis dahin vernachlässigt.« Er nahm Taras Hand in seine und schenkte ihr einen liebevollen Blick. Er sah ihr tief in die Augen. »Ich hatte keine Ahnung davon, wie es ist, mit der einen Person zusammen zu sein, die meine Seele so tief berührt, dass aus dem Dunkeln in mir wieder Licht wird.« Er stellte das Glas weg, ging vor ihr auf ein Knie und holte einen Ring aus der Hosentasche. »Tara O'Leary, du bist die Liebe meines Lebens, ich kann und will keinen Tag mehr ohne dich verbringen. In guten und in schwierigen Zeiten möchte ich an deiner Seite sein. Ich verspreche dir, dass ich mein Bestes gebe, den Optimisten in mir weiter wachsen zu lassen, weil du es bist, die das Beste in mir erweckt. Willst du mich heiraten?«

Seufzen, Raunen und leise Jubelschreie wurden um sie herum laut.

Taras Mund klappte auf. Ihre Augen füllten sich mit Tränen, dann ging sie zu ihm auf die Knie. Ihre Finger zitterten.

»Emery …«, murmelte sie ergriffen. »Ist das dein Ernst?«

Er konnte sich ein Grinsen nicht verkneifen. So konnte nur sie reagieren. »Und ob, Tara. Das ist es. Ich will dich heiraten, weil ich weiß, dass es ein allzu perfektes Leben nicht gibt, denn mit dir ist eines sicher: Wir werden jeden Tag etwas Neues erleben, und ich kann es kaum erwarten, das als dein Ehemann zu tun.«

»Ja! Ja, ich will«, antwortete sie und fiel ihm schluchzend um den Hals.

Kurz darauf steckte er ihr den Ring an den Finger, und er merkte selbst, dass er genauso zitterte wie sie. Dann küssten sie sich, während das Servicepersonal Champagner an die Gäste verteilte.

Nachdem die Party beendet und Emery endlich mit Tara allein war, zog er den Reißverschluss am Rücken ihres Kleides auf. »Ich hatte so einen Bammel, dass du dich von mir überrumpelt fühlen könntest«, gab er zu.

Tara drehte sich zu ihm um und nahm sein Gesicht zwischen ihre Hände. »Das hast du auch – aber im positiven Sinne. Ich hätte nie gedacht, dass du der Typ für öffentliche Liebeserklärungen bist, aber nach der geilen Idee mit dem Times Square sollte mich das nicht mehr überraschen.« Sie lachte.

»Ich bin so froh, dass du ja gesagt hast.«

»Und ich erst. An Tagen wie heute kann ich mein, nein, unser Glück gar nicht fassen. Ich liebe es, hier mit dir zu leben. Und ich bin unglaublich froh, dass du der Maklerin abgesagt hast.«

»Es war sowieso eine Schnapsidee, sie zu beauftragen, denn ich liebe das Haus. Aber Cora Fleetwood war ganz enttäuscht, die Provision hätte sie gern kassiert.«

»Ich habe es immer gewusst. Also, dass du Trewane Manor liebst, meine ich.«

Er stupste ihr auf die Nase. »Das stimmt. Ich liebe das Haus, aber noch mehr liebe ich dich! Manchmal brauche ich eben etwas länger, um es zu begreifen.«

»Das kannst du laut sagen. Aber das ist völlig in Ordnung, solange man am Ende zu der richtigen Entscheidung kommt.«

»O Darling, daran hege ich nicht den geringsten Zweifel. Und jetzt lass mich dich aus diesem wunderbaren Kleid schälen, darauf warte ich schon den ganzen Abend.«

Emery bedeckte Taras Hals mit einer Reihe von Küssen.

Tara stöhnte leise. »Ich wusste sofort: Dieser Auftrag in Cornwall ist der Glücksfall meines Lebens! Hör bloß nicht auf, Emery …«

»Du bist der Glücksfall meines Lebens«, erwiderte er und lächelte leise.

Tara war für ihn wie das Geschenk des Himmels. Sie hatten sich gefunden, obwohl sie gar nicht auf der Suche gewesen waren. Manchmal kam die Liebe auch nicht auf Zehenspitzen. Denn Tara zeichnete es aus, laut und übersprühend vor Tatendrang zu sein. Genau das war es, was ihn so an ihr faszinierte. Ihre Lebensfreude, ihre Energie und Liebenswürdigkeit. Noch immer lernte er jeden Tag etwas Neues, liebte sie ein Stück mehr, und das Schönste daran war, dass es ihr genauso erging. Während sich ein »für immer« früher wie eine alberne Floskel angehört hatte, wusste er nun, dass genau das ihre einzigartige Liebe ausmachte.

~

HOL DIR DEIN GESCHENK!

Vielen Dank, dass du mein Buch gekauft und gelesen hast. Wenn es dir gefallen hat, freue ich mich über Feedback, sei es als Rezension oder als Beitrag in den sozialen Medien.

Wenn du keine Neuerscheinung mehr verpassen und ein kostenloses E-Book von mir lesen möchtest, das es nicht im Handel gibt, melde dich gleich zu meinem Newsletter an.

Du findest mich bei Instagram, Facebook oder auf meiner Website. Wenn du Lust hast, dich mit gleichgesinnten Lesern und Leserinnen auszutauschen, kommt gern in meine private Facebook-Gruppe. Hier sprechen wir über Bücher – nicht nur über meine...

Alles Liebe,
deine Karin

ÜBER DIE AUTORIN

Karin Lindberg war zehn Jahre in den Chefetagen internationaler Konzerne tätig, doch sobald ihr erster Roman veröffentlicht war, reichte sie ihre Kündigung ein, um jede freie Minute zu schreiben. Ihre Fans begeistert sie mit Geschichten voller Humor, aber vor allem mit ihrem Gespür für große emotionale Momente. Karin ist eine der erfolgreichsten Autorinnen Deutschlands, regelmäßig landen ihre Titel weit oben in den Bestsellerlisten. Die Autorin lebt mit ihrer Familie vor den Toren Hamburgs. Inzwischen hat sie fünfzig Romane veröffentlicht, die weit über eine Million Mal verkauft wurden.